D1882204

रज़ा

पुस्तक माला

मैजिक मुहल्ला

खण्ड-एक

रज़ा फाउण्डेशन | THE RAZA FOUNDATION

मैजिक मुहल्ला

खण्ड-एक

दिलीप चित्रे

अनुवाद

तुषार धवल

वाणी प्रकाशन

रज़ा पुस्तक माला : काव्यानुवाद

प्रधान सम्पादक : अशोक वाजपेयी | सम्पादक : पीयूष दईया

वाणी प्रकाशन और रज़ा फाउण्डेशन का सह-प्रकाशन

वाणी प्रकाशन

4695, 21-ए, दरियागंज, नयी दिल्ली 110 002

फ़ोन : +91 11 23273167 फ़ैक्स : +91 11 23275710

शाखाएँ

अशोक राजपथ, पटना 800 004, बिहार

कॉफ़ी हाउस कैम्पस, महात्मा गांधी मार्ग, इलाहाबाद 211 001, उत्तर प्रदेश

महात्मा गांधी अन्तरराष्ट्रीय हिन्दी विश्वविद्यालय, वर्धा 442 001, महाराष्ट्र

सुल्तानिया रोड, मोतिया पार्क, भोपाल 462 001, मध्य प्रदेश

www.vaniprakashan.in

marketing@vaniprakashan.in

sales@vaniprakashan.in

MAGIC MUHALLAA-1
by Dilip Chitre
Translated by Tushar Dhawal

ISBN : 978-93-88684-49-1
Poetry

© विजया चित्रे
© हिन्दी अनुवाद : तुषार धवल
प्रथम संस्करण 2019

मूल्य : ₹ 695

इस पुस्तक के किसी भी अंश को किसी भी माध्यम में प्रयोग
करने के लिए प्रकाशक से लिखित अनुमति लेना अनिवार्य है।

सिटी प्रेस, दिल्ली-110 095 में मुद्रित

वाणी प्रकाशन का लोगो मक़बूल फ़िदा हुसेन की कूची से

स्व. दिलीप चित्रे जी की स्मृतियों

और

विजया चित्रे जी

को समर्पित

कलाओं में भारतीय आधुनिकता के एक मूर्धन्य सैयद हैदर रज़ा एक अथक और अनोखे चित्रकार तो थे ही उनकी अन्य कलाओं में भी गहरी दिलचस्पी थी। विशेषतः कविता और विचार में। वे हिन्दी को अपनी मातृभाषा मानते थे और हालाँकि उनका फ्रेंच और अंग्रेज़ी का ज्ञान और उन पर अधिकार गहरा था, वे फ्रांस में साठ वर्ष बिताने के बाद भी, हिन्दी में रमे रहे। यह आकस्मिक नहीं है कि अपने कला-जीवन के उत्तरार्द्ध में उनके सभी चित्रों के शीर्षक हिन्दी में होते थे। वे संसार के श्रेष्ठ चित्रकारों में, 20-21वीं सदियों में, शायद अकेले हैं जिन्होंने अपने सौ से अधिक चित्रों में देवनागरी में संस्कृत, हिन्दी और उर्दू कविता में पंक्तियाँ अंकित कीं। बरसों तक मैं जब उनके साथ कुछ समय पेरिस में बिताने जाता था तो उनके इसरार पर अपने साथ नवप्रकाशित हिन्दी कविता की पुस्तकें ले जाता था : उनके पुस्तक-संग्रह में, जो अब दिल्ली स्थित रज़ा अभिलेखागार का एक हिस्सा है, हिन्दी कविता का एक बड़ा संग्रह शामिल था।

रज़ा की एक चिन्ता यह भी थी कि हिन्दी में कई विषयों में अच्छी पुस्तकों की कमी है। विशेषतः कलाओं और विचार आदि को लेकर। वे चाहते थे कि हमें कुछ पहल करनी चाहिए। 2016 में साढ़े चौरानवे वर्ष की आयु में उनकी मृत्यु के बाद रज़ा फाउण्डेशन ने उनकी इच्छा का सम्मान करते हुए हिन्दी में कुछ नये क़िस्म की पुस्तकें प्रकाशित करने की पहल रज़ा पुस्तक माला के रूप में की है, जिनमें कुछ अप्राप्य पूर्व प्रकाशित पुस्तकों का पुनःप्रकाशन भी शामिल है। उनमें गाँधी, संस्कृति-चिन्तन, संवाद, भारतीय भाषाओं से विशेषतः कला-चिन्तन के हिन्दी अनुवाद, कविता आदि की पुस्तकें शामिल की जा रही हैं।

रज़ा पुस्तक माला में भारतीय भाषाओं के मूर्धन्य कवियों की कविताओं और गद्य के हिन्दी अनुवाद प्रस्तुत किये जा रहे हैं। मराठी कवि दिलीप चित्रे की कविताओं के इस वृहद् संचयन को प्रस्तुत करते हुए हमें प्रसन्नता है।

आमुख

'भाषा में बह जाता जगत्'

हमारा समय कविता से जो अपेक्षा करता है उनमें से कई आधुनिकता के पहले की कविता से प्रायः नहीं की जाती थी। यह और बात है कि वह कविता भी बिना चाहे या जाने कुछ अपेक्षाएँ पूरी करने में समर्थ रही है। बुनियादी अपेक्षा है कि कविता हमें जीवन-जगत्-आत्म के बारे में, उनमें चल रहे अन्तर्द्वन्द्वों के बारे में बताये—बताये उतना नहीं जितना हमारे अहसास को गहरा और सच्चा करे कि हम किस समय में रह रहे हैं। तनाव, द्वन्द्व, विडम्बना, अन्तर्विरोध, वैकल्पिक सचाई, स्वप्न और दुःस्वप्न इस क़दर आज की कविता में व्याप्त हैं कि हम उन्हें भाषा की तरह ही कविता के लिए अनिवार्य, स्वाभाविक मानने लगे हैं! कविता में, इन दिनों, जीवन का उत्सव भी अनेक विडम्बनाओं और तनावों के माध्यम से ही मनाया जाता है। कविता में यह बुनियादी परिवर्तन हमारे समय की ही देन नहीं है—वह कवियों द्वारा अपनी कल्पना, कौशल और संघर्ष से अर्जित किया गया है। बीसवीं शताब्दी के उत्तरार्द्ध और इक्कीसवीं के आरम्भ में जिन कवियों ने निर्भीकता, साहस, कल्पना के नवाचार और अपनी प्रगल्भ प्रखरता से काव्यशास्त्र बदला उनमें मराठी कवि दिलीप चित्रे रहे हैं। यह कविता का वितान बदलना भर नहीं था : यह उसके भूगोल का विलक्षण विस्तार था। यह कविता के इतिहास को ताज़ा नज़र से देखकर पुनरायत्त और किसी हद तक पुनराविष्कृत करना था। यह निरन्तर परिवर्तन की क्रान्ति थी जो अब टिकाऊ हो गयी है और अब तक अबाध चल रही है।

दिलीप चित्रे द्विभाषिक कवि थे। उन्होंने मराठी के अलावा अंग्रेज़ी में सीखा, लिखा और कई मराठी-हिन्दी कवियों की कविताओं का अनुवाद भी अंग्रेज़ी में किये। वे चित्रकार थे और उनके कुछ चित्रांकन इस हिन्दी संचयन में शामिल हैं। उन्होंने फ़िल्में भी बनायीं। भारत भवन में रहते उन्होंने शमशेर बहादुर सिंह के कविता-पाठ पर एक बहुत सुन्दर फ़िल्म बनायी थी। उनकी हिन्दुस्तानी शास्त्रीय संगीत में गहरी पैठ थी और उसके बारे में उन्होंने, जब-तब, मार्मिकता और गहरी संवेदना से लिखा। वे कुशल सम्पादक थे और उन्होंने अंग्रेज़ी और मराठी में कई पत्रिकाओं का बहुप्रशंसित सम्पादन किया।

अपनी सारी वैचारिक सघनता और प्रखरता के बावजूद, या शायद उसके कारण, दिलीप जानते थे कि जीवन और सचाई, भाषा और रूपाकार अत्यन्त जटिल होते हैं और उन्हें एक कवि सरलीकृत या सामान्यीकृत नहीं कर सकता। ऐसा करना कविकर्म का ही प्रत्याख्यान होता। दूसरे, दिलीप को इसका भी पूरा तीख़ा अहसास था कि हमारा समय और समाज, अपनी सारी आधुनिकता के बावजूद, सच और सचाई के अलक्षित पक्षों का सामना करने की ताब नहीं रखता है। दिलीप कभी मुनासिब नाटकीयता के साथ और कभी बिना किसी नाटकीयता के, अपने ग़लत या कई बार अनैतिक समझे जाने का जोख़िम उठाकर कविता में सच कहने, सत्यकथन का लगातार दुस्साहस करते थे। कठिन समय में सच भी कठिन होता है और उसे किसी आसान तरीक़े से समझा-कहा-खोजा नहीं जा सकता। दिलीप चित्रे का अपना काव्यशिल्प इस दुहरी कठिनाई से जूझता कठिन शिल्प है जिसे सच की प्रामाणिकता अधिक प्यारी है, सरलता का आकर्षण प्रलोभन नहीं उसका अभीष्ट नहीं। उनकी कविता जगत्समीक्षा और आत्मसमीक्षा

कई बार एक साथ है। हमें वही कवि अपने सच कहने से भरोसे का लगता है जो अपनी सचाई का भी निर्ममता से बखान कर सके। उनकी कविता कभी-कभी 'हरामज़ादी आवाज़' भी बन सके इस जतन से वे कभी विरत नहीं हुए।

जो कविता हमारी जिजीविषा न बढ़ाये, जिज्ञासा न उकसाये, निरुपायता से मुक्त न करे, हमें अपने सबसे ख़राब सपनों का सामना करने की ताब न दे वह हमारे ज़्यादा काम या दिलचस्पी की नहीं हो सकती। दिलीप की कविता का वितान इतना विस्तृत है कि उसमें अदम्य जिजीविषा, अपार जिज्ञासा, विकल्प की अथक तलाश और झुलसाने वाली ताब के क्षण बार-बार कभी अकेले, कभी और तत्त्वों के साथ सहज ही मिलते रहते हैं। वह एक स्तर पर एक बेचैन-नाराज़-चीख़ते कवि का आदमीनामा है जो दूसरी ओर एक ऐसे समय का छोटे-छोटे, कई बार बेहद घरेलू ब्योरों में चरितार्थ और विन्यस्त आख्यान जिससे क्रान्तियों की विफलता राजनीति और धर्म के विद्रूप, भारतीय समाज की बढ़ती हिंसा, आर्थिकी द्वारा लादी जा रही गोदामियत, विचार को अपदस्थ करने के षड्यन्त्र, भाषा का सचाई से बढ़ता विच्छेद और—और आत्म और व्यक्ति के तरह-तरह के अवमूल्यन देखे-सहे हैं। ऐसे तुमुल में दिलीप उन कवियों में रहे हैं जिन्होंने मानवीय अन्तःकरण, प्रतिरोध और प्रश्नवाचकता की आवाज़ को कविता के रूप में बचाने, उसके लिए जगह बनाने की असमाप्य चेष्टा की।

एक ऐसे दौर में जहाँ विराट् और उससे अपने सम्बन्ध और संवाद को समय से लगता है कि स्थगित या निलम्बित ही कर दिया, वहाँ दिलीप ने इस विराट् का स्पन्दन कविता में फिर से बसाने का साहस किया। कविता का अगर एक ज़रूरी काम अपने इतिहास के ऐसे मुक़ाम पर जिसमें भूलने-भुलाने का महागठबन्धन हो रहा हो, याद दिलाना, जातीय स्मृति को सजीव करना है तो दिलीप चित्रे ने यह काम अपनी कविता और अनुवाद दोनों में बड़ी दक्षता और सूक्ष्मता से किया। बहुतों को 'ज्ञानेश्वरी' या तुकाराम की कालजयिता और हमारे समय के लिए प्रासंगिक बने रहने की पहचान और अनुभव दिलीप के माध्यम से ही हुए।

दिलीप चित्रे एक अन्तरराष्ट्रीय यायावर भी थे। वे पश्चिम से वैचारिक, सर्जनात्मक और भौतिक अनुभव इन सभी स्तरों पर जूझे थे। उनमें एक सच्चे आधुनिक का खुलापन था जो महत्त्वपूर्ण और सार्थक से, फिर वह कहीं से आये, प्रतिकृत होने को तैयार थे। पर उनमें उतना ही गहरा और सदा-सक्रिय आत्मबोध भी था जो अपनी सच्ची अस्मिता को कभी हाशिये पर नहीं डालता था। वे साहित्य में उन भारतीय लेखकों में से, जिनमें अज्ञेय, यू आर अनन्तमूर्ति, निर्मल वर्मा, सुरेश जोशी, शंख घोष जैसे लेखक शामिल थे, एक थे जो पश्चिम से समकक्षता के भाव से संवाद कर सकते थे। दिलीप पश्चिम से प्रतिकृत थे, आक्रान्त नहीं।

दिलीप चित्रे का हिन्दी से विशेष सम्बन्ध था। निर्मल वर्मा और मुझसे उनकी लम्बी मित्रता रही। वे श्रीकान्त वर्मा, रघुवीर सहाय आदि से सुपरिचित थे। उन्होंने शमशेर बहादुर सिंह, विनोदकुमार शुक्ल आदि के मराठी और अंग्रेज़ी अनुवाद किये। चन्द्रकान्त देवताले और विष्णु खरे उनके घनिष्ठ रहे। भारत भवन भोपाल में वे निराला सृजनपीठ पर थे। यह कहा जा सकता है कि वे हिन्दी कविसंसार से भलीभाँति परिचित थे और इसलिए हिन्दी में उनकी मराठी कविता के इस संचयन का प्रकाशन, एक तरह से, हिन्दी की इस मराठी घनिष्ठता को एक स्वाभाविक प्रणति है।

हिन्दी में आने से उसके सजग-संवेदनशील पाठकों को यह अनुभव होगा कि हमारे लगभग कविता-विरत समय में कविता कैसे समय और सचाई को, आत्मा के अँधेरों और सपनों के उजालों को हमारे लिए बचाकर रख सकती है। उसे पढ़ना अपने समय और आत्म को, अपने आसपास की सचाई को, अपनी

विकट स्थिति को, उनकी सारी विडम्बनाओं में, रूप और विद्रूप में देख पाना और अधिक सतर्कता से देख पाना है। हालाँकि यह उसका काम नहीं है वह ऐसी कविता भी है जो हमारी नैतिक संवेदना को भी तीक्ष्ण करती है।

आसानी से याद नहीं आता कि हिन्दी में किसी कवि ने ऐसी बेबाकी से कहा हो जैसा दिलीप चित्रे अपनी एक कविता का समापन करते हुए कहते हैं :

मुझे ख़ुशी है कि मैंने बेहतर कर्म किया
कि पा सकूँ यह टोस्ट और बटर
और अपनी व्यथा बता सकने के लिए अंग्रेज़ी बोल सकूँ।
वेटर, बिल। यह एक अद्‌भुत सुबह है, चमकती हुई।
सूर्य अब कर्क में आ चुका है।
मेरे दुःस्वप्न ढल चुके हैं।
मैं अब एक अश्वत्थामा की तरह स्वस्थ हूँ
या एक भटकते यहूदी की तरह
और ये शताब्दियाँ मेरा अनाज हैं।

–अशोक वाजपेयी
नयी दिल्ली, 2018

आभार

दिलीप चित्रे की कविताओं का यह अनुवाद एक विशेष परिस्थिति की देन है जिस पर इस पुस्तक में आगे चर्चा हुई है। जब इस अनुवाद के लिए दिलीप जी की कविताओं का चयन किया जा रहा था, मन में जो बात सबसे प्रबल रूप से आती थी वह थी कि दिलीप जी के काव्य व्यक्तित्व का पूरा विस्तार, पूरा रेंज इन अनुवादों में आये। साथ ही, एक कवि के अलावा उंनका समग्र सृजनशील व्यक्तित्व और उस व्यक्तित्व को प्रभावित करने वाले सभी तत्त्व भी पाठकों के सामने लाये जायें ताकि उनके सर्जक रूप को उसके समूचे विस्तार में पाठक आत्मसात कर पाये। इस पुस्तक में दिलीप जी से जुड़े संस्मरण, उनसे हुई बातें और उन बातों के आधार पर उनके सर्जक के मूल को पहचानने की कोशिश की गयी है, लेकिन इन बातों को उनकी कविता की समीक्षा या आलोचना की तरह से नहीं देखा जाना चाहिए।

मैं यह भी स्वीकार करना चाहता हूँ कि मराठी भाषा का कोई विशद ज्ञान मुझे नहीं है। सन् 1999 में कोल्हापुर में हुई अपनी पोस्टिंग के दौरान ही मैं पहली बार इस भाषा के सम्पर्क में आया। वहाँ रहते हुए बहुत कम समय में ही मैंने भाषा के प्रति अपने स्वाभाविक रुझान की वजह से मराठी भाषा सीख ली। लेकिन यह बोलचाल और संवाद के स्तर तक का ही ज्ञान था। कविता और साहित्य की समझ के लिए इतना थोड़ा-सा ज्ञान पर्याप्त नहीं होता है, इसे हम सब जानते हैं।

जब अनुवाद की ज़िम्मेदारी सिर पर आयी तो पहले एक घबराहट हुई और फिर हताशा। इतना आत्मविश्वास नहीं था कि मैं यह काम कर पाऊँगा। लेकिन जब इस काम से बच पाने का कोई रास्ता नज़र नहीं आया तो इससे भिड़ जाने का फ़ैसला कर लिया। मन में ठान लिया कि “अब कूद पड़ते हैं, जो होगा देखा जायेगा। कोशिश करने में क्या हर्ज है!”

शुरुआत दिलीप जी की अंग्रेज़ी कविताओं से हुई और उसके बाद उनकी चंद मराठी कविताओं के अनुवाद की तरफ़ सतर्क क़दमों से बढ़ा। एक-एक शब्द को शब्दकोश की मदद से फिर से समझने की कोशिश शुरू हुई। किसी भी शब्द की उत्पत्ति और लिखित और बोलचाल की भाषा में उस शब्द के विविध प्रयोगों को गौर से देखने की कोशिश के साथ-साथ मराठी भाषा का ज्ञान रखने वाले मित्रों से उस पर चर्चा होती रही। कार्य दुष्कर था, अतः सिर्फ़ और सिर्फ़ धैर्य और निष्ठा से ही इसे सिद्ध किया जा सकता था। यह कठिनाई तब और बढ़ जाती थी जब दिलीप जी की किसी कविता में किसी ऐसे शब्द का प्रयोग मिल जाता था जो शब्दकोश में भी नहीं मिलता था। इन विषम परिस्थितियों में अपने ही विभाग के कुछ मित्रों से बहुत मदद मिली। कोल्हापुर के बाद पुणे और फिर मुम्बई में नौकरी करते हुए अपने ही विभाग में ऐसे भी कुछ स्नेही सहृदय मित्र मिले जिन्हें मराठी साहित्य की अच्छी समझ है और इस भाषा से उन्हें गहरा स्नेह भी है। उनकी मदद से क़िसी कविता को समझ पाने में आ रही रुकावट दूर हुई और किसी शब्द को समझ पाने में बहुत सहायता मिली। सर्वश्री संग्राम गायकवाड, मालिकार्जुन उत्तुरे, और किशोर धुले उन मित्रों में हैं जिन्होंने अपने व्यस्त समय के बावजूद बहुत धैर्य से मेरी कोशिशों में अपना महत्त्वपूर्ण योगदान दिया है। मैं कभी भी फ़ोन पर बेझिझक उन्हें परेशान करता

रह सकूँ इस बात की आज़ादी उन्होंने मुझे दी और यह तसल्ली भी कि मेरा यह प्रयास प्रकारान्तर से उनका भी प्रयास है। इन सभी मित्रों का दिल से आभार।

श्रीमती संगीता गोडबोले, कोल्हापुर में मेरी वरिष्ठ अधिकारी थीं। बाद में उनका तबादला दिल्ली हो गया। उन्हें फ्रेंच भाषा का अच्छा ज्ञान है तथा अपने खाली समय में वे फ्रेंच पढ़ाती भी थीं। दिलीप चित्रे जी ने अपनी एक मराठी कविता में फ्रेंच भाषा में कुछ पंक्तियाँ लिखी हैं। उन पंक्तियों के अनुवाद में श्रीमती संगीता गोडबोले जी की मदद ली गयी है। इस मदद के लिए मैं उनका आभारी हूँ।

मुम्बई में रहते हुए मैं मराठी भाषा के दो युवा कवियों श्री गणेश विसपुते और श्री हेमन्त दिवटे के सम्पर्क में आया। उनसे यह सम्पर्क दिलीप जी की वजह से बना था और दोनों ही दिलीप जी के जीवन काल में उनके करीबी लोगों में हुआ करते थे। प्रायः मैं दिलीप जी की कविताओं के अपने अनुवाद को उनसे साझा करता था और मूल कविता पर बहुत विस्तार से उनसे बातें किया करता था। दोनों सहृदय मित्रों के अतुल योगदान से ही मुझमें वह आत्मविश्वास जाग सका कि यह अनुवाद अब ठीकठाक हो पाया है। इन दोनों मित्रों से मराठी भाषा, दिलीप जी के भाषा के प्रति रवैये और किसी वाक्य विशेष के स्थानीय सन्दर्भों को समझ पाने में मुझे जो मदद मिली है उसे शब्दों में कह पाना मुश्किल है। कई बार तो गणेश विसपुते रात के डेढ़-दो बजे भी मुझसे फ़ोन पर बात करने को उपलब्ध मिलते थे। इन दोनों मित्रों के योगदान के लिए आभार शब्द भी कम लगता है। उन्हें बस एक शब्दहीन भाव सम्प्रेषित करता हूँ अपनी सदेच्छाओं का, अपने स्नेह का।

श्रीमती वैशाली नारकर चित्रकार हैं। वे दिलीप जी के परिवार की सदस्या जैसी हैं और उनके चित्रों की गहरी समझ भी रखती हैं। बहुत बार उनसे फ़ोन पर दिलीप जी के चित्रों के बारे में मेरी चर्चा हुई जिसकी वजह से मेरा ज्ञान और बढ़ा। इस अनुवाद में संकलित दिलीप जी के जितने भी चित्र हैं सब उन्हीं के सौजन्य से प्राप्त हुए। उनका हृदय से आभार।

दिलीप चित्रे की कविताओं के पूरे माहौल को समझने में, उनके प्रति समीक्षकों की राय जानने में मुझे कई पुस्तकों, लेखों और साक्षात्कारों से मदद मिली है। हालाँकि ये सभी सामग्रियाँ पिछले पाँच वर्षों में मैंने यदा-कदा इण्टरनेट पर और इधर-उधर कुछ बेतरतीब ढंग से पढ़ी हैं, और सभी लेखों और लेखकों के नाम इस वक़्त यहाँ चिह्नित कर पाना मेरे लिए सम्भव नहीं है, फिर भी जो पुस्तकें मेरे अधिक काम आयीं उनके लेखकों का आभार व्यक्त करते हुए उन्हें यहाँ लक्षित करना समीचीन होगा।

इन पुस्तकों में मुझे सबसे महत्त्वपूर्ण लगी श्री रणजीत शिन्दे जी की 'दिलीप चित्रे यांची कविता' (दर्या प्रकाशन, पुणे, 2013)। यह उनका शोध प्रबन्ध है जो अब पुस्तकाकार है। यह पुस्तक मुझे दिलीप जी की पत्नी श्रीमती विजया चित्रे के जरिये उपलब्ध हुई। इसके अलावा एक और पुस्तक जो काफ़ी मददगार सिद्ध हुई वह है गो. वि. करन्दीकर की 'परम्परा आणि नवता' (पॉपुलर प्रकाशन, मुम्बई, 1990)।

इनके अलावा इण्टरनेट पर उपलब्ध ये सभी लेख भी दिलीप जी की कविताओं पर मेरी समझ को पुख्ता करने में खासे अहम सिद्ध हुए :

रवीन्द्र किंबहुने : "बिन भिंतीच्या घरात राहणाऱ्या कवीचा अवलिया मंत्रोच्चार"

इण्टरनेट पर सचिन केतकर के संस्मरण,

rediff.com पर दिलीप चित्रे का साक्षात्कार,

ऐश्वर्या माविन्कुरवे के लेख Lust for Life (Copyright © 1998 Indian Express Newspapers (Bombay Ltd.)

Laetitia Zecchini, CNRS-ARIAS, "Modernism in Indian Poetry : at the time, we didn't dissociate between East and West, It was just part of Bombay". (Commonwealth essays and studies)

Dr. Hemang Desai : "Portrait of an artist as a poet : Grasping the Grammar of Dilip Chitre As Is Where Is."

"Bombay/Mumbai : Beloved Moloch" : Dilip Chitre.

AUTHOR OR THE CHARACTER\ DILIP CHITRE AND MUMBAI Prof. S.DA. Sargar, Head, P.G. Dept of English, Mahatma Phule College, Panvel (India) (Electronic International Interdisciplinary Research Journal (EIIRJ), {Bi Monthly}, Volume-I, Issue-II, April 2012, ISSN-2277-8721)

इन लेखों के अलावा दिलीप चित्रे जी के लिखे लगभग सभी लेख जो कला, साहित्य और अन्य सामाजिक-राजनीतिक विषयों पर हैं, उन सभी से मदद ली गयी है। उनकी पुस्तकें 'Says Tuka' और 'Anubhawamrut : An Immortal Experience of Being' की भूमिका और सन्त तुकाराम और सन्त ज्ञानेश्वर तथा कश्मीरी शैव मत पर लिखे उनके कुछ प्रकाशित और अप्रकाशित लेखों से भी उनकी कविताओं तक पहुँच पाने में बहुत सहायता मिली है।

इन सभी उद्धृत लेखों और पुस्तकों के अलावा भी बहुत-सी ऐसी सामग्रियाँ रही हैं जो पाठ के स्तर पर मेरे काम आयी हैं। इन सभी लेखकों का हार्दिक आभार।

एक और बात। इस पुस्तक की योजना दिलीप जी के निधन के बाद ही बनी और इसकी प्रेरक थीं उनकी पत्नी श्रीमती विजया चित्रे। उन्होंने ही समय-समय पर मुझसे इस काम पर हुई प्रगति की रिपोर्ट लेने का जिम्मा सम्हाला था। यह उनकी ही बार-बार पूछते रहने की कोशिश का नतीजा है कि यह पुस्तक आकार ले पायी है। अनुवाद के इस प्रयास में जब जब जिस भी पठन सामग्री की ज़रूरत हुई या जब भी किसी और भी तरह की दिक्कत आयी, उन्होंने हर वक़्त हर तरह से मेरी मदद की है। उनकी लगातार कोशिशों का ही नतीजा है, कि आज यह काम पूरा हो रहा है। मैं नतमस्तक हो कर आभार में उन्हें प्रणाम करता हूँ।

पुनः एक बार, आप सभी के प्रति हार्दिक आभार।

–तुषार धवल

अनुक्रम

पञ्चम

"मैंने चित्रकला, चित्रपट और संगीत की संगति की और उसे अपने भीतर ज़िन्दा रखा। फिर कैमरा मिला और फ़ोटोग्राफी शुरू हुई। इसके बाद सिनेमा का कैमरा हाथ लगा। फ़िल्में बनायीं। जो कुछ हुआ सीखा। लेकिन इन माध्यमों में काम करना ख़र्च के मामले में मेरे बूते के बाहर था, जिसे जुगाड़ कर पाना हर वक़्त सम्भव नहीं रहा। जिस कला ने फ़क़ीरी में भी सिर्फ़ काग़ज़ और पेन्सिल की ही सस्ती माँग से साथ दिया वह कविता थी। यही मेरे अच्छे-बुरे दिनों की संगिनी रही। कविता ही मेरे लिए स्वायत्त और स्वावलम्बी साधन बनी। यही मेरे आत्म शोध का आजीवन संसाधन बनी।"

–दिलीप चित्रे

चन्द संस्मरण चन्द शब्द...

"A man's work is nothing but a slow trek to rediscover, through the detour of arts, those one or two images in whose presence his heart first opened." –**Albert Camus.**

दिलीप चित्रे अनुभवों के कवि थे। उनका काव्य निजी अनुभवों के वर्णन, उनकी पड़ताल और जीवन के विस्तृत फलक पर उन अनुभवों की स्थितिकी का काव्य है। अनुभवों के सूक्ष्म से सूक्ष्मतर तन्तुओं में उतरकर 'यहाँ' और 'अभी' के स्थूल देशकाल में उनका विश्वबोध और जीवन-दर्शन आकार पाता है। इन्हीं अनुभवों के सहारे वे अपने अस्तित्व की शोध-यात्रा पर निकलते हैं। इस यात्रा की काव्यात्मक अभिव्यक्ति के लिए जो शब्द उन्हें चाहिए, उसे ज़रूरत पड़ने पर, वे ख़ुद भी गढ़ लेते हैं। और इसके लिए उनके पास मराठी, अंग्रेज़ी, गुजराती और हिन्दुस्तानी जैसी भाषाओं से मिले शब्दों का एक बड़ा भण्डार है। शब्दों के प्रति उनके यहाँ भाषागत वर्जना नहीं पायी जाती है। साध सिर्फ़ इतनी है कि जिस शब्द को वहाँ होना चाहिए, वही शब्द वहाँ हो, उसका कोई विकल्प नहीं। और इसीलिए, कुछ-कुछ जगहों पर, कविता की विशेष स्थितियों में, उनकी कविताओं में तद्भव शब्दों के साथ-साथ ठेठ भदेस शब्द भी आ जाते हैं जो किसी सभ्य सुसंस्कृत मानस को अपशब्द भी लग सकते हैं। इन शब्दों और वाक्यों के साथ कवि की काव्य संवेदना अपनी अदम्य कल्पना शक्ति पर सवार होकर अनोखे बिम्बों की रचना करती है। कई जगहों पर ये बिम्ब दूसरे और फिर तीसरे बिम्ब से मिलकर एक बड़े कैनवास का संश्लिष्ट बिम्ब रच देते हैं। बिम्बों का संश्लिष्ट अन्तर्गुम्फन, उन बिम्बों का व्यक्तिकरण और फिर उन बिम्बों के व्यक्तित्व को क्रियाशील कर देना दिलीप चित्रे की कविताओं को एक ज़बरदस्त ऊँचाई दे देता है।

उनकी अद्भुत कल्पना शक्ति और काव्य संवेदना जिस काव्य चेतना में रची बसी है वह आधुनिक युग के एक विश्व नागरिक की चेतना है। और इस चेतना को आधार देता वह जीवन-दर्शन है जो जीवन को अपनी देह के फलक पर महसूस करता हुआ उस अनुभव के सूक्ष्म से सूक्ष्मतर स्तर में उतरता हुआ उसके निराकार भाव में मिल जाता है। इस जीवन-दर्शन की व्याख्या में कहा जा सकता है कि मनुष्य के लिए जीवन उसकी देह, मन, बुद्धि और भावना के स्तर पर हुए अनुभवों और उन अनुभवों की उसके द्वारा की गयी व्याख्याओं का समुच्चय है। ये व्याख्याएँ उसकी जीवन दृष्टि को और उसके परिवेश से उसके सम्बन्धों को गढ़ती हैं और उसे वैसा बना देती हैं जैसा कि वह 'हो गया है'। किसी हद तक यह दृष्टि उसके जीवन की घटनाओं को एक 'वैशिष्ट्य' प्रदान करती है और उसके भावी अनुभवों को भी तय करती है। इस मायने में उस व्यक्ति के लिए जीवन का अर्थ दूसरे व्यक्ति के अर्थ से अलग हो जाता है। लेकिन जब कोई बौद्धिक स्तर पर सचेत व्यक्ति इन अनुभवों को छानता चला जाता है तो अन्त में उसे जो द्रव मिलता है वह समस्त जीवनों के अनुभवों का निचोड़ होता है। यह निचोड़ किसी एक व्यक्ति के जीवन का सत्य ना हो कर मनुष्य मात्र के लिए जीवन का प्रत्यक्ष ज्ञान बन जाता है। दिलीप चित्रे निजी अनुभवों के निजत्व का अतिक्रमण कर उसके सार्वभौम को पाने का प्रयास करते हैं और उसे उसी स्तर पर रूपायित भी करते हैं। इसीलिए उनकी कविताओं में व्यक्त उनके निजी अनुभव एक सार्वभौमिक रूप ले लेते हैं।

कतिपय समीक्षकों ने चित्रे की कविताओं को अस्तित्ववाद से प्रभावित पाया है। लेकिन मुझे नहीं लगता कि उनकी कविताओं को सिर्फ़ और सिर्फ़ अस्तित्ववाद के घेरे में रखा जा सकता है। यह ज़रूर है कि वे भी अस्तित्व के प्रश्न से ही जूझ रहे हैं लेकिन उनके लिए अस्तित्व की प्रस्थान बिन्दु पाश्चात्य दर्शन के 'अस्तित्व' की न रह कर भारतीय चिन्तन में आयी समग्र अस्तित्व की अवधारणा के ज़्यादा क़रीब आती है। जीवन के शुरुआती दौर में उन पर पश्चिमी जीवन दृष्टि का प्रभाव निश्चय ही देखा जा सकता है लेकिन लगभग पचास वर्षों के उनके लेखकीय जीवन में चालीस वर्षों तक सन्त तुकाराम और सन्त ज्ञानेश्वर पर चले उनके शोध का बहुत गहरा असर पड़ा है और यह असर उत्तरोत्तर गहराता ही चला गया है। आगे चल कर 'सेल्फ़' का यह शोध 'आत्म' के शोध में बदल गया। 'सेल्फ़' और 'आत्म' में जो अन्तर है, वही इस खोज के प्रस्थान बिन्दु का अन्तर है। इसे यूँ भी समझा जा सकता है : शुरुआती जीवन में वे भारतीय जीवन दृष्टि के प्रति सजग रहते हुए यूरोपीय अस्तित्ववादी दृष्टि से जीवन को देख रहे थे। धीरे-धीरे भारतीय अस्तित्व दर्शन उनके पश्च-प्रभावित जीवन दर्शन के निकट आता गया, फिर दोनों ही दृष्टियों का आपस में विलय होने लगा और जीवन के उत्तरार्ध में यह पश्च-प्रभावित दृष्टि भारतीय दृष्टि में समाहित हो गयी। प्रश्न तब भी वही थे जो जीवन की शुरुआत में थे, सिर्फ़ उनके प्रति उनका दृष्टिकोण बदल गया था।

सन्त तुकाराम से प्रेरित और 'दीक्षित' हो कर दिलीप चित्रे भी आत्मकथन की शैली में काव्य रचते हैं। पर मुझे लगता है, इसे आत्मकथन के बजाय 'आत्म' के शोध की शैली कहना ज़्यादा उचित होगा। एक तटस्थ वैज्ञानिकीय वस्तुनिष्ठता से वे अपने अनुभवों का शोध करते हुए अपने 'आत्म' के शोध में उतर जाते हैं। आत्म का यह अन्वेषण, यह खोज सही हो, खरा हो, इसके लिए ज़रूरी है कि उन अनुभवों को निस्पृह सत्यता से दर्ज किया जाय। सत्य की इस खोज में 'सेल्फ़' के हनन, उसके 'मॉर्टिफ़िकेशन' का भी ख़तरा पैदा हो जाता है। सब कुछ बिल्कुल सच-सच कह देना ख़ुद को सबके सामने नंगा कर देने जैसा होता है। सामाजिक जीवन में इसका अपना दबाव और इसकी अपनी पीड़ा भी होती है। यह पीड़ा भी उनकी कुछेक कविताओं में दर्ज हुई है।

मृत्यु का, जीवन की नश्वरता का सघन बोध और अनश्वर के प्रति उनका कौतूहल उन्हें जीवन के निष्काम शोध की ओर प्रेरित करता है। यह उनमें जीवन के प्रति एक 'अनासक्त अनुरागी' का भाव पैदा करता है जो मृत्यु की लगातार प्रबल होती जा रही छाया में जीवन को टटोल रहा है। इस लगातार मिट रहे जीवन और उसकी मिट रही अनुभूतियों की गहन तीव्रता उनकी कविताओं में जादुई बिम्बों की रचना करती है। चित्रे की कविताओं को यदि एक बड़े फलक पर उनके समग्र रूप में देखा जाये तो सब कुछ एक जादुई सच-सा लगता है। यह मार्केज़ के 'मैजिकल रियलिज़्म' से अलग है लेकिन अपने असर में बिल्कुल वैसा ही है। इसी वजह से दिलीप चित्रे की 208 कविताओं के दो खण्ड में हुए इस अनुवाद का नाम 'मैजिक मुहल्ला' ही चुना गया है। 'मैजिक मुहल्ला' नाम की उनकी एक कविता श्रृंखला इस अनुवाद के दूसरे खण्ड में संकलित है। यह कविता श्रृंखला, जो मुझे अत्यन्त ही प्रिय है, दिलीप चित्रे के भोपाल प्रवास के दिनों में सम्भव हुई थी जब वे भारत भवन में 'वागर्थ' के निदेशक थे। इसी समय उन्होंने 'खंडोबा' नाम की उस दीर्घ कविता को भी सम्भव किया जो मेरी नज़र में उनकी समस्त कविताई का उत्स है, एपिटोम है। उन्होंने मुझे बताया था कि मैजिक मुहल्ला और खंडोबा एक ही समय में बिल्कुल बैक टु बैक लिखी गयी थीं। अचरज होता है कि कैसे दो बिल्कुल अलग धरातल की और दो बिल्कुल अलग मौसम और मिज़ाज की कविताओं को उन्होंने एक साथ लिखा होगा! यह उनकी सृजन क्षमता, मस्तिष्क की तीव्रता और उसके रेंज पर शोध का विषय भी हो सकता है।

मैं दिलीप चित्रे की कविता के इस जादुई मुहल्ले को 'आँखन की देखी' या फिर इसी तर्ज़ पर 'देहन की भोगी' की कविता ही कहूँगा। इस मैजिक मुहल्ले में हर कविता एक स्वतन्त्र अस्तित्व की कविता है

जो हर बार एक नये सिरे से कवि के 'आत्म' को खोजती हुई उगती है। प्रतिबद्धता यदि है तो बस उस ईमानदार अभिव्यक्ति की जो चित्रे की कविता की रीढ़ है, उसका हृदय, मस्तिष्क और मांस मज्जा है। उनकी कविता एक ऐसे विश्व-नागरिक का बयान है जो हर क्षण कवि 'हुआ' रहता है।

मुझे याद है, दिलीप चित्रे कहते थे, "या तो तुम कवि हो, या नहीं हो। बीच की बात नहीं होती है। इस बात को ईमानदारी से स्वीकार कर लो। ख़ुद भी बचोगे और कविता को भी बचा लोगे। कवि होना एसिड पीना, एसिड जीना और एसिड नहाना होता है और यह हिम्मत माँगता है। "एक कवि अपने स्वर, अपने लहजे में अपनी बात कहता है, दूसरों की नहीं। और, कविता निष्कामता में ही जीवित रहती है। यश, पुरस्कार प्रशंसा की इच्छाएँ हत्यारी इच्छाएँ हैं।"

(1)

इस संकलन में दिलीप चित्रे की कविताओं को दो खण्डों में रखा गया है क्योंकि वे अपनी लघु और दीर्घ आकार की कविताओं में शब्द, शिल्प, वाक्य विन्यास और कथ्य को अलग-अलग बरतते हैं। कथन का विस्तार भी दोनों तरह की कविताओं में अलग-अलग ढंग से आता है। इसके अलावा, बकौल दिलीप चित्रे, एक काल खण्ड में लिखी जा रही उनकी तमाम कविताएँ एक बार फिर से नये वेग से उठती हैं और उनकी दीर्घ कविता में समाहित हो जाती हैं। इसके बाद उस काल खण्ड की रचनाशीलता का स्लेट पोंछ कर वे आगे बढ़ जाते हैं। इस लिहाज़ से आकार में लघु और दीर्घ कविताएँ एक-दूसरे से जुड़ी हो कर भी बेहद अलग हो जाती हैं। और यही वजह है कि उनकी लघु और दीर्घ कविताओं को दो अलग-अलग खण्डों में रखा गया है।

अनुवाद का काम जोखिम भरा होता है। ख़ासतौर से जब वह कविताओं का अनुवाद हो। और यह जोखिम तब और भी बढ़ जाता है जब दिलीप चित्रे, जो ख़ुद भी एक महान अनुवादक थे, की कविताओं का अनुवाद हो। उनसे मेरी व्यक्तिगत निकटता रही है और इस सान्निध्य से मैंने बहुत कुछ पाया है। यूँ तो कविताएँ मैं नौ-दस की उम्र से ही लिख रहा था, और नवमी कक्षा में पढ़ते हुए मुझे बिहार राज्य स्तर पर आयोजित की गयी किसी कविता प्रतियोगिता में पहला स्थान भी मिला था, और उन्हीं दिनों स्थानीय अख़बारों, जैसे, 'आर्यावर्त', 'आवाज़' आदि के रविवारीय पृष्ठ पर मेरी इक्का-दुक्का कविताएँ छपने भी लगी थीं, लेकिन तब भी कविता मैं तुतलाता ही था। यह सिलसिला मेरे कॉलेज के दिनों तक चल कर 1994-95 के आते-आते बन्द हो गया और फिर से यह सन् 2004-05 से पूरे वेग से लगातार शुरू हो गया। मैं अपनी कविताओं को ले कर बड़ा कन्फ़्यूज़्ड रहता था। अक्सर पहली खेप में लिखी गयी कविता को मैं काट कूट कर रख देता और उसी कविता को उन कविताओं की तरह लिखने की कोशिश करता जिन्हें मैं उन दिनों पत्र-पत्रिकाओं में पढ़ा करता था। कुछ समीक्षाएँ आलोचनाएँ पढ़ कर, नामवर जी के लिखे को ब्रह्म वाक्य मान कर, मैं उन्हीं मुहावरों में अपनी कविता लिखने की कोशिश करता था और भीतर से 'मज़ा नहीं आ रहा'—टाइप महसूस करता था। समझ नहीं आता था कि मैं क्या लिखूँ, कैसे लिखूँ और क्यों लिखूँ। मेरी उन दिनों की स्थिति को मित्र और कथाकार प्रभात रंजन जी ने बहुत नज़दीक से देखा है क्योंकि तब एक मात्र वही थे जिन्हें फ़ोन कर-करके मैं इस मुद्दे पर बोर किया करता था।

दिलीप चित्रे से मिलना मेरे लिए एक बड़ा मोड़ लाने वाला था।

(2)

कोल्हापुर से एक दिन अचानक मेरा तबदाला पुणे हो गया। नया शहर, नये लोग। अपरिचय भी नया-नया-सा, या यूँ कहें कि अपरिचय भी अपरिचित-सा! विभाग के कुछेक लोगों के अलावा मैं किसी को नहीं जानता था। उन्हीं दिनों पुणे में अशोक पाटील और उनकी पत्नी स्फूर्ति पाटील से परिचय बढ़ा।

दोनों ही चित्रकार हैं और मेरे शहर बोकारो से सम्बद्ध हैं। अशोक पाटील जी से एक दिन बातों-बातों में कहीं से दिलीप चित्रे जी का ज़िक्र आया और उन्होंने बताया कि वे उन्हें काफ़ी क़रीब से जानते हैं। उन्होंने यह भी बताया कि पुणे में उन जैसे ही युवा कवि और चित्रकारों, कलाकारों का एक ग्रुप था जो अपनी 'बैट्री चार्ज करने' दिलीप जी के पास जाया करता था और फिर वहाँ से लौट कर अपने सृजन कार्य में जुट जाता था।

एक कवि के तौर पर दिलीप चित्रे जी की ख्याति से मैं परिचित था, हालाँकि तब तक मैंने उन्हें पढ़ा नहीं था। मैंने अशोक पाटील जी से ज़िद किया कि वे हमें दिलीप चित्रे जी से मिलवायें। और, ठीक उसी वक़्त, शाम के साढ़े आठ बजे, बिना उन्हें फ़ोन किये, बिना उनसे इजाज़त लिए हम चारों, अशोक जी, स्फूर्ति दी, अणिमा और मैं, सीधा उनके घर पहुँच गये। डोर बेल बजाने से पहले मैंने देखा कि दरवाज़े पर एक पेण्टिंग बनी हुई है। अशोक जी ने बताया कि ख़ुद दिलीप जी ने वह पेंटिंग बनाई है। घर का दरवाज़ा कैनवस भी हो सकता है! रोमांच हुआ कि मैं किससे मिलने वाला हूँ!!

उनकी पत्नी वीजू ने दरवाज़ा खोला। वे सामने एक काउच पर बैठे नज़र आये। लगा कि जैसे कोई औघड़ धूनी रमाये अपने देहातीत विश्व में रमा हुआ हो! अणिमा और मैंने वीजू और दिलीप चित्रे जी को पैर छू कर प्रणाम किया। उन्होंने मुझे इस तरह से प्रणाम करते हुए देख कर मुस्कुराते हुए पहला सवाल किया, "क्या आप बिहार से हैं?" मैं भी मुस्कुरा उठा, "जी, और अब झारखण्ड से!" उन्होंने फिर कहा, "बिहार के लोग एक ख़ास अदा से पैर छूते हैं। वे पैर को प्रणाम की तरह से स्पर्श करते हैं जब कि दिल्ली वाले इसे निपटाने के अन्दाज़ में करते हैं।" और बिना किसी परिचय और औपचारिकता के ही बिहार, यू.पी. और तमाम हिन्दी क्षेत्र की संस्कृति, वहाँ के सामाजिक मनोविज्ञान और वहाँ की राजनीति पर बात शुरू गयी। इस बीच उन्होंने मेरा नाम पूछा और मेरे और अणिमा के नामों की व्याख्या भी की। घर में बीथोवन का संगीत बज रहा था और दीवारों पर उनकी बनाई कुछ पेण्टिंग्स थीं। एक युवक की भावपूर्ण तस्वीर भी थी, जिसे मैं नहीं पहचानता था। जब हम लौटने को हुए तब दिलीप जी ने उठ कर मुझे बहुत स्नेह से गले लगाया, आशीर्वाद दिया और कहा कि अब हमेशा आया करो। तुमसे मिल कर मज़ा आ गया! लौटते वक़्त अशोक पाटील जी ने बताया कि वहाँ दीवार पर जिस युवक की तस्वीर थी वह दिलीप जी के इकलौते बेटे आशय की थी जिसकी कुछ महीनों पहले मृत्यु हो गयी है। और मैं सन्न रह गया! इस उम्र में जवान इकलौते बेटे का गुज़र जाना, इससे बुरा और क्या हो सकता है किसी के साथ।

इस तरह, बड़ी सहजता से दिलीप चित्रे जी से मिलते रहने का सिलसिला शुरू हो गया। यह वह दौर था जब मैं पुणे में अपनी नौकरी के दौरान अक्सर दफ़्तर निपटा कर लगभग आठ बजे उनके घर पहुँच ही जाता था। उनकी पत्नी विजया चित्रे, जिन्हें हम सभी प्यार से विजू बुलाते हैं, अणिमा और मेरे लिए, किसी और शहर में माँ जैसी ही एक और सृष्टि थीं। मेरी पत्नी अणिमा अनायास ही दिलीप जी और विजू की बेटी बन गयी और जब कभी हम दोनों के बीच कुछ कहा-कही हो जाती थी तो अक्सर फ़ोन पर उन दोनों से मुझे ही डाँट पड़ती थी। एक कवि की दुनिया से आता यह प्रेम मुझे लगातार उनकी तरफ़ खींचता जा रहा था। बहरहाल...

अक्सर मैं, या कहें, हम दोनों, शाम के लगभग आठ बजे उनके घर पहुँच ही जाते थे। घर क्या था, मद्धिम रोशनी और अँधेरों की जुगलबन्दी थी जिसमें घुल कर आता हुआ कभी पण्डित राम नारायण का सारंगी वादन तो कभी जैज़ संगीत। कभी किसी दूर देश का कोई रूमानी लोक गीत तो कभी बीथोवन या मोज़ार्ट का संगीत। और फिर शुरू होता था दौर-ए-सुख़न, दौर-ए-ख़ुलूस! अणिमा वीजू के साथ किचन में कोई रेसिपी सीख रही होती थी, एक कवि की पत्नी होने के अनुभव सुन और सीख रही होती थी और पिता-पुत्र समान दो पीढ़ियाँ अनन्त में तनी किसी सीढ़ी पर चढ़-उतर रहे होते थे।

यही वह समय होता था जब हम फ़िल्मों पर, पटकथा पर, स्क्रीन प्ले पर, रंगमंच पर बातें करते थे। रंगमंच की बातें और भी गम्भीर हो कर दर्शक के मनोविज्ञान और उससे जुड़े दर्शन की तरफ़ बढ़ जाती थीं, शायद इसलिए भी कि मैं बतौर अभिनेता एक रंगकर्मी भी था। और, इन्हीं बातों के बीच से कविता उगने लगती थी, चित्रकला उगने लगती थी और फिर बात भाषा, उसकी निजता, उसकी भिन्नता और उसकी माटी के रंग पर आ जाती थी। अस्मिता और स्मृतियों में जीवन के प्रश्न खुलने लगते थे और यहीं से अनुवाद पर दीर्घ चर्चाओं का एक पुर-सुकून दौर शुरू हो जाता था।

यदि मैं ठीक से समझ पाया हूँ तो, अनुवाद पर उनकी राय थी कि, अनुवादक उस वक़्त वही कवि हो जाता है जिसका वह अनुवाद कर रहा है। वह उसी कविता को उसी के देश-काल की गन्ध में अपनी भाषा में दुबारा सिरजता है, रोपता है। उनका कहना था, यह एक तरह का काया-प्रवेश है। मैं उनसे बहस करता था। एक भाषा के व्यक्तिगत अनुभव को दूसरी भाषा की वैयक्तिकता में कैसे रोप दें? कुछ शब्द ऐसे भी होते हैं जिनका अनुवाद दूसरी भाषा के शब्द में असम्भव है। कुछ अभिव्यक्तियाँ ऐसी होती हैं जो अपने सामाजिक-ऐतिहासिक और भौगोलिक कारणों से किसी भाषा में ख़ास हो जाती हैं। हर एक शब्द के पीछे एक संस्कृति होती है, एक जनसमूह का अनुभव होता है जो उसे श्रुतियों, लोक कथाओं, इतिहास, परम्परा या फिर उस इलाके की भौगोलिकता से प्राप्त होता है। उस शब्द की आत्मा, उसका अर्थ, किसी दूसरे प्रदेश या देश के सन्दर्भ में वही और वैसा ही नहीं होगा। इसलिए, किसी एक भाव की एकदम वही और वैसी ही अभिव्यक्ति दूसरी भाषा में नहीं मिल सकती। किसी दूसरी भाषा का अनुवादक कैसे उसी शब्द या उसी अभिव्यक्ति को अपनी भाषा में जिन्दा कर सकता है? इस पर वे सिर्फ़ मुस्कुराते थे।

मुझे वह मुस्कान याद है। ऊर्ध्व होते गालों पर रोशनी की एक चमक, खिलखिलाते होंठों के कोर से झुकी सफ़ेद पतली मूँछें, बायाँ हाथ हवा में उठा हुआ कि जैसे यह भी एक 'स्टाइल स्टेटमेंट' हो! यकीन ही नहीं होता कि वह मुस्कान आज देह में नहीं है। आँखों की वह चमक, स्ट्रॉबेरी में तर हुए वोदका की 'ऑन द रॉक्स' वह घूँट, वही रोशनी से खेलता अँधेरा दरवाज़े को कैनवास की तरह बरत कर, उसे जेस्सो कर के, उसी पर मिक्स्ड मीडिया में उनकी कोई बड़ी-सी पेण्टिंग, बिसमिल्लाह खाँ की शहनाई या 'म्यूट' किये गये टी.वी. पर क्रिकेट का कोई होता हुआ मैच, और हमारी बढ़ती हुई वाचालता! अपने अलग-अलग रंगों में एक पूरी दुनिया जीवन्त होती हुई। कुछ भी मिटा नहीं है!

तो बहस वहीं है। किसी दूसरी भाषा का अनुवादक कैसे उसी शब्द को अपनी भाषा में ज़िन्दा कर सकता है? उस ज़मीन के अपने निजी ऐतिहासिक अनुभव होते हैं, उसकी पुकार और उसकी कल्पनाएँ अलग होती हैं, उसकी प्रेक्षाएँ अलग होती हैं। कैसे कोई उन्हीं चीज़ों को अपनी भाषा में ज़िन्दा कर सकता है? क्या यह मूल रचना के साथ अन्याय नहीं है? मैं बहस करता था, ख़ुद अपने ही तर्क में उलझ जाता था और फिर और भी ज़्यादा कोशिश करने लगता था अपनी बात मनवाने की। और वे सिर्फ़ मुस्कुराते थे कि 'तुम नौजवान लोग हर चीज़ को तर्क से ही क्यों समझना चाहते हो? तर्क से परे का एक तर्क है, उसे भी समझो।' बातों से आगे चल कर इस सम पर हम सहमत हो कर ठहर जाते थे कि जीवन का, पूरे जीवन का अनुभव ही काया-प्रवेश दे सकता है। हम अपने जीवन को कैसे देखते हैं, उसके सार तत्त्व को कैसे समझते हैं, उन जीवन स्थितियों के प्रति हमारी संवेदना कितनी गहरी रही है, बहुत कुछ इसी पर निर्भर करता है। जीवन को देखना सिर्फ़ अपनी आँखों से देखना नहीं होता, इस धरती पर जितनी भी आँखें हैं, उन सभी आँखों और उन सब आँखों के मन से देखना होता है। कुछ मूल स्वर होते हैं जिजीविषा के, कुछ मूल स्वर होते हैं जीवन के, प्रेक्षाओं के। कविता उसी मूल कण्ठ से फूटती है, उसे ही पकड़ना चाहिए। एक बार उसे पकड़ लेंगे तो अनुवाद सहज हो जायेगा।

उन्होंने मुझे एक सूत्र दिया, "अनुवाद हो जाने के बाद उस अनूदित कविता को कई दिनों तक छोड़

दो, लगभग भूल जाओ, और फिर एक बार मौलिक कविता को हटा कर, उस अनूदित कविता को अपनी कविता समझ कर उसके शब्दों और वाक्यों को अपनी तरह से बरतो। खेलो। असली मज़ा तभी आयेगा!"

मैं अपनी सहमति-असहमति पेश कर रहा होता था। मसलन, क्या इससे मौलिक कविता बदल नहीं जायेगी। वे कहते भाषा के बदलते ही कविता बदल जाती है। पर कुछ होता है उसमें जो नहीं बदलता। और, यह समझ पाने के लिए कविता की समझ के साथ-साथ उस भाषा की, उसके इतिहास और संस्कृति की भी गहरी समझ होनी चाहिए। इसी से कविता का वृहत और सूक्ष्म सन्दर्भित विषय पकड़ में आ सकेगा और इसी के आधार पर किसी शब्द का सबसे नज़दीकी अर्थ और भाव दूसरी भाषा में ढूँढ़ा जा सकेगा। मैं कुछ और प्रश्न खड़ा करता, वे उन्हीं प्रश्नों से एक और प्रश्न पैदा कर मेरी तरफ़ उछाल देते। बहस और बढ़ती जाती थी। परस्पर विरोधी स्वर धीरे-धीरे समताल पर आ जाते थे और वे और मैं, हम, एक सी ही बातें कर रहे होते थे। और यहाँ सिर्फ़ अनुभव होता था, ज्ञान का गर्भ!

(3)

आज उनके देह विहीन हो जाने के लगभग सात वर्ष हो गये हैं जब यह काम पूरा हो रहा है। मुझे याद आता है वह पहला क्षण जब मैं अपनी कविताओं का पाठ कर रहा था, पाठ क्या था, उनके सामने तुतला रहा था, और वे आँखें बन्द कर सिर्फ़ सुन रहे थे, गुन रहे थे। अचानक उन्होंने मुझे टोका, "तुम्हारी कविता की जन्म बिन्दु वही है जो मेरी कविता की है। मुझे लगता है तुम्हारी कविता भी उसी ज़मीन से उगती है, जहाँ से मेरी! तुम्हारा स्वर कई बार मुझे अपना स्वर लगता है। तुम्हारी भाषा और शब्द मुझे अपने जैसे ही लगते हैं।" यही वह दिन था जब उन्होंने कहा था कि अब तक तुम्हारा संकलन आ जाना चाहिए था। और यह भी कि अगर कवि हो तो अपने काम को गम्भीरता से लो, यह किसी साहब की पुरसुकून अदा नहीं है, आग पर चलने जैसा है। कर सकते हो तभी कविता की तरफ़ आओ वर्ना यहाँ से निकल जाओ। Do all it takes to be and remain a poet; but don't ever be a Sunday Poet! A Poet is always Alive and Present, a Poet always "IS"!

उस दिन के बाद से अपनी कविताई और अपनी कविताओं के प्रति मैं और अधिक गम्भीर और सचेत हो गया। फिर, कुछ दिनों बाद मेरा पहला संकलन आया।

उस रात मैं जैसे नशे में घर लौटा। दिलीप जी ने मेरी कविताओं के बारे में ऐसा कहा! इतना बड़ा कॉम्प्लीमेंट!! मेरा सिर मेघों में घुस कर उनके उस पार उड़ रहा था! सोचता रहा कि आख़िर कविता की ज़मीन क्या है और उससे कविता कैसे उगती है। मेरी कविताओं को दिलीप जी ने अपनी कविता जैसा क्यों कहा होगा? कवि का स्वर क्या होता है, उसकी अपनी अभिव्यक्ति क्या और कैसी होती है? अनुवाद का कर्म क्या होता है? एक अनुवादक कब और कैसे वही कवि हो जाता है जिसकी कविता का वह अनुवाद कर रहा है? मेरे लिए ये प्रश्न किताबी परिभाषाओं से बहुत अलग एक नये किस्म के प्रश्न थे जिन्हें, ऐसा लगा, मैं पहली बार सुन-सोच रहा था।

मैंने कभी सिलसिलेवार ढंग से साहित्य नहीं पढ़ा था। पिताजी के सौजन्य से, उनके संग्रह से निकाल कर कुछ कविताएँ, कुछ उपन्यास, धर्मयुग, सारिका, साप्ताहिक हिन्दुस्तान और दिनमान जैसी पत्रिकाएँ यदा-कदा पढ़ लिया करता था। आर्थिक अभावों के बावजूद मेरी शिक्षा पूरी तरह से अंग्रेज़ी माध्यम कान्वेंट स्कूल में हुई थी जहाँ सिर्फ़ डॉक्टर, इंजीनियर और नौकरशाह ही बनाये जाते थे। कला और साहित्य मेरे स्कूल और मेरे शहर के माहौल में बेकार की चीज़ें थीं। कई वरिष्ठ जन, जैसे, मेरे शिक्षक, रिश्तेदार और पड़ोस के 'अंकल' लोग अक्सर मुझे समझाया करते थे कि ये चीज़ें सिर्फ़ 'हॉबी' के लिए ठीक हैं लेकिन इनमें उससे ज़्यादा डूबने से पढ़ाई 'डिस्टर्ब' हो जायेगी। यही करते रहोगे तो आई.ए.एस. कैसे बनोगे? जैसे आई.ए.एस. न हुआ परम मोक्ष की प्राप्ति ही हो गया!! हिन्दी भाषा के प्रति मेरे

परिवेश में एक सौतेला व्यवहार था और इसीलिए स्कूल में भी हिन्दी कभी भी सिलेबस में महत्त्व नहीं पाती थी। कुल मिलाकर, हिन्दी भाषा और साहित्य से कोसों दूर रहते हुए भी न जाने कैसे बचपन से ही मुझे कला और साहित्य से लगाव हो गया था और घोर विरोधी स्थितियों के बीच भी सिर्फ़ पिता की शाबाशी के सहारे ही मैं इस क्षेत्र में उतरता चला गया। बावजूद इसके, एक अदद नौकरी पा लेना ही मेरे लिए जीवन का परम लक्ष्य घोषित कर दिया गया था। एक नौकरी, वह भी सरकारी। और उसमें भी क्लास 1, यूपीएससी वाली! यही मेरे लिए नियोजित मोक्ष था। और इसीलिए, बावजूद अपने लगाव और झुकाव के, मैं साहित्य और अध्ययन से दूर ही रहता आया था। नौकरी में रहते हुए कला और साहित्य की असम्भाव्यता और भी जटिल हो गयी। बस एक ज़िद थी जो मुझे जगाये रहती थी। एक आग थी जिसे दिलीप चित्रे जी ने हवा दे दी!

सोचता रहा। सोचता रहा। आज भी सोच रहा हूँ। जितने उत्तर मिलते हैं, उससे ज़्यादा प्रश्न खड़े हो जाते हैं।

अक्सर इन प्रश्नों और उत्तरों और उनसे फिर पैदा हुए नये प्रश्नों में सही-सही लिख समझ पाने की ही साध होती है। कवि का गुणसूत्र जिस भाव को सबसे अधिक चुनता है या जिस ज़मीन पर साँसें लेता है वहीं से उसका ईमान भी जन्म लेता है। कई बार तो लगता है कि 'ईमान' की अवधारणा भी बेहद निजी होती है। ईमान जैसे व्यापक शब्द का एक बहुत निजी जीवन होता है जिससे उसकी परिभाषा हर नये सन्दर्भ में तय होती रहती है। यह कोई तयशुदा और जड़ शब्द नहीं है जो हमसे बाहर किसी बाह्य विश्व में कायम रहता है, जिसे एमिल द्योर्खिम 'Social Fact' कहते हैं। हालाँकि 'Social Fact' के बारे में मेरी जो भी राय है, वह इस समय ज़रूरी नहीं है, फिर भी इतना अवश्य जोड़ना चाहूँगा कि इस 'Social Fact' से अस्तित्व के कई स्तरों पर अन्तःक्रिया के दौरान सामाजिक या बाह्य वस्तुनिष्ठता और व्यक्ति की निजता के बीच एक द्वन्द्व की स्थिति पैदा होती है। यही वह द्वन्द्व है जहाँ से कविता उगती है। सम्भवतया यही वह ज़मीन है जिसका ज़िक्र दिलीप चित्रे अक्सर किया करते थे।

तो, एक ईमान है जिसे समाज ने परिभाषित और निर्धारित किया है और जो हमारे पालन-पोषण और शिक्षा के दौरान हमारे अवचेतन में ढल जाता है। यह एक 'Social Fact' है और हमारे बाह्य विश्व में अवस्थित रह कर यह हमें हमारे भीतर से संचालित करता है। और, एक और ईमान है जो अलग-अलग सन्दर्भों में व्यक्तित्व के अलग-अलग स्तरों पर इस 'Social Fact' से टकरा कर बनता या परिभाषित होता रहता है। दूसरे शब्दों में, मेरी राय में, यह Objective Fact और Subjective Fact के बीच का द्वन्द्व है जो हर सन्दर्भ में ईमान को परिभाषित करता रहता है और हर व्यक्ति के लिए अपने-अपने सन्दर्भ में इसकी अलग परिभाषा हो जाती है। इस 'Social Fact' से टकराकर हर बार परिभाषित हो रहे ईमान को कौन-सी चीज़ बनाये रखती है, उसे टिकाये रहती है? मुझे लगता है कि 'टिकाये रखने वाली' वह ऊर्जा है प्रतिबद्धता की। यह भी एक भीतरी और निजी ऊर्जा है जो बाहरी प्रभावों से जुड़ कर उनके प्रति जन्म लेती रहती है। यह प्रतिबद्धता कायम रह सके इसकी ज़िम्मेदारी कवि की अपनी है। वह हर क्षण अपनी पूरी प्रतिबद्धता में बना रहे, 'हुआ' रहे यही उसके होने की कसौटी है। और यहीं ईमानदारी से हुए उसके कवि-कर्म की परख भी होती है कि वह अपनी बात अपने स्वर में अपनी पूरी प्रतिबद्धता में कह रहा है या नहीं।

दिलीप चित्रे प्रतिबद्धता को जीवन से भी ज़्यादा ज़रूरी मानते थे। कविता के प्रति उनकी प्रतिबद्धता अडिग थी। इससे समझौता करने के बजाय उन्होंने नौकरियों को त्याग देना हमेशा बेहतर समझा। उनकी वह बात हमेशा मन में गूँजती रहती है, "डोंट बी अ सण्डे पोएट। अ पोएट इज़ ऑल्वेज अलाइव एण्ड प्रेजेण्ट। अ पोएट ऑल्वेज 'इज़'।" एक प्रतिबद्ध कवि अपने कवि होने को एक ज़िम्मेदारी की तरह देखता है, उसे एक यज्ञ की तरह बरतता है। उनकी यह बात मेरे लिए सिर्फ़ उपदेश ही नहीं थी, यह

खुद उनकी कविताओं तक पहुँचने का रास्ता भी थी। उनकी कविताओं के अनुवाद में उनकी इस दृष्टि का भी ख़याल रखा गया है।

(4)

दिलीप जी और वीजू से हमारा मिलना-जुलना अब एक पारिवारिक रंग ले चुका था। वीजू के साथ-साथ उन्हें भी पाक कला में ख़ासी दिलचस्पी थी और वे अणिमा से अक्सर अपने नये डिशेज़ के बारे में बातें करते थे। अणिमा को भी शुरू से ही कुछ नया बनाने का शौक़ रहा है। हमारी गृहस्थी शादी के तीन-चार साल बाद ही बस सकी थी, जब से हम दोनों साथ रहने लगे। अणिमा की पाक कला में रुचि वीजू और दिलीप चित्रे जी के सम्पर्क में आने से और भी गहरी हो गयी। जब भी वह कोई नयी चीज़ बनाती, वीजू और दिलीप जी को घर बुला लेती थी। उस दिन उसने मशरूम को तिल में लपेट कर पकौड़े बनाये थे। मेन कोर्स में भी उसकी कोई नयी डिश थी जो अब मुझे याद नहीं है। दिलीप जी सपत्नीक पधारे थे। हम उनकी ख़ातिर तवज्जो में लगे हुए थे पर उन्हें मेरी पेण्टिंग्स देखने की ज़िद थी। दीवारों पर लगी कुछ पेण्टिंग्स को देख कर उन्होंने अपनी प्रतिक्रिया दी। फिर मैंने वाटर, इंक और ब्रश से काग़ज़ पर बनाया एक काल्पनिक पोर्ट्रेट उन्हें दिखाया जो मेरी किसी आध्यात्मिक अनुभूति से जुड़ा हुआ था। उन्हें वह पेण्टिंग बहुत पसन्द आयी। इससे उत्साहित हो कर मैं वाटर कलर में 'शिव' पर 9 पेण्टिंग्स की अपनी एब्स्ट्रेक्ट सिरीज़ निकालने की जद्दोजहद में लग गया। इस बीच ड्रॉइंग रूम में साइड टेबल पर रखी मेरी डायरी पर उनकी नज़र पड़ी और वे उसे पलटने लगे। शिव की सिरीज़ को देख कर उन्होंने शिव पर कुछ बातें कीं और कुछ देर तक मैंने नाथ सन्तों और कश्मीरी शैव दर्शन पर अपने छिटपुट अध्ययन के बारे में उन्हें बताया और वहीं से प्रकृति-पुरुष और अनादि स्पन्द पर एक चर्चा शुरू हो गयी जिसमें उन्होंने मुझे इस दर्शन का सूक्ष्म अवलोकन करवाया। फिर उन्होंने मुझसे पूछा कि शिव वाली सिरीज़ में जो ऊर्जा मेरे चित्रों में नज़र आती है वह मेरी कविताओं में क्यों नहीं है? मेरे पास इसका कोई जवाब नहीं था।

कविताओं को ले कर मैं कन्फ्यूज़्ड रहा करता था।

उन्होंने मेरी काट कूट कर धर दी गयी कविताओं में से एक-दो को पढ़ा और पूछा कि मैंने उन्हें क्यों काट दिया है। मैंने बताया कि ऐसी कविताएँ हिन्दी में नहीं चलती हैं। तो उन्होंने व्यंग्य किया, "तो कैसी कविताएँ चलती हैं आपकी हिन्दी में?" मैंने यूँ ही कुछ आड़ा, तिरछा-सा जवाब दे दिया। उन्होंने फिर मुझसे पूछा कि काटी गयी कविताओं में एक आध पंक्तियाँ सीधे तौर पर अंग्रेज़ी में क्यों लिखी गयी थीं, और जब वे उसी तरह लिख दी गयीं तो फिर उन्हें काटा क्यों गया था? मैंने बताया कि लिखते वक़्त मैं अपनी रौ में लिखता चला गया और तब वहाँ उस एक्सप्रेशन के लिए मुझे लगा कि अंग्रेज़ी के उस वाक्य को सीधे-सीधे वहाँ वैसे ही रख दिया जाय। "तो फिर आपने इसे काटा क्यों?" मैंने कहा, "दादा! मैं हिन्दी में कविता लिख रहा हूँ, इसमें अंग्रेज़ी के शब्द कैसे घुसेड़ दूँ?" इसके बाद उन्होंने मुझे सलीके से छीला। छील कर लहूलुहान कर दिया। सबसे पहले तो उन्होंने अंग्रेज़ी के उस वाक्य को काट कर लगभग सरकारी हिन्दी में उसके शब्दान्तरण पर मुझे लताड़ा और एक लम्बा वक्तव्य इस बात पर दिया कि कैसे सरकारी हिन्दी दरअसल हिन्दी की हत्या कर रही है। इसके पीछे की राजनीति और सरकारी चमचे कवियों को भी उन्होंने जी भर कर लताड़ा और इसे हिन्दी का दुर्भाग्य बताया कि कुछ तथाकथित कवि और विद्वान लोग अपना जुगाड़ साधने और अपनी रोटी सेंकने के लिए अपनी ही भाषा को मार रहे हैं। भाषा कोई जड़ वस्तु नहीं है बल्कि यह तो एक पवित्र और जीवन्त तत्त्व है। इसे समझो। भाषा साँस लेती है, धड़कती है। उसकी धड़कन को पहचानो, उसकी हरारत को महसूस करो, उसमें उतरो और उसमें अपने रंग, अपनी साँस और अपनी धड़कनें भी उतार दो। देखो भाषा

कैसे खिल उठेगी। हिन्दी कविता में अंग्रेज़ी शब्द या वाक्य का घुस जाना, बशर्ते कि उस स्थान पर वही एक्सप्रेशन ज़रूरी हो, भाषा को एक अलग आयाम भी देता है क्योंकि ये शब्द हमारी रोज़मर्रा की भाषा में स्वीकृत और प्रचलित हैं। लेकिन यह एक देखादेखी में और फ़ैशनेबल होने के लिए किया जाये तो इससे भाषा का नुक़सान ही होगा। भाषा ईमानदारी और समर्पण माँगती है। उसकी और अपनी सीमाओं को समझो और उनका अतिक्रमण करो। भाषा को एक नया रंग दे सकते हो तो दो वरना उसे अपने हाल पर छोड़ दो। बहुत से कवि हैं और होंगे जो अपनी भाषा को जीवन दे रहे होंगे, तुम्हारे नहीं होने से किसी को फ़र्क़ नहीं पड़ता। उन्होंने मुझे बहुत गहराई से समझाया कि मेरी कविता मेरी ही होनी चाहिए, किसी और की नहीं। मेरा स्वर, मेरी भाषा वही होगी जो अब तक बन पायी है। दूसरे, उन्होंने यह भी समझाया कि मुझे अगर सिर्फ़ पहले से बने फ्रेम में फिट हो जाने वाली कविता लिखनी है तो मैं कविता लिखना इसी वक़्त छोड़ दूँ, क्योंकि फ्रेम में क़ैद कविताएँ तो बहुतेरे लोग लिख रहे हैं, तुम भी लिख डालोगे तो क्या उखड़ जायेगा?

उस दिन मुझे सलीके से तोड़ा गया, नेस्तनाबूद कर दिया गया। लेकिन शब्द के चुनाव और भाषा से बर्ताव को लेकर मैं उस दिन 'नया' हो गया। आलोचकों द्वारा मानी उच्च कविताई के मानदण्डों से बँधे रह कर घुटते रहने से मैं उस दिन आज़ाद हो गया। लगा जैसे अब खुली हवा में साँस लेने लगा हूँ। दिलीप चित्रे ने उस दिन मुझे मेरे भीतर से खोल दिया! और सच कहूँ तो जब से इसकी परवाह किये बगैर कि कोई क्या कहेगा मैं 'अपनी' कविता 'फिर' से लिखने लगा, और जबसे इसमें अपने शब्द, अपने वाक्य और अपनी भाषा के प्रति सचेत हो गया, मुझे कविताओं में बहुत मज़ा आने लगा। लिखने के प्रति एक जीवन्त आकर्षण पैदा हो गया। आज भी मैं अपनी कविता लिख रहा हूँ, बिल्कुल बेपरवाह हो कर!

दिलीप चित्रे से मिलना मेरे लिए एक बड़ा मोड़ ले आया!

मेरी कविता पर दिलीप जी का अगर कोई प्रभाव है तो वह अवचेतन में पायी गयी मुक्ति के रूप में है। वहाँ, उस स्तर पर कविता के लिए जो दृष्टि मुझे मिली है, उसका पूरा ब्योरा नहीं दे पाऊँगा लेकिन इतना अवश्य है कि मुझमें खोया हुआ आत्मविश्वास लौट आया है। मैं इस कुण्ठा से मुक्त हो गया कि मेरे अलावा बाक़ी सभी लोग बहुत अच्छी कविता लिखते हैं और मैं तो किसी लायक नहीं हूँ। बहुत से लोग बहुत अच्छी कविताएँ लिखते हैं, लेकिन अब मैं भी 'अपनी' कविता लिख रहा हूँ और इसी दिशा में आगे और काम करना चाहता हूँ।

(5)

मौलिक कविता के भीतर क़दम-दर-क़दम उतरता अनुवादक उसके अनूदित रूप में अपनी भाषा और अपनी शैली भी अनायास ही मिलाता चला जाता है। अनुवाद करते वक़्त अनुवादक बहुत कुछ सीखता भी है। एक सक्रिय कवि यदि किसी पहुँचे हुए कवि की कविताओं का अनुवाद कर रहा हो तो यह ज्ञान और भी प्रखर हो कर उसमें प्रवेश पाता है। एक-एक शब्द, उसकी ध्वनि, उसका प्रयोजन, उसका दूसरी भाषा में अवतार और अनुकूलन—ये सभी आयाम उस अनुवादक को शब्दों की भीतरी दुनिया में पल रही हलचल में उतार देते हैं और शब्दों के प्रति उसके रवैये को पूरी तरह बदल कर रख देते हैं। यहीं उस कवि का गुणसूत्र मिलता है जो उसे वैसा कवि बनाता है जैसा कि वह है। इसी गुणसूत्र को आप उसके भुक्त जीवन के सन्दर्भों में रख कर उसकी रचना तक पहुँचते हैं और फिर उसकी रचना में दाखिल हो जाते हैं। प्रायः यह दोतरफ़ा व्यापार होता है।

दिलीप चित्रे का जीवन उथल-पुथल, दुःख और अवसादों से भरा हुआ था जिसमें जीवन के कठिन रास्तों के चुनाव और अपनी आज़ादी को बचाये रखने की उनकी ज़िद का बड़ा हाथ रहा है। बने-बनाये रास्तों से परहेज उनके कवि व्यक्तित्व का अभिन्न रंग है जो इस पुस्तक में संकलित उनकी कविताओं

को पढ़ कर सहज ही समझा जा सकता है। एक शाम यूँ ही बातों के दौरान उन्होंने बताया कि 16 वर्ष की उम्र में ही उन्होंने यह तय कर के घोषित भी कर दिया कि वे जीवन में कवि होना चाहते हैं और कविता लिखना ही उनका एकमात्र पेशा होगा। इस दौरान उन्होंने कई संस्थानों में कुछ-कुछ दिनों की नौकरियाँ भी कीं। एक नौकरी वे साल-छह महीने से ज़्यादा नहीं करते थे। जैसे ही उन्हें लगता था कि अब उनके पास साल-दो साल जीने के लिए पर्याप्त पैसे हो गये हैं, वे नौकरी छोड़ कर अपने सृजन कर्म में पूरी तल्लीनता से लग जाते थे। एक बार मैंने पूछा कि दादा! आपको कभी असुरक्षा का बोध नहीं होता था? नौकरी रहे तो रोजी रोटी और अन्य ख़र्चों का प्रबन्ध हो जाता है। कौन जाने कब किस समय कैसी ज़रूरत आन पड़े! इस पर उन्होंने जवाब दिया, "मैं अपनी आज़ादी को, अन्य सभी चीज़ों से ज़्यादा महत्त्वपूर्ण मानता हूँ और अपनी पूरी उग्रता और प्रचण्डता से इसकी रक्षा करता रहूँगा। अन्तिम साँस तक!" उनकी आँखों में स्वाभिमान का दर्प एक अलग ही रंग भर रहा था। नौकरी, थोड़ी सुख-सुविधा और सुरक्षा का बोध व्यक्ति को मन के स्तर पर बाँध लेता है और वह फिर कभी आज़ाद नहीं हो पाता। उन्होंने हर बार इससे मुक्ति के लिए संघर्ष किया।

अपने जीवन काल में उन्होंने कुछ फ़िल्मों की पटकथाएँ लिखीं, संवाद लिखे, 'विजेता' जैसी फ़िल्म लिखी और 'गोदाम' जैसी विश्वस्तरीय और पुरस्कृत फ़िल्म का निर्देशन किया। चर्चित फ़िल्म 'अर्धसत्य' में उनकी इसी शीर्षक की कविता का भी प्रयोग हुआ है। विज्ञापन कम्पनियों में नौकरी करते हुए उन्होंने 'Surrogate advertisement' की संकल्पना दी और इसकी शुरुआत भी की। आज यह तरीका फ़िल्मों में और टी.वी. के धारावाहिकों में काफ़ी प्रचलित है। इसके अलावा उन्होंने कई डॉक्यूमेण्ट्री फ़िल्मों का भी निर्माण किया।

दिलीप चित्रे एक अच्छे चित्रकार भी थे। दृश्य-कला की बहुत गहरी समझ रखने वाले इस कवि ने कई चित्रकारों के चित्रों की समीक्षा करते हुए कला में प्रयुक्त हुए माध्यम की जो समझ दिखाई है वह कई प्रोफ़ेशनल समीक्षकों के पास भी नहीं। उनके चित्रों पर हम आगे भी चर्चा करेंगे।

दरअसल वह पूरी तरह से एक समृद्ध सर्जक थे। जिस भी विधा में उतरे उसी में उन्होंने कमाल का कुछ रच दिया। जीवन के अन्तिम कुछ दिनों में, जब उन्हें इस बात की जानकारी हो चुकी थी कि उनका लिवर कैंसर अब अपने अन्तिम चरण में आ चुका है और उनका जीवन बस कुछ दिनों का रह गया है, तब भी मैंने उन्हें उदास या हताश नहीं देखा। हाँ, वह पहले वाली वाचालता नहीं रही थी और वे बहुत ही बूढ़े और कमज़ोर लगने लगे थे। उठ कर ज़्यादा देर नहीं बैठ पाते थे और हर थोड़ी देर में लेट जाते थे। कुछ सोचते थे और फिर उठ कर चित्र बनाने लगते थे। मैं उनकी बगल में बैठा चुपचाप उन्हें काम में लगा हुआ देखता रहता था। क्या यह आदमी जीवन से लड़ रहा है या मृत्यु से? कभी-कभी तो लगता था जैसे उन्हें इस बात की फ़िक्र ही नहीं थी और वे लगातार एक-एक बचे हुए क्षण में कुछ न कुछ कर लेना चाह रहे हैं, ख़ुद को अभिव्यक्त करना चाह रहे हैं। उस वक़्त वे शायद जीवन और मृत्यु के पार निकल चुके थे। कह नहीं सकता कि वे उस चित्र को पूरा कर पाये या नहीं। वह एक अमूर्त चित्र था जो ग्रीन-ग्रे के साथ वर्मिलियन रेड के खेल पर केन्द्रित था। माध्यम था 'एक्रीलिक ऑन पेपर'। उनके चित्रों में दरके हुए चेहरे, आड़े-तिरछे धब्बेदार रंग जो कहीं आपस में घुले हुए होते थे तो कहीं बिल्कुल एक-दूसरे को काटते लगते थे, अक्सर आते रहते थे। उनका जो चित्र मुझे सबसे प्रिय था उसका नाम उन्होंने मुझे बताया था 'बनारसी सिल्क'। कमाल की संकल्पना थी उस चित्र की। जेस्सो किये गये सफ़ेद कैनवास पर सिर्फ़ और सिर्फ़ सफ़ेद रंग। उसी सफ़ेद के टेक्स्चर जो मुक्तता से बलखाती लकीरों में उड़े चले जाते थे। सीधी-सपाट रोशनी में बिल्कुल उथले और सतही नज़र आते उस चित्र पर जब शाम को

ऊपर से स्पॉट लाइट पड़ती थी तो उसकी सतह और परतें जी उठती थीं, टेक्स्चर की वे बलखाती लकीरें बोल उठती थीं, पूरा कैनवास जैसे झनझना उठता था और गतिमान हो जाता था। मैंने उस चित्र को गौर से देखते हुए एक दिन कहा था कि दादा! यह तो 'सबलिमिनल' है, किसी भी मनुष्य का गहरा और बहुत भीतरी अवचेतन है, जहाँ विश्व लगातार रिस-रिस कर दर्ज हुआ करता है। बाहर से उथला, नीरस, सपाट और भीतर से उतना ही गहरा और अपने अस्तित्व की लय में गतिमान! इस पर वे सिर्फ़ मुस्कुराये थे, कहा कुछ भी नहीं। पर उस चित्र में सबसे ज़्यादा प्रभावशाली था सफ़ेद रंग का प्रयोग। मैं हैरत में था। रंगों की अलग-अलग सतहों पर किये गये काम में भी, उनके पूरे ग्रे स्केल के इस्तेमाल के बाद भी उनमें इतनी छाया पैदा होते मैंने नहीं देखा। कोई भी रंग अपने ग्रे-स्केल पर गहरे धूसर से सफ़ेद की तरफ़ यात्रा करता है और इसी दौरान उस रंग के आरोह-अवरोह बनते हैं, उसकी भाव छायाएँ बनती हैं जिसे चित्रकार अपनी अभिव्यक्ति के लिए पकड़ता है। लेकिन सफ़ेद जैसे रंग में बिना किसी और रंग की मदद के इतनी अभिव्यक्ति पैदा कर देना मेरे चित्रकार मन को हैरत में डाले हुए था।

चित्रों और कविताओं को इकट्ठा रखने पर दिलीप जी का जो अन्तः संसार नज़र आता है उसमें एक गहरे गाढ़े स्याह अन्तर में प्रकाश का एक पुंज है जो सतह तक आते-आते रहस्यमय धुन्ध में बदल कर फैल जाता है और यहाँ-वहाँ अलग-अलग रंगों की रचना करता है। लेकिन वह पूरा विश्व मलिन अँधेरे में डूबा हुआ है और उसकी सतह खुरदुरी है जिस पर बिना किसी पूर्वाग्रह और बिना किसी घोषित नियम के जीवन सहज पनप रहा है। जो भी रंग इसमें भरते हैं वे सिर्फ़ उस कालेपन की मौजूदगी को और भी गहन करने के लिए होते हैं। यह गहरा घना सम्भवतया उस चित्रकार का मृत्युबोध है जिसने कई मौतों को अपनी देह पर झेलते हुए अपने अवचेतन पर उसका गहरा असर पाया है। मृत्यु के रहस्य रूप के प्रति एक ख़ास तरह का आकर्षण उनकी कविताओं में कभी बहुत स्पष्ट तो कभी छाया रूप में आता रहता है। कभी-कभी तो ऐसा भी महसूस होता है कि सम्भोग और मृत्यु दोनों ही उनके लिए एक ही तरह का आकर्षण और स्वाद रचते हैं। और यहीं कहीं किसी मध्य बिन्दु पर जीवन का भाव उन्हें प्राप्त होता है।

उनके लिए जीवन का बोध यहीं से उगता है। यही जीवन उनकी कविताओं में अपनी स्थूल खुरदुरी उपस्थिति में आकार लेता है। उन्होंने देह के स्तर पर, इन्द्रियों के स्तर पर, भावनात्मक बौद्धिक और आध्यात्मिक स्तर पर जीवन की घनीभूत उपस्थिति को उसके पूरे फैलाव और खुरदुरेपन में जीया और रचा है "मैं जीवन का स्वाद खो चुका था/पर मैंने अपनी जीभ को बचाये रखा/और यह किसी चमत्कार से कम नहीं था।" (शिव)

(6)

ज़ाहिर है, इस अभिव्यक्ति तक आने में कवि कितनी ही त्रासदियों से गुज़र चुका होगा। और फिर भी उसमें जीवन से राग टूटा नहीं था। दिलीप जी ने अपने जीवन काल में मृत्यु को कई बार अपने एकदम नज़दीक घटित होते देखा, उसे अपनी त्वचा पर साँस छोड़ता हुआ महसूस किया। इतना कि मृत्यु उनकी कविताओं में वैसे ही आने लगी जैसे यौन सम्बन्ध। यौन और मृत्यु एक-दूसरे का रंग ओढ़े उतनी ही सहजता से उनकी अभिव्यक्ति में आते हैं जैसे कोई रोज़मर्रा की बात हो। उन्हें मृत्यु का रूमानी कवि भी कहा जा सकता है। मुझे लगता है कि वे एक बड़े फलक के कवि हैं जिनकी कविताओं में जीवन, उसकी बारीक बुनावट, उसके सपने और उड़ानें सब मृत्यु की छाया में ही उगते और अस्त होते हैं। लेकिन मृत्यु उनके लिए कभी भी भयकारी नहीं है, वह तो बस दिशा बदल लेने का पड़ाव है। 'मृत्यु के उस पार' की अभिव्यक्ति उनकी कई कविताओं में मिलती है। इसे भारतीय दर्शन में मृत्यु और जीवन की अवधारणाओं का उनकी जीवन दृष्टि पर असर के तौर पर भी समझा जा सकता है।

मृत्यु के सबसे विनाशक रूप को उन्होंने अपने 41 वर्षीय इकलौते पुत्र आशय के असमय निधन में

देखा। दिलीप चित्रे भोपाल स्थित भारत भवन के सांस्कृतिक केन्द्र के काव्य विभाग वागर्थ के निदेशक के रूप में जिन दिनों भोपाल में रह रहे थे उन्हीं दिनों भोपाल की वह भयानक गैस त्रासदी हुई थी। हालाँकि वे और उनका परिवार इस त्रासदी से निकल तो गये लेकिन आशय के फेफड़ों पर उसका प्रतिकूल असर हुआ जिसके कारण उन्हें लगातार साँस की तकलीफ़ रहने लगी और सन् 2003 में दम घुट जाने से पुणे में उनकी मृत्यु हो गयी। दुखद यह भी था कि जब आशय की मृत्यु हुई उस वक़्त वे अकेले थे क्योंकि उन दिनों दिलीप चित्रे जी और उनकी पत्नी वीजू विदेश में थे।

आशय की मृत्यु ने उन्हें बहुत भीतर तक हमेशा के लिए तोड़ दिया। वे जीवन भर के लिए एक अलग तरह की कुण्ठा और आत्मग्लानि से भर गये। उन्हें हमेशा लगता रहता था कि वे एक अच्छे पिता नहीं बन पाये, कि उन्होंने अपने बेटे के जीवन को नष्ट कर दिया। वे 'बाई पोलर डिसॉर्डर' के मानसिक रोग का शिकार हो गये जो अन्त समय तक उन्हें परेशान करता रहा।

मृत्यु का यह दंश, उनकी आत्मग्लानि और कुण्ठा उनकी कविताओं में उन समस्त ज़िम्मेदार स्थितियों के प्रति एक सब कुछ खो चुके आदमी की घुटन भरी उदासी में प्रतिकार और शोक के रूप में आता है "जैसे बुझने से पहले तेज़ी से चमक उठा तारा ऊँची तल्ख़ आवाज़ में गा रहा हो दूर किसी आकाशगंगा में..." (खो चुके पुत्र के लिए एक अधूरा शोक गीत)।

(7)

दिलीप चित्रे की कविताओं में मुझे एक ख़ास बात लगी उनका शब्द-विन्यास जो वाक्यों के गठन में खलबली तक पैदा कर देता है। वही वाक्य सीधे-सीधे नहीं बन कर कई घुमावों से गुज़रता हुआ, अपनी जद में और भी कई सन्दर्भ समेटता हुआ आगे बढ़ता है। इस कवि की कविता को उसकी भाषा से निकाल कर दूसरी भाषा में जीवित करने के लिए कई स्थानों पर उसे उसके वाक्य की लड़ियों के साथ ही लाना आवश्यक लगा। इसमें यह ख़तरा भी बना रहता है कि कहीं वाक्य-विन्यास को ठीक वैसा ही गढ़ने की कोशिश में भाव और उससे पैदा हुई अर्थ छाया ना मर जाये। कहीं वह कविता का महज एक शब्दशः अनुवाद बन कर ना रह जाये। ऐसे कई मुश्किल पड़ावों पर कवि द्वारा अपनी कुछ मराठी कविताओं के अंग्रेज़ी अनुवाद से भी मदद ली गयी है। हालाँकि, उस अंग्रेज़ी अनुवाद में कवि ने अपने वाक्य-विन्यास को उतनी अहमियत नहीं दी है, लेकिन फिर भी भावों तक सटीकता से पहुँचने में वे सहायक अवश्य हुई हैं। इस अनुवाद में कवि के कहन के ढंग में कम-से-कम बदलाव हो, इस बात का भी ध्यान रखा गया है। अतः कई बार पाठक वाक्यों को प्रचलित ढंग का नहीं पाये, यह सम्भव है।

बावजूद हर कोशिश के शब्दों के निहितार्थों को जिस तरह से कवि ने अपनी मौलिक कविता में तोड़ा-मरोड़ा है और एक नया शब्द और अर्थ पैदा कर दिया है, उसे अनुवाद में ठीक वैसा ही उद्घाटित नहीं किया जा सका है क्योंकि ये नये शब्द उसी भाषा के शब्द को तोड़ कर निर्मित किये गये हैं जो दूसरी भाषा में ठीक वैसे ही उपलब्ध नहीं हैं।

(8)

एक और बात जो दिलीप चित्रे की कविताओं में मुझे बहुत अलग नज़र आती है वह है उनकी कविताओं पर महानगरीय जीवन और विदेशों में बीते उनके जीवन का गहरा प्रभाव। उनकी कविताओं में ठेठ देसीपन कहीं-कहीं ही नज़र आता है और अगर आता भी है तो एक बम्बैया तरीके का। हमारी हिन्दी की कविताओं में जिस देसीपन और लोक सम्पृक्ति का बहुल है, वह उनकी कविताओं में सिर्फ़ एकाध स्थानों पर ही नज़र आता है, ख़ासतौर से जब वे तुकाराम, खंडोबा, पंढरपुर, जेजूरी, देहू या फिर किसी ग्रामीण परिवेश से सन्दर्भित कविता लिखते हैं। इसका एक बड़ा कारण उनके जीवन की वे स्थितियाँ हैं जिनमें वे पले-बढ़े और रहे।

उनका जन्म 17 सितम्बर, 1938 को बड़ोदा में हुआ था। बड़ोदा में बीते बाल्यकाल और मुम्बई में बीते किशोर वय और युवावस्था का उनकी कविताओं के गठन पर काफ़ी असर पड़ा है। उन पर बड़ोदा के उदार मानववादी संस्कार के सत्व और सहिष्णुता के असर के साथ-साथ मुम्बई के बहुलतावादी सामाजिक जीवन और यूरोप के आधुनिक नवजागरण का भी असर था। इसके अलावा इथियोपिया, अमेरिका, और यूरोप में बिताये जीवन के एक दशक से भी अधिक काल में अन्तर्राष्ट्रीय कविताओं का उनकी कविताओं में एक गहरा असर घुस आया। इन प्रभावों के साथ-साथ सन्त तुकाराम और सन्त ज्ञानेश्वर के प्रभावों ने उनकी कविता की आत्मा और देह को गढ़ा है। ज्ञानदेव के प्रकृति पुरुष के रूप में जगत की व्याख्या और तुकाराम का आत्मशोध उनकी कविताओं पर बहुत स्पष्ट रूप से अपना असर डालते नज़र आते हैं। उन्हें शब्द-योजना में सौन्दर्य की दृष्टि ज्ञानदेव से मिली तथा अनुभवों को ठोंक बजा कर देखने की दृष्टि तुकाराम से मिली। बड़ोदा, मुम्बई, यूरोप, अमेरिका और सन्त परम्परा की विरासत के मिलेजुले असर से दिलीप चित्रे का काव्य-संसार निर्मित होता है।

बड़ोदा में रहते हुए उनकी आरम्भिक शिक्षा रोजरी हाई स्कूल (अंग्रेज़ी माध्यम) से शुरू हो कर दूसरी कक्षा के बाद म्युनिसिपल मराठी माध्यम में रावपुर अपर प्राइमरी स्कूल में हुई। उनके पिता श्री पुरुषोत्तम आत्माराम चित्रे बड़ोदा से ही 'अभिरुचि' नामक पत्रिका चलाते थे और उनका अपना प्रिंटिंग प्रेस भी था। साहित्यिक पत्रिका सम्पादन की वजह से उन दिनों के कई साहित्यकार उनके घर आते-जाते रहते थे। पढ़ने-लिखने के शौक़ीन उनके पिता के सान्निध्य में घर में अक्सर साहित्यिक चर्चाएँ होती रहती थीं।

उन पर मुम्बई का भी बहुत गहरा असर था। उन्होंने खुद कहा भी है, "मैं बारह वर्ष की उम्र में पहली बार मुम्बई आया। उसके बाद मुम्बई में ही बड़ा हुआ। यह मेरा पसन्दीदा शहर है, इसके गली-कूचों में बहुत घूमा हूँ। जिन बस्तियों में महाराष्ट्रीय मध्यम वर्ग के बच्चे कभी गये तक नहीं होंगे, उन बस्तियों में मैं बहुत घूमा हूँ। शहर की भौगोलिक और सामाजिक समझ मुझे दारू और चरस के अड्डों पर मिली। इसके अलावा यह समझ, नाते-रिश्तेदारों, मज़दूर कार्यकर्ता मित्रों के साथ यहाँ-वहाँ घूम कर मिली। उसमें भी मेरे मित्र अलग-अलग श्रेणियों, समाजों से थे। कोई पारसी, कोई मुस्लिम, कोई गोवा का या कोई ईस्ट इण्डियन कैथोलिक। स्कूल में मेरे सहपाठियों में अधिकांश धारावी की झुग्गियों से थे जिनमें एक बहुत बड़ा हिस्सा दलितों का भी था।"

दुनिया के चार महाद्वीपों में जीवन और उसके अलग-अलग रंगों को चित्रे के काव्य व्यक्तित्व में रचा-बसा देखा जा सकता है। उनका कहना था कि "इस दुनिया को जितना अधिक पचाओगे उतना ही अधिक यह तुम्हारे अंग लगेगी।"

कभी-कभी वीजू या वे विदेशों में बीते अपने जीवन के बारे में कुछ-कुछ बताया करते थे। और, ज़ाहिर है, कि उन देशों की तुलना हम भारत से करने लगते थे। बातें घूम फिर कर अस्तित्ववाद पर आ जाती थीं। अक्सर मैं उनकी बातों को यह कह कर काट दिया करता था कि यह भी सत्य को देखने का एक आंशिक तरीका भर ही है और इसीलिए यह भी पूरी तरह मान्य नहीं है। उनके यह पूछने पर कि फिर मैं किस दर्शन से सहमत हूँ, मैंने कहा कि सत्य की व्याख्या सत्य को कुतर देती है और इसीलिए कोई भी जीवन-दर्शन सत्य को पूरी तरह से उद्घाटित नहीं करता। हम उसी दर्शन के भूमि तत्त्वों में उलझे रह जाते हैं और जो सच है वह ठीक वैसे का वैसा बयाँ नहीं हो पाता। "तो तुम नकारवाद में यकीन रखते हो", उन्होंने कहा। 'नहीं' मैंने कहा, "जब तक इसे 'नेति नेति' के भाव में लिया जाये तब तक ठीक है, लेकिन मैं 'सबका-स्वीकार' भाव रखता हूँ पर किसी एक पर अभी मेरी आस्था टिक नहीं पायी है। मुझे लगता है एक घटना महज एक fact है, cold fact। हमारा मन, हमारी बुद्धि, हमारी वृत्ति उससे interact करती है और उसे अपने-अपने ढंग से interpret करती है। और इसीलिए उसी एक घटना का अलग-अलग व्यक्ति पर अलग-अलग असर होता है और उन सबकी अलग-अलग प्रतिक्रियाएँ

होती हैं। ज़रूरी नहीं है कि जो मार्क्स को लगा था वही सार्त्र को भी वैसा ही लगे या कामू को या फिर गाँधी या हिटलर को।"

"तो आप सूफ़ी हैं!" दादा ने मुझे छेड़ा। वे अक्सर इसी तरह मुझे एक लम्बी बहस की तरफ़ खींचते थे और शायद मुझे नापते थे, या फिर मेरे बचपने का मज़ा लेते थे। "तुम्हारी गिलास अभी तक वैसी ही है, जीवन-दर्शन की तरह, ना पूरी ना आधी" उन्होंने हास्य का पुट उड़ेलते कहा, "कविराज, इस गिलास में पूर्णता का अर्थ भरिये!" मैंने जल्दी से अपना गिलास खाली किया और उनके गिलास को ले कर अगला पेग बनाने उठ गया। किचन से प्रॉन बिरियानी की महक उठने लगी थी लेकिन अभी तो बहस आधी ही हुई थी। और मैं रंग में आ चुका था। दादा धीमे-धीमे मुस्कुरा रहे थे। मेरे बैठते ही उन्होंने फिर कहा, "तो तुम सूफ़ी हो...और सत्य तुम्हारे लिए शब्दों से परे है। जो कहे सो जाने नाही, जो जाने सो कहे नाही।" "दादा, मैं सूफ़ी भी नहीं हूँ, लेकिन मुझे सूफ़ी दर्शन अच्छा ज़रूर लगता है। लेकिन मैं इसे अभी इस दुनिया के सिस्टम में फिट नहीं कर पा रहा हूँ।" पर तुम्हारी बातों से तो यही लग रहा है कि या तो तुम Sufism में believe करते हो या फिर तुम phenomenologist हो। "कुछ हद तक, 'हाँ' कह सकता हूँ। Phenomenological स्टडीज़ ने मुझे काफ़ी इम्प्रेस किया है, लेकिन यह भी कहाँ तक और कितना है, कह नहीं सकता। मेरे ख़याल से, फेनोमेनोलोजी का विस्तार अन्ततः एक अराजकता में होता है। मुझे लगता है इस दर्शन को अगर और दूर तक ले जाया जाये तो निष्कर्ष यही होगा कि विश्व कुछ भी नहीं है, या फिर यहाँ कुछ भी सत्य नहीं है और यह न्यूटन के relativity के सिद्धान्त की जद में आ जायेगा। मुझे यह भी लगता है कि इसी अराजकता की भूमि से उत्तर-आधुनिकता ने जन्म लिया है।"

"जीवन के ताप को उसकी पूरी तपिश में जब महसूस करोगे, तुम्हें अपने सत्य का मार्ग नज़र आने लगेगा। पढ़ते रहो। सब कुछ पढ़ो, सब पर सोचो। मार्क्स अगर पसन्द है, तो मार्क्स के ख़िलाफ़ लिखी गयी सारी चीज़ें भी पढ़ो। उसके बाद जो तुम्हारी समझ बनेगी उसे ईमानदारी से सहज स्वीकारो। यही तुम्हारे स्वर का निर्माण करेगा। तुम्हारी अपनी ज़मीन तैयार करेगा।"

"जी दादा। एक बात कहूँ? लगभग सभी ने आपको अस्तित्ववादी कवि के रूप में देखा है, लेकिन जो कुछ भी थोड़ा बहुत आपको मैंने समझा है, मुझे लगता है आप अस्तित्ववाद में उतर कर उससे कुछ अलग और हट कर कहीं निकल गये हैं। आप conformist नहीं हैं।"

"मुझे जो लिखना था मैंने लिख दिया। अब उस पर तुम या फिर कोई और क्या प्रतिक्रिया देता है, यह तुम्हारा या फिर उस व्यक्ति का अपना नज़रिया भर है, इससे ज़्यादा कुछ नहीं।"

मुझे लगा वे Death of the Artist की तर्ज पर ही बात कर रहे हैं या फिर निष्काम कर्म की। उन्हें कहीं से भी सुलझा पाना मेरे लिए मुश्किल काम था।

वैसे यह तय है कि दिलीप चित्रे अपने ढंग से अपनी सोच के अनुसार अपने जीवन का निर्वाह करते थे। उन्होंने कभी भी पहले से तय तरीकों को नहीं अपनाया। अपने लेखन में उन्होंने मराठी ब्राह्मणवाद और भारतीय संस्कृति एवं परम्परा पर दक्षिणपन्थी विवेचना को सिरे से ख़ारिज कर उसकी खिलाफ़त ही की। उनकी शुरुआती कहानियों में 'केसाळ काळेभोर पिल्लू' (काले बालों वाला पिल्ला) लिखा जो एक नौकर के अपनी मालकिन के साथ गुन्त यौन सम्बन्धों पर केन्द्रित है। इस कहानी से भड़क उठे प्रसिद्ध मराठी लेखक अत्रे जी ने सार्वजनिक तौर पर दिलीप चित्रे को कोड़ों से मारने की अपनी इच्छा ज़ाहिर की थी।

जब अमेरिकी लेखक जेम्स लेन ने शिवाजी पर अपनी विवादित पुस्तक में दिलीप चित्रे का आभार व्यक्त किया था तो दक्षिणपन्थी गुटों ने उनके प्रति हिंसात्मक विरोध प्रदर्शित किया। किसी भावी अनहोनी के अन्देशे से जब महाराष्ट्र सरकार ने उन्हें पुलिस सुरक्षा देने की पेशकश की तो उन्होंने इस पेशकश का कड़ा विरोध किया।

भण्डारकर इन्स्टीट्यूट में हुई तोड़फोड़ की घटना रही हो या गुजरात के दंगे, जहाँ कहीं भी कट्टरपन्थी ताकतों ने अपना असर दिखाया उन्होंने उसका खुल कर विरोध किया। धर्म और संस्कृति की उनकी समझ और आस्था इस बात की इजाज़त नहीं देती थी कि किसी भी हालत में कोई अपनी सोच दूसरों पर थोप कर उन्हें उसे मानने पर मजबूर करे। यह उनके सार्वभौमिक मानवतावाद और व्यक्तिगत स्वतन्त्रता के ख़िलाफ़ था।

(9)

एक अनुवादक के रूप में दिलीप चित्रे जी की ख्याति सर्वविदित है। हम जानते ही हैं कि सन्त तुकाराम की कविताओं के उनके द्वारा किये गये अंग्रेज़ी अनुवाद 'Says Tuka' पर उन्हें साहित्य अकादेमी पुरस्कार प्रदान किया गया था। उन्हें मौलिक रचनाओं के लिए भी उनके काव्य संग्रह 'एकूण कविता' पर साहित्य अकादेमी पुरस्कार मिल चुका है।

जिस शख़्सियत को मौलिक कविताओं और अनुवाद कर्म के लिए ऐसी ख्याति प्राप्त हो उसकी मराठी और अंग्रेज़ी कविताओं का अनुवाद एक अल्पज्ञ युवा कवि के लिए बहुत चुनौती भरा काम हो सकता है। और यह रहा भी है। यह भी सच है कि इससे पहले मैंने कभी भी अनुवाद का काम नहीं किया है और ना मैंने अपने आपको कभी एक अनुवादक के रूप में देखा है। अनुवाद कर्म तो मेरी कल्पनाओं में भी कहीं नहीं था। आज का यह प्रयास उन स्थितियों की देन है जिसमें दिलीप जी ने मुझ पर भरोसा करना शुरू किया।

बात उन शामों की है जब हम माइक डेविस की किताब 'द प्लेनेट ऑफ़ स्लम्स' पर चर्चा कर रहे थे। बातें बढ़ कर विकास विमर्श पर पहुँच गयीं। मैं अपनी शिक्षा, अध्ययन और रुचि से समाजशास्त्री था। दिल्ली स्कूल ऑफ़ इकॉनॉमिक्स में समाजशास्त्र की शिक्षा के दौरान विश्व स्तर के कई उद्‌भट विद्वानों के सम्पर्क में आया। नतीजतन, मेरी दृष्टि और भी खुली और विविध विषयों पर अनेक किताबें पढ़ते हुए मैं इस निष्कर्ष पर पहुँचने लगा कि सत्य की व्याख्या सत्य को ही कुतर देती है और उस व्याख्या में उसके वैचारिक रुझानों को स्थापित करते तथ्य महत्त्वपूर्ण हो जाते हैं और अन्य तथ्य गौण हो जाते हैं। और इसीलिए, मानवीय सन्दर्भों में वस्तुनिष्ठता भी अन्ततः व्यक्तिनिष्ठ ही होती है। अतः, मुझे लगने लगा था कि किसी भी सैद्धान्तिक पूर्वाग्रह के बिना ही मुक्त रूप से ज्ञान की खोज होनी चाहिए। यही सोच भौतिक-आर्थिक रूप से अल्प विकसित देशों में विकास सम्बन्धित मेरे मॉडल का निर्माण करने लगी थी जिसमें 'अल्प विकसित' की अवधारणा मुझे औपनिवेशिक मानसिकता की परिचायक लगने लगी थी। अतः विकास की मेरी अवधारणा में 'लोकल' ही सबसे ज़्यादा महत्त्वपूर्ण था। मेरे इन विचारों में अमर्त्य सेन की सोच और ई.एफ. शुमाकेर द्वारा लिखित पुस्तक 'स्मॉल इज़ ब्यूटीफुल' के प्रतिपादित आयाम प्रभावी रूप से घुले हुए थे। इसके अलावा गुनार मिर्डाल के 'एशियन ड्रामा' का भी मुझ पर असर हुआ करता था।

तो उस शाम जब माइक डेविस की किताब 'द प्लेनेट ऑफ़ स्लम्स' पर बात होते-होते विकास के मॉडल पर पहुँच गयी तो मैंने खुल कर अपना विचार रखना शुरू किया। प्रभावित हो कर उन्होंने अचानक कहा, "क्यों ना इसी विषय पर, तुम्हारे मॉडल को एक वैकल्पिक मॉडल के तौर पर रख कर, एक फ़िल्म बनाई जाये!" और फिर देर रात तक हम उस भावी फ़िल्म की योजना बनाते रहे। तय हुआ कि कहानी, पटकथा और अभिनय का काम मुझे ही करना होगा। दो-तीन दिन में उनकी टोली के लोग जमा हुए, मीटिंग हुई, काम बाँट दिये गये और कुछ दिनों बाद मैं कहानी तैयार कर लाया। थोड़ी-बहुत फेरबदल के बाद कहानी पास हो गयी। फिर पटकथा का काम शुरू हुआ। इस पटकथा की शुरुआत मैंने दिलीप जी की एक कविता 'Ruins' से की। फ़िल्म यहीं से शुरू होती। पर्दे पर अँधेरा है और अंग्रेज़ी में लिखी उस कविता का हिन्दी अनुवाद 'Voice Over' के जरिये आ रहा है। मुझे इस पर डाँट भी पड़ी कि सत्यानाश

मत करो, फ़िल्म एक तनाव से शुरू करो जो दर्शक को कॉलर पकड़ कर अपनी तरफ़ खींच ले। ख़ैर, उनकी उस कविता का प्रयोग तो नहीं हुआ, अलबत्ता मेरी एक कविता 'मैं माचिस क़ी तीली' (पहर यह बेपहर का/राजकमल प्रकाशन, 2009) ज़रूर शामिल कर ली गयी। यह फ़िल्म शुरू होते ही रुक गयी क्योंकि तभी मेरा तबादला हो गया और मैं मुम्बई आ गया और कुछ दिनों बाद से दिलीप जी बीमार रहने लगे। फिर हमारा मिलना कम होता चला गया और ई-मेल तथा फ़ोन से ही इस अधूरे प्रॉजेक्ट और उसके लिए आ रही आर्थिक कठिनाइयों पर बातें होती रहीं। कुछ तो मेरी भी काहिली थी जो इस प्रयास को हम तेज़ नहीं कर पाये और फिर कैन्सर ने हमसे हमारा प्रेरक और हमारा सपना छीन लिया।

ख़ैर, फ़िल्म तो नहीं बन पायी पर उसे बनाने के प्रयास में मेरे लिए एक नया आयाम खुल गया। यह आयाम था अनुवादक का। ऊपर उनकी अंग्रेज़ी कविता 'Ruins' की बात हुई थी। उस अनुवाद को देख कर दिलीप जी ने एक दिन मुझसे कहा कि अनुवाद के काम को तुम सीरियसली क्यों नहीं लेते हो, कोशिश करो। मुझे लगता है तुम यह काम ढंग से कर पाओगे। मैं ना-नुकुर कर पाता इसके पहले ही उन्होंने मुझे अपनी एक कविता पकड़ा दी और उसके एक अंश को चिह्नित करते हुए कहा कि बस इस पोर्शन का अनुवाद करके दिखाओ। फिर आगे बात करेंगे। मेरी कोशिश उन्हें पसंद आई। उत्साहित हो कर, बिना उनके कुछ कहे ही, मैंने उनकी छह-सात कविताओं का अनुवाद कर दिया। इस अनुवाद को कुछ दिनों बाद अनुराग वत्स ने अपने ब्लॉग 'सबद' पर लगाया था लेकिन तब तक मैंने उनकी करीब 30 कविताओं का अनुवाद कर लिया था। अनुवाद की दुनिया में मेरा सफ़र शुरू हो चुका था।

इस बीच मैंने उनकी एक लम्बी कविता 'Homage to Patliputra : A Poem in Many Voices for Jayprakash Narayan' का अनुवाद पूरा किया और उसे 'पहल' में छपने के लिए ज्ञानरंजन जी के पास भेज दिया। ज्ञानरंजन जी को वह अनुवाद बहुत पसन्द आया। वे इसे ज़रूर छापते, लेकिन तब तक पहल बन्द हो चुकी थी। अतः उन्होंने अपनी कोशिश से उस कविता को 'अकार' में छपवाया। अब इसे नियति की विडम्बना ही कहेंगे कि 'अकार' का वह अंक उन्हें उनकी मृत्यु से ठीक दो दिन पहले मिला। उन्होंने उसे पढ़ा भी और मुझे फ़ोन पर शाबाशी भी दी। मेरी कल्पना में सब कुछ ठीकठाक चल रहा था। आयुर्वेद की वह दवा जो दिलीप जी ले रहे थे, उसका असर भी हो रहा था। लेकिन अचानक सुबह-सुबह ख़बर आयी, "दिलीप चित्रे यानां दैव आज्ञा झाली"। मैंने तुरन्त उनके निकटतम सहयोगी बाबू सोनावने को फ़ोन लगाया। उन्होंने बताया कि सुबह 3 बजे के आसपास अपने आवास पर ही उन्होंने देह त्याग दिया। मृत्यु का रूमानी कवि उसके साथ अभिसार पर निकल चुका था!

मुझे पुणे पहुँचते-पहुँचते शाम हो गयी और तब तक उनका दाह-संस्कार हो चुका था। घर पहुँचकर वीजू से मिला। सब चुप थे। और मैं घर में हर जगह उन्हें चलता हुआ, चित्र बनाता हुआ, बातें करता हुआ देख रहा था। वोदका की वे बोतलें वैसी ही पड़ी हुई थीं, उनमें स्ट्रॉबेरी वैसे ही डूबे हुए थे, वही सन्नाटा, वही रूमान, वही जीवन! कुछ भी नहीं बदला था सिर्फ़ उसका सूत्रधार नेपथ्य में चला गया था।

मैं चुपचाप सिसक रहा था। वीजू उठकर आयीं और उन्होंने मेरा हाथ पकड़कर मुझे एक तरफ़ ला कर कहा, "तुषार! दादा का एक उधार है तुम पर। उनकी इच्छा थी कि तुम उनकी कविताओं का अनुवाद हिन्दी में करो।" मैं रो पड़ा।

आज जब यह काम पूरा हो रहा है तो वे तमाम शामें, वे सारी बातें, कविता की दुनिया में हमारी वे साझा उड़ानें सब इकट्ठे जीवित होकर कुलबुलाने लगी हैं। इस वक़्त उनकी कमी बहुत खल रही है। सोचता हूँ कि काश आज वे जीवित होते तो वे क्या कहते। सम्भवतया हर बार की तरह थोड़ा डाँटते, कुछ समझाते और बहुत सारी शाबाशियाँ देते!

यह पूरा प्रयास उन्हीं की प्रेरणा से संचालित हुआ है और उन्हीं की स्मृतियों को समर्पित है।

षड्ज

एक कवि का काम

('A Poet's Task'; As Is Where Is, पृ. *156)*

एक कवि का काम हर घण्टे
और भी मुश्किल होता जाता है
तुम्हें लगता है मैंने ख़ुद चुना है
इस पहाड़ को?

इस तरह के स्वर के साथ
मेरे पास सत्य को भींचे रहने के अलावा
और कोई विकल्प भी नहीं है जब
वास्तविकता ढह रही हो।

चुपचाप मीनारें चरमरा जाती हैं,
सभी ढाँचे गिर कर ध्वस्त हो जाते हैं;
एक नयी कौंध देखने को
मैं फिर से उजड़ जाता हूँ।

यह कोई पहाड़ नहीं है।
यह ख़ुद रोशनी है।
और मैं वह मूर्ख हूँ
जो इस पर चढ़ने की हिम्मत करता है।

बाहरी जगत मुझसे होकर भाषा में बह जाता है

('बाहेरचं जग माझ्याद्वारा वाहून जातं भाषेत'; एकूण कविता 1, पृ. 127)

बाहरी जगत मुझसे होकर भाषा में बह जाता है
कभी-कभी बीच में उच्चारित शब्दों के अक्षर आते हैं
सपाट काग़ज़ पर काली लिपि ठहर जाती है
कविता से उसके बाद मेरा कोई प्रत्यक्ष सम्बन्ध नहीं रहता

सपाट काग़ज़ पर लोगों की आँखें भटकती हैं
काली लिपि में फिर एक निराला वेग आ जाता है
अक्षरों के शब्द बनते हैं फिर उनका उच्चार होता है
वही सम्बन्ध भाषा से बह कर जाता है एक आन्तरिक जगत में

वह आन्तरिक जगत मेरा नहीं है उनका भी नहीं
अनेक आन्तरिक जगों से मिल कर बनता है वह जग
जिसके बाहर हममें से कोई भी नहीं जा सकता
और जिसमें हम अकेले भटकते रहते हैं उदास

एक बोधातीत पाशविक अंग में जैसे जकड़ा रहता है
उतने ही दुर्बोध आत्म का अदम्य प्रकाश

सुनो इस हवा को

('Listen To This Wind'; As Is Where Is, पृ. *171)*

हवा के विशाल पारदर्शी घोड़े पर सवार
आग के कलेजे में
चारों हवाओं के खुर गाड़ता
वह आ गया है
पहाड़ पर
पृथ्वी
सिर्फ़ एक क्षण की
विराम स्थली है उसकी
जिसे कोई पानी प्रतिबिम्बित नहीं करता
जिसे कोई आँख नहीं देख पाती
और जिसकी उपस्थिति
पर्वत-सी पतली है।
सुनो इस हवा को!
यह पहाड़ के
उन्मत्त आनन्द में उठे
एक पंख की फड़फड़ाहट है।

जोगिया

('जोगिया'; एकूण कविता 2, पृ. 451)

जहाँ अँधेरा है वहाँ
गान्धार भी नहीं है, मध्यम या पंचम भी नहीं
जहाँ धैवत है वहाँ भी कुछ भी नहीं।
केवल निषाद से शुरू होती है भोर
पर उसे भी टाल कर जो अपनेआप
षड्ज है था और बाद में भी है
उस पर है या नहीं है ऋषभ
यह षड्ज की आर्तता है
'मैं' न लगाये गये समग्र सप्तक की तरह।
सम्पूर्णता का संसार
उत्कट कर :
परदुःख में भर
तीनों लोक।

केदार

('केदार'; एकूण कविता 2, पृ. 452)

सभी महफिलों से भी लम्बा
जहाँ गाने का प्रदेश शुरू होता है
जहाँ सम के शोध पर फिर आना होता है
संगीत से बाहर के मानवी कोलाहल में

तुम्हारे ख़याल का पेंशनर बँगला
तुम्हारी बन्दिश के नम्बरवार आहाते
तुम्हारे बागानी रियाज की
कलमी फूल झाड़ियाँ तुम्हारे निजी अंगों पर

इस सबके बाहर भाषा की स्तब्धता है
और है मेरा आदिम अर्थ
पत्तियाँ और जड़ पहचानता
चिह्नों और निशानों के वन में
अभेद की चौतरफ़ा लय में चलता
जीवन भर मृत्यु के अल्पविराम निरखता

पार्थिव स्वच्छन्दता में भी अपार्थिव रहता
दाद माँगा न लिया
आवर्तन ख़त्म ही नहीं होता यहाँ
हर एक स्वर अरण्य सा
हर एक राग चेहरा हीन चिन्मय स्पन्द
यह कम्प यह कम्प यह कम्प यह कम्प

पूरे अस्तित्व पर विश्व का रोमांच
बिना हस्ताक्षर का करार
यह आरपार एक मध्यम में
मिलकर हुआ केदार

सम्पूर्ण मालकौंस

('सम्पूर्ण मालकौंस'; एकूण कविता 2, पृ. 453)

न आत्मनिष्ठ न वस्तुनिष्ठ
सन्धिप्रकाश की अलग ही है बात

अभाव था वैसी चाँदनी का
पुनः निराला था पूर्णिमा का रंग

वैराग्य चाल में स्तब्धता का बाघ
चमकती रेखाएँ दहाड़ता था

आँखों में बिजली जबड़ों में सृष्टि
अवरोह में मध्यम से वृष्टि
गान्धार लगाता है ऋषभ को धक्का
कल्लोल लपकाता अँधेरे का पक्का
आधार अँधेरा अस्तित्व का षडज्
शुभ्रता का स्रोत शब्द ब्रह्म

कैवल्य का ख़याल निर्वाण की चीज़
व्याघ्र यह जंगली विद्युत की लता

गति स्थिर करते तराने की छत से
लटकते हैं झूमर चैतन्य के

ब्लेक तुकाराम बाख ह्यल्डरलिन
हम गायें अब पूर्णत्व का कौंस

गायत्री का अन्तस ब्रह्मा की सूई की आँख
जिसमें निपुणता से डाली गयी है एक डोरी

मिनट पंछियों के झुण्ड की तरह उड़ गये

('Minutes flew away as a flock of birds'; Shesh, पृ. *26)*

मिनट पंछियों के झुण्ड की तरह उड़ गये
जब शाम ने कुछ भी नहीं कहा
एक मेघ बेसुध रहा
और चाँदनी ने फड़फड़ाए पंख

शान्ति एक पोखर थी
जिसमें एक रक्त-रेखा जलती रही अनन्त पथ बन
और निःशब्द मृदु तरंगों में आभासित रही
आकाशों की गूढ़ भाषा

जब शाम ने कुछ भी नहीं कहा
अँधेरे ने खोला अपना सीप
पर चाँद की बूँद गिरी उसमें जब
कथाओं का कोई मोती नहीं बना

चाँदनी और हमारी साँसों की धुन्ध में
अन्यता ने हमें गैर नहीं किया
अंग भूल गये अपने होने को पर
आकाश ने उन पर स्तूप रख दिया

पंछियों के प्रकाश में

('पक्षीप्रकाशांत'; एकूण कविता 3, पृ, 597)

वह पागल पंछियों के प्रकाश से जागता है
उसके बिजली के तार जल उठते हैं
पंछी रक्त मांस के जंगलों में गाते हैं
बाहर उस पागल की अँगुलियाँ तार बन जाती हैं

उस पागल की धमनियों में अँधेरा गरजता है
अर्धनिद्रा का, जो एक निराली जाग है
और सम्पूर्ण नींद भी एक भयंकर आग है
जिसे भड़कना ही होता है उसकी जाग में

वह पागल देखता है आवाज़ों को सूर्य-हुई आँखों से
बाहरी केन्द्रों को वर्तुल घेरता हुआ
और असंख्य निद्रा, बिजलियाँ जगा उठती हैं
एक प्रचण्ड लोरी रक्त और मांस में

वह पागल देखता है पंछी...उड़ते...फड़फड़ाते
और इस फड़फड़ाहट में उसकी आँखें डूब जाती हैं।

निमित्त के दरवाज़े अचानक खुलते हैं

('निमित्तांचे दरवाज़े अचानक उघडतात'; एकूण कविता 3, पृ. 606)

निमित्त के दरवाज़े अचानक खुलते और बन्द हो जाते हैं
जहाँ-जहाँ रोशनी जलती है पतंगे खिंचे चले आते हैं
नृत्यायमान ज्योति...आधी सुनी हुई कितनी ही ठुमरी...
कितने ही स्वरों ने अलग किया है दिशाओं की परत को
आधी-आधी मिल गयी हैं कितनी बार परछाइयाँ...

अकारण ही मन भर आता है कभी-कभी सूत सी सरकती
दिनों की माला देख कर...टूटे धागों की तरह
याद आती हैं कितनी आत्माएँ प्रेम में अन्धी
स्नेह के कई बन्धन बीते दिनों के, कब के टूटे हुए
मुझसे भी प्रेम करती हैं कई पापात्माएँ
निमित्त के दरवाज़े अचानक खुलते और बन्द हो जाते हैं
और इसीलिए हम मिले और हमारे पीछे
सभी दरवाज़े अदृश्य हो गये...हम साथ रह गये
निराधार, विस्मित हमने थामा एक-दूसरे का हाथ
और वही रहा हमारे हाथ में...जीवन बीत गया!

स्वरशून्य खोखलेपन में

('स्वरशून्य पोकळींत...'; एकूण कविता 3, पृ. 606)

स्वरशून्य खोखलेपन में मेरी ही चीख गिरी मुझ पर
यह सबूत था कि ब्रह्माण्ड की भी सीमाएँ हैं
आज अकारण उदास है मन उचित होता कि
तुमसे यह बिछोह कुछ और ही याद दिलाता मुझे।
गैस लाइट की रोशनी में सड़क पर खुद अपने पीछे
चलते हुए भी मैं उसी के साथ चल रहा था तब अचानक
यही याद आया मुझे। क्षण भर को पेड़ भी भयानक लगे
कोई कैसे ख़त्म कर सकता था अकारण इस दिशाहीन यात्रा को?

ट्राम की पटरियों पर उस वक़्त सिर्फ़ लोग ही चला करते हैं...
ख़ुद को छेड़ते हुए...पेड़ों की शाखाओं से होता हुआ
पसर जाता है बिजली का प्रकाश। सम्बद्ध अवकाश
तैरता है मन की सतह पर जब पैर पड़ रहे हों भिन्न-भिन्न स्मृतियों पर

मैं सचमुच स्मृतियों के मध्य तक चलता चला गया हूँ
दो शब्दों के बीच की जगह में...शान्ति में

सूर्य के केशों सी उलझी हवाओं में से

('सूर्याच्या केसांप्रमाणे गुंतलेल्या'; एकूण कविता 3, पृ. 608)

सूर्य के केशों सी उलझी हवाओं में से
मुझे तुम्हारे पलटते हुए गाल नज़र आते हैं कभी-कभी
कभी तुम्हारी नरम अँगुलियाँ हौले से मेरी हथेलियों में से गुज़र जाती हैं
कभी-कभी दीखता है मुझे तुम्हारी छवि बिना ही आईना तुम्हारे आगे
कभी-कभी उससे ही बहती है धूप मेरी आँखों से

मेरी पारदर्शक हथेली मेरी आँखों पर झाड़ियाँ हो जाती है
उसकी पत्तियाँ फड़फड़ाती हैं चिड़ियों सी
स्लेटी रंग के गूँगे कबूतर की लाल आँखें चमकती हैं
उसके जर्द फूलों की ढेर से ओस सी...
...सुना है तुमने इसे भी जो तैरता है मेरे विरह में?
क्योंकि तुम्हारी साँस अभी भी है मेरे गालों पर लज्जा की तरह।

बीच में ही स्वर के चकित होता भीगता अँधेरा

('मधूनच स्वरांनी चकित होणारा ओलेता अंधार'; एकूण कविता 3, पृ. 609)

बीच में ही स्वर के चकित होता भीगता अँधेरा
बीच में ही षड्ज से चढ़ता हुआ ऋषभ, गान्धार...
बीच में ही सुना है हमने निर्जन देवल में
चरमरा कर गिरते अज्ञात वृक्षों का प्रचण्ड अनुनाद,
बीच में ही मटके सा फूटा विश्वज्ञान
बीच में ही घूम गये अवकाश में गीली नक़्क़ाशी के टुकड़े
बीच में ही हम हुए एकाकी और एकदम शान्त
सुनते शान्ति को हौले से...आँखों पर सब कुछ का विश्राम
एक बार ही होती है एक-एक रात और एक-एक अंग
एक बार ही होता है एक-एक सम्भ्रम में विलम्ब विचित्र...
सुनी हुई आवाज़ एक बार ही होती है बीच में। बीच में ही
शहद से भी अधिक अजनबी कलेजे में टपकती है विरह की रात।

बनावटी

('बनवा-बनवी'; एकूण कविता 3, पृ. 819)

हाथी दाँत से हाथी; पंखों से कौवा
आँखें बन्द करने भर में
खुल जाती हैं बेड़ियाँ

पर यह कैसी आवाज़ें
सुनाई पड़ती हैं दूर से
हताश लोगों की?

आँखों के खुलने भर में
एक कविता ख़त्म और दूसरी शुरू होती है
वहाँ होना चाहिए था तुम्हें हमेशा के लिए

उन्मेष-निमेष की झपक में
मैं लाँघ आया भूगोल; जी लिया इतिहास;
कर लिया प्रेम; महसूस किया विकृति

वैखरी के अतिव्यय से पहुँचा
सीधा पश्यन्ती में परा के प्रकाश को
दूर से देखने को।

भाटा के किनारे पर

('ओहोटीच्या किनाऱ्याला'; एकूण कविता 3, पृ. 592)

भाटा के किनारे पर सभी आईने मिट चुके हैं
स्तब्ध वेला, तुम्हारे गालों पर मेरी ठण्डी साँस
कहाँ तक चल कर जाओगी
ऐसे ही अकेली? हँसोगी
और, ऐ मृत्युमयी, भूल जाओगी तुम भी वह लय!
माटी की देह का यह भाग्य कहाँ; तुम आकाश की जूही हो...
मेरे कलेजे की धड़कनें
मन्द होती जा रही हैं
निसर्ग के दर्पण भी जब चेहरे भूल जाते हैं
तब ऐसे ही इन विषण्णताओं में मेरे क़दम पड़ते हैं...

अन्तिम

('शेवट'; एकूण कविता 3, पृ. 823)

कभी-कभी अपनी ही कविताओं के गट्ठर देख कर
हताश हो जाता हूँ मैं। काग़ज़ों में क्या सचमुच बोध के
अवशेष रह जाते हैं? वह निर्विकार ऊर्जा,
वह निर्विचार मन, वह प्रवाह शिव का,
दिक्काल के तनाव से निकला हुआ
और जो अदृश्य हो गया हो अपनी ही हथेलियों में
अपने ही चेहरे की।

पीतल के अन्धे दीप स्तम्भों के आगे बजती रहती है
बहरी शहनाई
गर्भ गृह में पूजा करती रहती है
खूब सजी धजी स्त्री
कि जैसे वह ख़ुद ही पूनम की रात हो
नक्षत्रों की नथ, कुंडल, कंगन, चन्द्रहार
काली चंदेरी साड़ी पहन
घने जूड़े में रहस्यमय फूलों का गजरा बाँधे
मैं खो जाता हूँ काग़ज़ों में
अपनी ही आत्मकथा के जंगलों में
मृत्यु के कष्टमय पल में।

दोपहर

('दुपार'; एकूण कविता 3, पृ. 653)

सफ़ेद-पुतली आकाश का छाँका हुआ द्रव
पपनियों के पंख पर सोया हुआ अनादि विष
और मनुष्यों की जाग चुकी आग, पेट सोखता है
हर पंखुड़ी में उमड़ता दृश्य कालातीत।

एक विराट स्फोट का बिन्दुवत् संकोच मैं,
दोपहर के शुद्ध समुद्री ज्वार में मिट जाता हूँ
और हरीतिमा की लहर पर लहर आती है
माटी के ऊष्ण अँधेरे गर्भाशय से।

बूँदों की झालर लगी उनींदी लहर पर
ग़ायब हुआ अवकाश खिलखिला आता है पानी पर
अविरत मैथुन के प्रकट अंग हम
उसकी अप्रकट लय में ही घुट मरे...

इन्द्रियों का पचरंगी तोता उच्चारता है वाक्य
पिंजरे में ही पाठ किया है : इन्द्रियातीत है मध्याह्न भी।

मैं कैसा था

('मी कसा होतो'; एकूण कविता 2, पृ. 553)

काले बच्चों ने मुझे काला समझा
इण्डियन बच्चों ने मुझे इण्डियन समझा
गोरे बच्चों ने भी मुझे निराले रंग का
अमेरिकन ही समझा
थोड़ा-बहुत मैं वैसा भी था

चित्र

('चित्र'; एकूण कविता 3, पृ. 576)

भाद्रपद की नीली दुपहरी
जामुनी लहरें समुद्र की दूर पीछे जा चुकी हैं
क्षितिज को छूने
उजली पसरी धूप में
चमकता है नग्न किनारा
अलसाये ऊँचे पेड़ नारियल सुपारी के
खींचते हैं देह लम्बी जम्हाई में
...अधखुली तुम्हारी आँखों में
चित्र उगे हैं ये ऐसे।

शेष

('शेष'; एकूण कविता 1, पृ. 93)

शिल्प अँधेरे का विषण्ण है
कृपा चिह्न सा चाँद
किसी सिद्ध ने अक्षत छिड़का है
जन्म है, हत्या है, प्रेम है
कष्ट से कलुषित कोई तर्क है
लहसुन का अर्क, हींग का दर्प है

अँधेरे के विषण्ण शिल्प के तल में
प्रचण्ड विद्युतीय ग्रिड है
स्विच बोर्ड के चमत्कार हैं रात्रि के छिद्रों में बने शहर हैं
भीड़ भरी गलियों के व्यस्त व्यवहार हैं
सरपट सनसनाते राजमार्गों के सवार हैं

और इन सबके तल में शेष सा मैं

वर्षा

('वर्षा'; एकूण कविता 3, पृ. 581)

तरल उसके रक्त के
धूसर अँधेरों से
बिजली शाखाएँ कौंधाती है मेरे अस्तित्व की,
धुँधले गीले मदमाये पत्तों से
थिरकता
सिर्फ़ सिर्फ़ आषाढ़, अचानक
नर्म कोमल कम्पन-सा गुज़र जाता है,
रह जाती है
सिर्फ़ वह
पेड़ों की, पेड़ों में, पेड़ों के लिए :
स्त्री ऋतुगन्धा।

पत्थर

('खडक'; एकूण कविता 3, पृ. 577)

पत्थर पर झुर्रियाँ हैं
युग-युगों की स्मृतियों की
भीतर भविष्य के लावे का उबलता आवेग
लज्जित होता पत्थर
अभी गीला, अभी सूखा—बस अपमानित रेत
स्मृति उस पहले विद्युत् प्रहार की जो उसने झेला था
पत्थर का ख़ून अब जम कर गाढ़ा हो चुका है

झुर्रियाँ पड़ते ही
पत्थर हो जाता है गहरा रहस्य
मैं सुनता हूँ खिलखिलाती हँसी
हृदय में बहती पाँच धाराओं की
मेरी उत्पत्ति की हिमवर्षा में
दब कर जमी हुई बिजली
मेरे जन्म का जामुनी रहस्य
मेरी नींद की शर्मसार रेत

उल्लू

('एक घुबड'; एकूण कविता 3, पृ. 578)

रात के पेड़ की खोह में एक उल्लू
घूत्कार कोड़ता है गगन के गूढ़ पर
और सीप के भीतर कराहता है सागर
मृत्यु ओढ़े गुलाब में जो बुझ रहा है
खिलने के संकेत थम रहे हैं

मृत्यु ओढ़े गुलाब में जो बुझ रहा है
एक बूँद में थरथराता है गगन का गूढ़
और सीप के भीतर एक घूत्कार गीली हो जाती है
बुझते गुलाब के रात्रि-वृक्ष की खोह में
एक उल्लू का खिलना थम जाता है।

युद्ध

('झुंज'; एकूण कविता 3, पृ. 577)

मैं जो आकाश की नीली ढाल से
अपने अज्ञान को छुपाता हूँ
बचता हूँ मेडूसा सी सूर्य की नज़र की ज़हरीली तलवार से
अंजुली भर रक्त के जल में
जमा करता हूँ असंख्य असम्बद्ध प्रतिबिम्ब
मेरे शत्खंडित अस्तित्व के सूर्य की
(मेरी एक मात्र कविता की इन सात पंक्तियों के लिए सिर्फ़?)

लाल पत्तों वाले पांगारा पेड़ पर

('पंगाऱ्यावर'; एकूण कविता 3, पृ. 580)

लाल पत्तों वाले पांगारा पेड़ पर पंख खोले सात कव्वे
हिलते रहे भारहीन लाल अँधेरों में
बिजली की काली चमक की तरह...
यह रंग संगति किसे प्यारी है?
और आँखें घुल गयीं
पीछे छोड़ दृष्टि के घनत्व में दहकती आग
सात काले क्षण
हिलते—
लाल अँधेरों की अधीर नसों में
मैं देखता रहा बेसुध
सुन्न चेतना में विश्वास धरता हुआ
जबकि सात अक्षर उकेरते हैं अदृश्य का गीत
उसे पा लेता हूँ...लेकिन नहीं...लज्जित है जीवन
मैं चुनने लगता हूँ फिर अपशकुन के दाने!

जेब्रा

('झेब्रा'; एकूण कविता 3, पृ. 582)

जंगल और दुपहरी के अँधेरे उजाले
चरते जेब्रा बन गये स्वप्नों के चरागाह में
झाड़ियों में चमकती धूप
और हमारी नशीली आँखों से
हमारा होना रिस आया वहाँ
हवाओं के अर्थ गर्भित झोंके थे
तुम्हारे होंठों पर मेरे होंठ
मेरी देह का अफ्रीकी अकेलापन
रंगता रहा पत्तों को शान्त रंग में

जंगल की छाया और चमकती दोपहर
स्वप्नों के चरागाह में
चरता जेब्रा हारी हुई घास में
स्वप्न देखती हमारी देहों की पीली पंख सज्जा से
आकाश ने मुझसे तुममें झाँका था!

झूला

('झूला'; एकूण कविता, पृ. 584)

असावधान की भी सावधानी जहाँ ख़त्म हो जाती है
वहीं बाँधा है तुमने यह झूला
उसकी लम्बी डोर दहकते लाल फूलों की बनी हुई

यहाँ अनिश्चय की निश्चितता भी ख़त्म होती है
जो रह जाता है वह है अनन्त उच्छ्वास सा आकाश
और तुम : मैं : झूला।

पानी हो जाती है तन्द्रा भी

('पाणावते तंद्री'; एकूण कविता 3, पृ. 585)

पानी हो जाती है तन्द्रा भी
जब रोम छिद्रों में उतरती है
भीगी घास और धरती की सोंधी महक
और पैरों में धड़कता दर्द
बीत सा जाता है
झींगुरों की आवाज़ बेधती है
तीखी-नुकीली देहों को शून्य के विस्तार में।

सती : चिता पर प्रसूत हुई एक रात

('चितेवर प्रसूत झालेली एक रात्र'; एकूण कविता 3, पृ. 585)

चिता पर प्रसूत हुई एक रात
मेरे पौरुष को झिंझोड़ती है उसकी सुहाग-सज्जा
मृत्यु के ताप से गिरा हुआ उसका गर्भ
मेरी आँखें फोड़ कर भीतर घुस जाता है : और
मेरे ग्रीक पुतले का अंडकोष चकनाचूर हो जाता है।

मेरे कान सुनते हैं

('माझे कान ऐकतात'; एकूण कविता 3, पृ. 590)

मेरे कान सुनते हैं किनारे पर निस्तब्ध समुद्रता
फीकी हल्की हवा में स्वरों की निष्पर्णता...
मेरे होंठ छूते हैं रक्त-खारी रंगहीनता
डुबोने लायक सूर्य की, जब स्वर्ण की जरी कढ़ाई करती है लहरों पर

विश्वार्द्र आँखों ने सिखाया है
सबको देखना शुष्क साक्षी सा, छील कर अभौतिकता।
नाम दाताओं के नाम गिरा कर दिवालिया
मेरे कान सुनते हैं किनारे पर निस्तब्ध समुद्रता
जहाँ मेरी सजगता बटोरती है सघन निस्समुद्रता

उसकी निर्यमक मुस्कानों में

('तिच्या निर्यमक स्मितांना...'; एकूण कविता 3, पृ. 592)

हर कुछ जो अदृश्य है
मौजूद है उसकी निर्यमक मुस्कानों में
रोमांचित करता हुआ
हमें घेरता हुआ एक विशाल काला फूल
(इसमें मैं कहाँ हूँ? मैं कहाँ हूँ?)
शून्य से भी अगम उसकी चाल है
जबकि हर प्रश्न उसका पैदा हुआ था उत्तर से पहले
और उत्तर अनिश्चित नहीं थे

एक उघड़े अग्नि-गाँठ की तरह, मेरा हृदय
उसके होंठों पर कभी नहीं सूखा—इस उत्तर के पूर्व
अब हर दिशा पूर्व है और सूर्य
उगा नहीं है। पर आश्चर्य
अपरिहार्य है। अब हर रहस्य
एक सरल रेखा है मेरे भीतर उलझी हुई।
...निर्भाव का भाव उसके प्रत्येक प्रतीक में है
प्रत्येक प्रतीक विश्वव्यापी है क्षण की तरह।

मिट्टी के काले गमले में

('काळोख्या मृद्घटांत'; एकूण कविता 3, पृ. 593)

सूरजमुखी के फूल मिट्टी के काले गमले में
हृदय में तुम्हारा स्पर्श
स्वर सा

थोड़ा पानी मिट्टी के काले गमले में
हृदय में पुकार तुम्हारी
एक कम्पन सी

चूते हुए मिट्टी के काले गमले में
मैंने सहेज लिया है तुम्हारे होने को
जैसे मेरे भीतर मेरा मैं

...मिट्टी के काले गमले में
अब 'होना' निर्जीव पड़ा है
जैसे देह जिसकी गन्ध बीत चुकी है

चाँद और खच्चर

('चंद्र आणि खेचर'; एकूण कविता 3, पृ. 655)

चरते हैं किसी जुते हुए चरागाह पर
अँधेरा समझ कर घास प्राणिमात्र...
मैं रात्रि में घुलता हुआ माटी का एक ढेला हूँ
गँदलाता हर कुछ को अपने आसपास। लेकिन फिर स्वच्छ हो जाती है
मेरी दृष्टि देख कर एक उज्ज्वल
चाँद और अपनी ही परछाईं पर
मुग्ध होता हुआ खच्चर...
पानी पर चाँदनी से रोया हुआ अक्षर
मछली की लहर भर लकीर बन कर
तैरता है मेरे गलते हुए ढेले से
गँदलाये आसमान में...समय ऐसा है
और घास समझ कर अपनी परछाईं को
खच्चर चाँदनी चर रहा है
मेरी माटी जा कर बसती है रात्रि के तल में
मछलियों की मचलती लहर को पकड़ता है
प्रत्यक्ष अवकाश का फन्दा

चाँद समझ कर मैंने देख लिया
उस चाँदनी को जिसे वह मुग्ध खच्चर चर रहा था।

मुझ में फूट पड़ीं सुखों की शाखाएँ

('मला सुखाच्या फुटल्या फांद्या'; एकूण कविता 3, पृ. 576)

मुझ में फूट पड़ी सुखों की शाखाएँ
और पसरी रहीं तुम वेदना में
जड़ हुई : कामना की
जाँघों में धधकती धमनी

मुझ में फूट पड़ीं सुखों की शाखाएँ
और फेर लिया तुमने अपना चेहरा :
उस लज्जा के फल और फूलों से
लदी अभी तक झुकी हुई हैं मेरे सुख की शाखाएँ...

दो वृत्त

('दोन वर्तुळे'; एकूण कविता 3, पृ. 585)

1.

इस रात के दर्पण में छायाएँ मिट चुकी हैं
दहकते कोयले का एक अपारदर्शी टुकड़ा रह गया है
दिन कहो! तेज़ कहो, जब तक एक बूँद भी बचेगी
जैसी है वैसी ही रहेगी यह तट रेखा अनन्त
बुझे अँधेरों के ताल में सुन्न मन की राख घुलती है
उन छोटे होंठों पर आग अभी भी गीली है
जागते हुए किये गये मेरे पाप अभी भी छुपे हैं रात की साड़ी में
वैसे ही मैं अकेला भटकता हूँ दर-दर

2.

कितने शुभ्र तारों के चमकते आँसू इस गाल पर बहाऊँ?
कितने धुन्धों में शब्दों को याद रखूँ और तुम्हें भी देखूँ?
कितने स्तनों का दूध पी कर भी मेरे होंठ सूखे हैं
कितने हरित व्यभिचारों के और गीत गाऊँ?
सौन्दर्य के फूल अचानक खिल भी गये तो
इस पापी की क़ब्र पर सिर्फ़ सूखी लताएँ ही होंगी
देखो अकेली गीली चाँदनी को रात के मलिन गाल पर
सड़ी हुई शैया पर बुना मोहजाल!

स्पन्दन

('स्पन्दन'; एकूण कविता 3, पृ. 594)

कार्तिक का स्निग्ध एकान्त
तारों की गीली लटें लहराती आकाश पर
और तरल पलकें मन्द धुन्ध की
स्वप्न देखतीं नीली झील के चिकने दर्पण पर
कोमलता से छूती हुई ओस भीगे पत्तों को
आतुर धुन्ध की छटा
...हवा में धूसर स्वप्नगन्ध थरथराती है...
और सृष्टि का उदास स्पन्दन भीतर तक भीगा हुआ

अनजाने
अदृष्ट
मन में कौन से क्षण चूते हैं
रहस्यमय धुन्ध से

हमने जिस फल का लोभ किया

('आम्ही जो फळाचा लोभ धरला'; एकूण कविता 2, पृ. 530)

हमने जिस फल का लोभ किया
वह इसलिए नहीं था कि वह फल चाहिए ही था हमें
पर इसलिए कि जो हासिल ना हो सके
उसी का स्वाद चखना था हमें
और उसका स्वाद चखा भी जाये तो कैसे
दिमाग़ से जीभ की नोक तक
भूख के इन्द्रधनुष में
कविता का भाषान्तर बो कर।

ऋषभ

प्रस्तावना

('Prologue'; As Is Where Is, पृ. *289)*

इन भगोड़े भावों को छुपा दो जहाँ भी जगह मिल सके
जिस भी कोने एकान्त में
जहाँ रोशनी नहीं आ सकती हो तुम्हें खोजने, अपने एकान्त को
एक विस्मयकारी भीड़ बना दो

इन भगोड़े भावों को छुपा दो जहाँ भी जगह मिल सके
मन की जिस भी दरार में खोह में
जहाँ विचार रिस कर नहीं आ सकते

पड़े रहो नीचे और गहरे
क्योंकि जिस भी चीज़ की सतह है वह तुम्हारी मदद को नहीं आयेगी
इन भगोड़े भावों को छुपा दो
हो जाओ छविहीन और रहो एकाकी
क्योंकि हो सकता है तुम्हें फिर एक मौक़ा मिल जाये
एक मानवीय दुनिया में प्रकट हो पाने का

भोपाल भ्रूण

('The Bhopal Embryo'; As Is Where Is; पृ. *299)*

उस बोतल में जिसमें एम्नियोटिक तरल नहीं
दस प्रतिशत फॉर्मलडीहाइड सॉल्यूशन है,
भोपाल त्रासदी के इक्कीस साल बाद भी,
ज़हर से मरा हुआ एक भ्रूण है
अपनी फॉरेन्सिक जाँच की रहस्यमय स्थिति से
मुक्त होने के इन्तज़ार में
आश्चर्य, कि बीस से अधिक वर्षों के बाद भी
किसी ने ध्यान नहीं दिया एक सही यन्त्र की खोज पर जो
पढ़ सके उन हज़ारों मौतों को जो
किसी वैश्विक कॉर्पोरेट की स्थानीय टंकियों से निकल कर
हवा में रिस आये मिथाइल आइसोसाइनाइड से हुई थी
मेरा बेटा, उसकी पत्नी और उनका अजन्मा बच्चा बचे हुओं में थे
वे झेलते रहे कई तरह से
लेकिन उस रासायनिक सदमे के सटीक असर को जिसने हज़ारों ज़िन्दगियाँ
बदल कर रख दीं
आज तक नहीं जाना गया है
वह है भोपाल भ्रूण में
विज्ञान से उपेक्षित, अपने आप में दफ़न कला की तरह
हम जीते हैं उस भूल को क्योंकि उसे भूल कर ही जी पाते हैं
भले ही रह जाये वह अपरीक्षित जैसे हो बोतल में बन्द
किसी एम्नियोटिक तरल में नहीं बल्कि लम्बे पश्चात्ताप में
दूर किसी मरते हुए तारे की रोशनी की तरह।

22 दिसम्बर, उत्तरी गोलार्द्ध का सबसे छोटा दिन

('December 22, The Shortest Day In The Northern Hemisphere'; As Is Where Is, पृ. *135)*

मैं तरसता हूँ आदिम गुफ़ा के लिए।
मेरे पशु को नींद चाहिए।
मेरे पोषण को बहुत कम बचा है सिवा उसके जो मेरे भीतर संचित है।
मैं बहुत धीमी साँस लेना चाहता हूँ, तल को छूते हुए।
काश यह दिन और भी छोटा हो पाता, रोशनी के क्षणांश जितना।
काश यह चक्र और भी धीमा हो पाता, बस एक क्षणिक चमक,
चौबीस घण्टों में, बाक़ी सब एक गहरी रात।
मैं आँखें बन्द कर लेना चाहता हूँ हिमपात पर,
मैं अनजान रहना चाहता हूँ बदलाव की निरन्तरता की पीड़ा से,
घड़ी की ज़िद से, धरती के घूमने से, नक्षत्रों की चाल से।
सितारों और उपग्रहों से, उस बल से जो हमें देश काल में
मोड़ देता है, चेतना के आन्तरिक घुमाव से,
मैं होना चाहता हूँ : न ऊर्जा, न पदार्थ, न जीवित कुण्डलिनी।
सिवाय उस बोध की सबसे छोटी झपक के, जो दबी है त्वचा
और मांस के भीतर, मस्तिष्क की खोह में छुपा, जाड़ों का रहस्य।

मेरे लिए ये कविताएँ अन्त हैं

('For Me These poems Are Closures'; As Is Where Is; पृ. *316)*

मेरे लिए ये कविताएँ अन्त हैं
और ये ख़त्म करती हैं एक तरह से मुझे
भले ही इनमें से कोई किसी आत्मघाती मानव बम की तरह
आपके पास पड़ोस में फट जाये
मैं आतंकवादी नहीं हूँ लेकिन आतंक के युग में जीता हूँ
और इसमें से कुछ मेरे कोमल मुहावरों में घुस आता है
मैं किसी इलहाम को सच करने वाला जेहादी भी नहीं हूँ
बस मेरी कविता ही मुझे ख़त्म करती है
नये आश्चर्यों को पाने के लिए
मैं फिर से एक बार इन्तज़ार करता हुआ खालीपन बन जाता हूँ
लेकिन यह ज़्यादातर दर्द ही लाता है
कुछ कभी लाता है सीमाहीन सुरों सी
कोई दुर्लभ रोशनी भी
इसका कोई अन्त नहीं, सिवा मेरे अन्त के
अब तो कविताएँ भी सब दूर हैं मुझसे
कहीं अलग छिटकी हुई उड़ी हुई

सुस्त दिनों का खानाबदोश कारवाँ

('संथ दिवसांचा लमाण-तांडा'; एकूण कविता 3, पृ. 581)

सुस्त दिनों का खानाबदोश कारवाँ
सरकता है अनन्त के मरुस्थल में
जैसे हमारे दुखों का बोझ उठाये स्वप्न के ऊँट चले जाते हैं
अनिर्मित पिरामिडों की डरावनी छायाओं के पार
मृत्यु की मरीचिका की ओर...

...आकाशगंगा के धूसर प्रवाह की सतह पर तैरते
मेरे घनघोर पागलपन के असम्बद्ध प्रतिबिम्बों को
जिन आँखों ने चुराया था देश काल के परे
वे आँखें अब बर्फ़ सी जम गयी हैं

वे आँखें अब बर्फ़ सी जम गयी हैं और तुम भी, मेरी प्रेरणा...
जो विश्व के अनन्त लेंस से उनके उस पार तक देखती थीं...
तुम भी जा रही हो
मुझे छोड़ कर
बिखरते शब्दों के घने होते अँधेरों में।

ख़ून धीरे-धीरे निकलता है कलेजे से

('The Heart Is Slow To Bleed'; As Is Where Is, पृ. *287)*

ख़ून धीरे-धीरे निकलता है कलेजे से : वह धड़कता रहता है
अपने अन्त तक। जब तक कि हम मिट ना जायें
लगातार ख़ून बहाते रहना ही हमारे भाग्य में है
मैं वह काग़ज़ नहीं हूँ, जिस पर मैं लिखता हूँ,
ना ही वह शब्द जिसे मैं टाइप, प्रिंट या स्याही से उगलता हूँ
मैं किसी घटना की छाया भी नहीं हूँ
ना ही उसका कोई दाग जो मिट नहीं सकता। यह एक तरह का ख़ून है जो
जमता नहीं है थमता नहीं है।
यह प्रतीक भी नहीं है
ज्ञान की अमिट लौ और रोशनी के मिथकों का।
मेरे पंछी बिना आकाश के उड़ते हैं। मेरी मछलियाँ तैरती हैं
शून्य में। मेरे शब्द पड़े हैं फुसफुसाहटों के जंगलों में
उन पेड़ों के बीच जो अभी उगे नहीं हैं, उभरे नहीं हैं।

धीमे-धीमे

('Adagio'; As Is Where Is, पृ. 298)

धीमे-धीमे आओ, जैसे आता है शोक, या फुर्सत से आओ, जैसे आती है दर्द की स्मृति जो
सुन्न हुई पीड़ा तो है पर जो उससे अधिक एक बहुत गहरी यातना भी है
ज़िन्दगी ने मुझे पहले भी सुन्न किया है
और मौत ने उसके बाद हमेशा।
आओ मेरे पास जैसे धीमी ताल में आती है कविता
एक अनकहा अर्थ पाने।
धीमे सधे क़दमों से पास आओ मेरे
जैसे आती है मौत
करो मेरे साथ टैंगो का अन्तिम मत्त नर्तन
ओ बिजली की गति, चौंका दो मुझे
अपनी गणितीय निरन्तरता से
अंकित करो मुझे अपनी ईश्वरीय धुन्ध पर
और कृपा दो कि धीमा हो सकूँ
गहरे अतल में समाते हुए

क्या मेरा समय आ गया है?

('Has My Time Come'; As Is Where Is, पृ. *101)*

क्या मेरा समय आ गया है?
यहाँ कोई घड़ी नहीं है
कोई कैलेण्डर नहीं
लेकिन मैं जानता हूँ कि
मैं पागलपन की शान्त बिन्दु पर
पहुँच गया हूँ
आईने दीवार हैं
दीवार ताबूत हैं
ताबूत कैप्सूल हैं
शून्य में तैरते हुए
क्या मेरा समय आ गया है?

मैं अनियन्त्रित होता जा रहा हूँ
शान्ति से उबलता हुआ
एक सन्त की तरह
अपनी ही आँखें खोद कर निकाल लेता हूँ
अन्धे आनन्द में नाचता हुआ
मुझे से मुझ तक फैली हुई
उफनती दूरियों को नापता हुआ
करता हुआ
अपनी ही ऑटोप्सी
खोपड़ी की गुद्दियाँ और अँतड़ियाँ
जोड़ और फाँक
अपने अस्तित्व की
चमड़ी की यह थैली जिसमें
मैंने अपना ब्रह्माण्ड सुरक्षित रखा था
क्या मेरा समय आ गया है?

मैं सितारों को अलग करता हूँ
अपनी अँतड़ियों से

मैं इस ग्रह को निकालता हूँ
अपनी मज्जा से
मैं लिंगहीन और सौम्य हूँ
ईश्वर की देह की तरह

एक आईना, एक दीवार
एक ताबूत, एक कैप्सूल
एक आपदा, एक आशीर्वाद
एक आलिंगन बाँहों के बिना
पैरों के बिना भाषा के बिना
मुँह और मन के बिना
मैं नाचता हूँ अनियन्त्रित
क्या मेरा समय आ गया है?

इस चिल्लाहट के भीतर
एक फैलती हुई शान्ति है
ब्रह्माण्ड के संस्थानों की
खिड़कियों से बाहर देखते हुए
शब्दों की स्तम्भित मुस्कान
व्हीलचेयर का लुढ़कता हुआ वक्तव्य
पिघल कर समाता हुआ सूर्य में
स्वर्ग के अस्पताल के
कॉरिडोर आनन्द के हैं
मैं उन ढलानों से फिसलने भी
लगा हूँ
क्या मेरा समय आ गया है?

दर्द के निशान : एक विलम्बित सॉनेट

('Traumatic Traces : A Late Sonnet'; As Is Where Is, पृ. 308)

संगीत, गणित, स्मृति, कविता
सभी छोड़ जाते हैं दर्द के निशान
शून्य की भी अपनी ज्यामिति है
सभी निराकारवादी आकारों के घोर समर्थक हैं

उसकी कृपा उसका कोई निशान नहीं छोड़ती
उस्ताद अपने काम के भीतर ही मौजूद होता है
बाख और तुकाराम अभी भी मेरे मानक हैं
मेरी पीड़ा के उल्लसित बीज

इन्सान हैं हम, चिराग जलाते इन्सानियत के लिए
यन्त्रणाएँ सहते जीवन और मृत्यु के अनुमान विश्व में
प्रेम का सत्यार्थ है ठीक हमारी साँसों के परे
एक अद्भुत चुम्बकीय तूफ़ान में

संगीत, गणित, स्मृति और कविता
सभी दर्द के निशान हैं जो सिर्फ़ सूचित करते हैं

मैं आया अपने जीवन के मध्य में

('I Came in the Middle of my Life'; As Is Where Is, पृ. 103)

मैं आया अपने जीवन के मध्य में
एक फर्निश्ड अपार्टमेण्ट में : और तब तक मेरे गुप्त केश भी
पकने लगे थे। और मैं देख सकता था, उस
गन्दे बूढ़े आदमी को जो मेरी ही त्वचा के भीतर था। यह कोई
मुकम्मल अन्त नहीं था, पर उसकी शुरुआत ज़रूर था। हवा में
मरे चूहों की बास थी और मैं चालीस तक पहुँच रहा था
जैसे कोई किसी खाली शेल्फ तक पहुँचता है। कहाँ हो तुम सब
मेरे सिधारे हुए गंजे प्रिय जनो?
विग लगाये फ़रिश्ते, डेन्चर्स साफ़ करते देवताओ?

मैं टाइपराइटर पर बैठने लगा तेज़ी से कीलें ठोंकता
सन्नाटे की लट्ठों पर। ऐशट्रे भर चुके थे।
और इससे पहले कि मुझे याद आये चाय ठण्डी हो चुकी होती थी।

शब्द। और और भी शब्द। दोपहर में शहर की गलियों-
सा साफ़। मैं उसी दुनिया का और भी अधिक विकृत रूप
छोड़ जाऊँगा। मेरे अपने शोर के लिए अधिक सम्पन्न।

और चला जाऊँगा। अक्सर, किसी कविता के बीच ही, मैं
उठ कर कीड़े और तिलचट्टे मारने लगता था किसी असरदार स्प्रे से। कविता
शायद ही कभी प्रकृति का सन्तुलन बिगाड़ती है। दूसरों के मन को प्रदूषित करता
यह मेरा निस्सरण। गीत का कैंसर बेनाम फेफड़ों से हो कर
फैलता है। मैं सिखाऊँगा तुम्हें वृद्ध होने के अन्य तरीके,
मरने के और भी तरीके।

रोशनी की सुरंग से हो कर हम अँधेरे तक पहुँचते हैं
जिससे हम अपनी साझी स्याही पाते हैं। जीवन के मध्य में
मैं एक सफ़ेद पन्ने तक आया हूँ जिसमें मुझे जीना ही होगा।

मनुष्य के नाते मेरा अन्त दुखद है

('As Man My End is Tragic'; As Is Where Is, पृ. 232)

मनुष्य के नाते मेरा अन्त दुखद है भले ही मैं कोशिश करूँ
अपने ख़ून और दिमाग़ की दिशा बदल देने की
यह जादू ख़ुद भी लड़खड़ाता है और चढ़ती ही जाती है
यह बाढ़ बावजूद इसके कि बारिश का नामोनिशाँ नहीं है
वे मिथकीय किनारे भुरभुरा कर गिर रहे हैं अब
जैसे जैसे दबाव चढ़ता जाता है किसी आकाश की तरफ़
जो कभी स्रोत था और आश्चर्य
अब एक अखण्ड क़ब्र है
मरे हुए अर्थों से मुँह तक भरा हुआ
मनुष्य के नाते मैं कोशिश करता हूँ पर मेरा अन्त दुखद है
इसलिए मेरी नस्ल की बर्बादी के परे या उसके अलावा
मुझे एक बार दे दो एक सरल आनन्द
उसकी हत्याओं बलात्कारों आत्महत्याओं प्यार करने की नाकामियों
के ऊपर पीछे या नीचे
मनुष्य के नाते मैं हत्या ही करूँगा या भ्रष्ट और उपभोग ही करूँगा
इसलिए मुझे कुछ और बना दो मेरे मरने के पहले
कि मेरी आत्मा छुप सके किसी पूर्वसूचित पत्थर में
या एक उदार मछली, एक निष्कपट पक्षी
अपने आप से सन्तुष्ट एक पशु
ईश्वर के छुपने की सबसे दीन जगह
मुझे एक क्षण की स्थिरता दे दो
इस प्रलय में
इससे पहले कि अगला नूह छोड़ जाये यह किनारा
भविष्यकथन में आये अपने उस जहाज़ की तरफ़
लादे अपनी अभंगित सूचनाओं के टुकड़े।

सभी केबल काट दो और

('Cut The Cables And'; As Is Where Is, पृ. *105)*

सभी केबल काट दो और
काट दो नसें
इतना ख़ुश दीखते
अपने कटे हुए सिर को
किसी सार्वजनिक जगह पर रख दो
तुम हमेशा से ख़ुदा होना चाहते थे
अब यह उसकी कीमत है

अब फ़ैसला करो
कि क्या चुप करा दिया गया आदमी वही आदमी है
जिसने ख़ुद अपना मौन चुना हो
अपना रास्ता चुनो

बड़ा सरल नक़्शा है यह

थक कर आराम करने लौटे शब्द की तरह

('Like A Tired Word Finally Coming To Rest'; As Is Where Is, पृ. *111)*

शान्ति के खुले हाथों में या कविता के घोंसले में
थक कर आराम करने लौटे शब्द की तरह
जब दिन फैला हुआ है मेरी हर ओर
मैं नदियों के उद्‌गम पर सोचना छोड़ देता हूँ
पानी में स्थिर कर दिये गये रंग का कोई नाम नहीं है
हम जागते हैं सिर्फ़ ख़ुद को अन्धा पाने के लिए
वह समुद्र जो तुम्हारे बे-आँख चेहरे पर थपेड़े मारता है हमारी माँ हो सकता है
यादगारी का वह नमक जिसे हम चखते हैं हमारी मृत्यु हो सकता है
जब तुम उड़ना बन्द कर देते हो तब कहा नहीं जा सकता कि
एक आकाश का ख़याल क्या सचमुच तुम्हारा अपना ही था
और क्या उस हवा में तुम्हारी ही भावना के घुमाव थे
अगर तुम चिड़िया को वापस अंडे में रखने की कोशिश करो
और पेड़ को फिर से बीज में ठेल दो
तो शायद तुम पूरे जंगल को अपने भार मुक्त मन के पार
उड़ना सिखाने में सफल भी हो जाओ

हमारे पास सिर्फ़ हम ही हैं बर्बाद करने के लिए

('We Have Only Ourselves to Destroy'; As Is Where Is, पृ. *115)*

हमारे पास सिर्फ़ हम ही हैं बर्बाद करने के लिए
और सुन्दर चीज़ें इलजाम देने को
मुझे देखो स्ट्रीट पर लपटों में फूट पड़ते हुए।
इससे कोई फ़र्क़ नहीं पड़ता कि किस देश में

अपनी भाषा पर ध्यान दो, हमेशा कहा मुझसे
मेरे मौन के दोस्तों और दुश्मनों ने
अब मैं ढहता हूँ शब्द दर शब्द
चीज़ों को वंचित करता उनके नाम से

यह मेरा आनन्दित प्रश्नवाचक है मैं रोता हूँ
आनन्द से मुझमें छाले पड़ गये, इससे सुन्दर क्षति और क्या है
मुझे देखो जाते हुए लपटों में बाँसुरी बजाते हुए कृष्ण की तरह
जिसे गायों और वृन्दावन के लोगों ने नहीं पहचाना है

अपनी शान्त नींद के नीले साँप की तरह मैं कुण्डली खोलता हूँ
मेरी सिन्दूरी जीभ की अन्तिम लपलपाहट मेरा अलविदा है।

नंगे बनो उस जीभ की तरह जिसे दुनिया का कोई स्वाद नहीं ढँक सकता है

('Be Naked As The Tongue No Flavours In The World Can Clothe'; As Is Where Is, पृ. 116)

नंगे बनो उस जीभ की तरह जिसे दुनिया का कोई स्वाद नहीं ढँक सकता है
बनो एक स्पंज भीग कर तर और सोखा हुआ शब्दों की अन्यता में
छोटी से छोटी चीज़ को गुरु बना लो पर अनछुआ रहो उससे
दिन रोशनी के पहाड़ों की तरह तुम्हारी कविता में घुल जाते हैं
जो बचा रह जाता है वह रात का प्रकट ज्ञान है
जिसमें तुम्हारे जन्म का मुँह खुला है
ब्रह्माण्ड बारिश की तरह लगातार बरस रहा है
तुम्हारे अस्तित्व की धरती पर जो जुती हुई है ख़ुद अपने इन्तज़ार से
भीगते रहो दर्द में जब तक कि घास की लाखों नोक
तुम्हारी देह की छोरों से उग नहीं आयें

हम लोटते लुढ़कते रहे हैं मज़े में और दर्द में
अब हम पड़े हुए हैं अकेले एक अनपूछे प्रश्न की तरह
और ब्रह्माण्ड बारिश की तरह लगातार बरस रहा है

और शायद मैं झिड़क दिया जाऊँगा

('And Perhaps A Shall Be Admonished'; As Is Where Is, पृ. *179)*

और शायद मैं झिड़क दिया जाऊँगा
जीवन में चूक जाने पर पर्वत
और वह सफ़ेद घोड़ा
यथार्थ के छोर पर दौड़ता हुआ
धूप में चमकती हुई अयाल लिए

मुझे दोषी कहा जायेगा
उगते हुए सूरज पर अन्धा होने का
जब हल्दी का पीलापन लिए बादल
उसकी दमक में फूट पड़ते हैं
मुझसे पूछे जायेंगे सवाल
अपना गीत भूल जाने पर
वह कोई सामान्य ईश्वर नहीं
सिर्फ़ एक पागल हवा है
जो उम्मीद से भी ज़्यादा
उमड़ सकती है
मैं जवाबदेह नहीं हूँ
अपने परम आनन्द के लिए

अनुवादक

('The Translator'; As Is Where Is, पृ. *129)*

चार भिन्न भाषाओं में स्वप्न देखते हुए
और देखते हुए स्वप्न ध्वनिहीनता के महादेशों के :
अर्थ की सिर-खाऊ समस्या से परेशान हुआ आदमी
फिर चैन से आराम नहीं कर सकता।
अनुवाद तभी सम्भव है जब कोई पूरी तरह से सजग हो।
लेकिन कैसे कोई हो सकता है एक नवजागरण-पुरुष
रात में, जब वह हो जाता है अपना क़बीला खो चुका एक गुफ़ा मानव?
आल्ता मीरा के गुमनाम चित्रकार
स्वप्न देख पाये थे
मॉडर्न आर्ट के म्यूज़ियम का
लेकिन गुफ़ाओं के कवि और अनुवादक कौन थे?
किसने गढ़ा था पहला शब्द जंगली अनाज
और पशु की हड्डियों से?
किसने कहा था वह पहला झूठ
जिस पर हमारा व्यवसाय आधारित है
जागने पर वह ख़ुद को राहत देता है मुश्किल प्रश्न पूछ कर
लेकिन जब वह सो जाता है
उसका भीतरी विरोध परेशान करता है उसे
दुःस्वपनों को जन्म देता है
चार भाषाओं की आदिम ध्वनिहीनता से निकल कर।

चित्रकार

('The Painter'; As Is Where Is, पृ. 131)

कैनवास पर देर से सूखने वाले रंग
घावों की चमकदार आँखों से
चित्रकार को देखते हैं
उनकी इस अनवरत टकटकी के प्रति चित्रकार सजग हो जाता है।
वह कामना करता है कि वह अन्धा होता और उसके हाथ नहीं होते।
पैदा होता है मौत सा एक अलंकरण
जो किसी स्टूडियो का नहीं है।
इस अलंकरण के पीछे है एक दिशा-काल
भ्रामक सतहों और गहराइयों का :
रंग, जिनमें प्रवेश नहीं किया जा सकता
दर्द के प्रतिबिम्बित चेहरे
और अवलोकन का तीक्ष्ण आनन्द।
चित्रकार और कैनवास के बीच की दूरी
एक आतंक है जो दोनों में से कोई नहीं बाँट सकता
अन्धेपनं में भी छेद होती है जिसमें से कोई देख सकता है।

वॉन गॉ के कान

('Van Gogh's Ear'; As Is Where Is, पृ. 132)

उसे डाकखाने पर भरोसा करना पड़ता था।
अगर एक कान ही किसी का पत्र है,
उसने अवश्य सुन लिया होगा वो सबकुछ जो सुना जा सकता है,
विश्वास किया होगा वितरण प्रणाली पर।
नहीं नार्सिसस, मैं अपनी जीभ काटकर उसे नज़दीकी डब्बे में
नहीं डालूँगा,
इस उम्मीद में कि वह अपने गन्तव्य तक पहुँच जायेगा...
समन्दर पार एक ध्वनिहीनता।

एक गम्भीर आवाज़ का आदमी

('A Gravelly-Voiced Man'; As Is Where Is, पृ. 133)

एक गम्भीर आवाज़ का आदमी टहलता है किसी अपार्टमेण्ट में
लहसुन सा महकता। वह नग्न है और उसका शिश्न तना हुआ।
वह बेचैन है। बहुत दिनों से वह रह रहा है
सम्भोग से परे। एक नये रूप का विकराल जीवन
उसके भीतर आकार ले रहा है। उसे नहीं पता है अभी तक कि
कैसे उसका सामना किया जाये। वह रहस्यमय ढंग से बड़ा हो रहा है
स्फटिक की तरह। वह आदमी दर्द करता है।
क्या कोई और हावी हो रहा है?
क्या मुझे मानसिक सन्तुलन की रक्षा के लिए लड़ना चाहिए?
विवेक में हुई छेद से उसने देख लिया है कुछ
जो उस पार झिलमिला रहा है। अँधेरे में फॉस्फोरस सी चमकती एक उपस्थिति।
उसे भूख लगती है। वह एक अण्डा फोड़ कर
पैन में डालता है। ब्रह्माण्ड फूट निकलता है। बुल्स आई...
एकदम सटीक। कल-पुर्जे मन्द पड़ जाते हैं।
जीवन एकायामी है।
इन ज्यामितियों से बाहर आँख के लिए कोई जगह नहीं है।
धड़कनों के पिंजरे में
तुम्हारा अपना ही रहस्य एक बाघ है।

चुराते हुए

('Stealing'; As Is Where Is, पृ. *134)*

आत्महत्या से गँधाता हुआ एक आदमी
खड़ा होता है क्षण भर को जमा हुआ दरवाज़े में
एक पुतले की तरह जो टूट कर बिखरने वाला है

एक दूसरे दरवाज़े पर एक युवती
शॉपिंग बैग के साथ
जन्मदिन की तरह कुलबुलाती है

या एक ख़याल सफ़ेद फूलों का

मैं दोनों को देखता हूँ उस चोर की तरह
जिसने अभी-अभी चुराया है लोगों से
भोलापन जो उनके अपराधों में था

थॅनॅटॉस

('Thanatos'; As Is Where Is, पृ. *333)*

"और पेनेलोप,
हिपनॅास का भाई, थॅनॅटॉस, आयेगा मेरे लिए
समुद्र से
मेरे लम्बे जीवन के अन्त में
जैसा कि टायरेशियस के प्रेत ने कहा था मुझे
पाताल के द्वार पर।"

मैं ऑडिसियस नहीं हूँ, लेकिन
मैं सफ़र कर चुका हूँ अपने समुद्रों का और पूरा कर चुका हूँ
मर्त्य रूप में अपनी यात्राएँ
और तुम भी पेनेलोप नहीं हो, लेकिन
मैं तुम्हें अब बताना चाहता हूँ कि किस तरह
मुझे पूर्वाभास है उस भयंकर अँधेरे का
जिसमें मैं बहुत जल्दी ही प्रवेश करने वाला हूँ
क्योंकि मेरी ज़िन्दगी तो अब काफ़ी बीत चुकी है
और वह काली घड़ी निकट आ रही है।

एक औरत का उम्रदार पोर्ट्रेट

('Older Portrait of a Woman'; As Is Where Is, पृ. *321)*

कामुकता, ब्रश में समाये लिंसिड ऑयल की तरह,
हमारी कामना को गाढ़ापन और बहाव देती है।
व्यग्रता, टर्पेंटाइन की तरह, एक प्रबल इम्पास्टो को
फीका कर उसे एक बेजान वाश में बदल देती है।
तुमने एक जन्मजात मोहिनी की भाव भंगिमाओं से उकसाया मुझे
पर अपनी गुप्त सतह तक नहीं पहुँचने दिया कभी
तुम विवाहिता थीं किसी और की, उसके बच्चों को जना तुमने,
और एक हिन्दू पतिव्रता की ही तरह अडिग रहीं सतीत्व में।

फिर भी मुझे महसूस कराया तुमने कि जैसे मैं कोई बिछड़ा प्रेमी हूँ तुम्हारा
और कि मेरी कल्पनाओं में तुम नज़र आ सको मुझे एक दिव्यता में
किसी फुसफुसाहट की तरह कान में, किसी धुन्ध की तरह आँखों को सहलाती
जगाती मेरी नासिका रन्ध्रों को किसी सौंधी महक की तरह
मेरी हथेली तले एक नरम गीले रोएँदार टीले की तरह
ताकि मैं चैन से नहीं रह सकूँ कभी।

दौरा

('Attack'; As Is Where Is, पृ. *282)*

इसमें कोई शक नहीं कि मैंने प्रलाप किया, एक कवि की तरह नहीं, एक आम इन्सान की तरह, क्योंकि मैंने महसूस किया कि मैं एक आम इन्सान ही हूँ, या फिर इन्सान से भी कमतर कुछ, उस समय।
मैं सारी शिष्टता खो चुका था, गँवा चुका था सारी लज्जा,
सड़कों-गलियों में नंगा निकल जाने को तैयार था, ये मत पूछो कहाँ।
यह वह समय था जिसे अब मैं स्मरण के उस पार कहीं रख देना चाहता हूँ,
क्योंकि मैंने महसूस किया था कि मेरा पागलपन मेरा वह हिस्सा है जिसे देखने की इजाज़त मुझे नहीं है
इस तर्क संगत और विवेकशील विश्व में किसी को याद नहीं रखना चाहिए
कि वह कितना नंगा था शुरुआत में, कितना असुरक्षित, और कमज़ोर।

किसी ने कितनी भी कोशिश की हो, एक बड़ी दुनिया हमेशा ही हमारे
इर्दगिर्द थी, हमें घेरी हुई, चकराती हुई हमें,
जहाँ दर्द में एक पहेली थी, और पहेली में एक दर्द।
उसे मुस्कुरा कर टाल देने के लिए बुद्ध होना पड़ता।
मैं उसे और भी आसान करना चाहता था, मैं फट पड़ना चाहता था टुकड़ों में,
अणुओं में, कणों में, और उससे आगे भी और फटना चाहता था।
मैं थाहना चाहता था उस शून्यता को जो हम सब हैं प्रकट तौर पर
मैं पहुँचना चाहता था उस नेगेटिव चार्ज तक जो हमें ले आया है आज़ादी और अस्तित्व में।

एक औरत का हाल के दिनों का पोर्ट्रेट

('Recent Portrait of a Woman'; As Is Where Is, पृ. *307)*

तुम सबसे हाल के दिनों की औरत हो जिसे मैं छवि में ढालने की कोशिश कर रहा हूँ
जो सहज ही सबसे अधिक मायावी और सबसे अधिक आकर्षक है
हम अन्तरंग हुए सिर्फ़ पाँच मौक़ों पर
बहुत कम बोले आपस में, सम्भोग किया तुम्हारे ग़ायब रहने से पहले :
हफ्तों, महीनों...और एक बार तो साल भर से भी अधिक

मैंने कई बार सोचा है कि दरअसल वह क्या था हमारे बीच
जो परे था हमारी प्रकट जैविक ज़रूरतों से
और इसमें शामिल हैं सभी कोमल स्पर्श, वासनाओं का फूट पड़ना,
और वे सभी भावनाएँ जो अस्थायी सम्बन्धों में भी देह और मन को बाँधती हैं।

जब भी हम साथ होते तुम परेशान और घबराई हुई लगती थीं
और शायद कोई और सूझता भी नहीं था तुम्हें,
रोने को कोई और कन्धा नहीं था मेरे अलावा
पर हमारे बीच कुछ भी एक जैसा नहीं था, या था शायद,
तुम भोली हो और असहाय, मैं बूढ़ा ही हो रहा हूँ और दोषी भी,
मैं समेट रहा हूँ ख़ुद को, एक उदास तड़प से याद करता हुआ वह सब जिसे मैंने प्यार किया
और खो दिया, खो दिया और फिर प्यार किया उस रोशनी में भी
जो तुम्हारी इस भगोड़ी छवि को और भी दमक से भर देती है, तब भी जब वह मुझे छल रही है।

क्या तुम खानाबदोश हो, कोई भगोड़ी या शरणार्थी?
या फिर वय:संधि में जीवन से भटकी हुई कोई जान
और अब डरी हुई, अपने चालीस में, किसी ख़ौफ़नाक अन्त के चरम से
और तुम डरती हो कि उससे मैं भी नहीं बचा सकता तुम्हें?

हम में से कोई भी किसी को बचा नहीं सकता यहाँ
चूम कर, गले लगा कर, या फिर जिस्मानी प्यार से,
पैसों के उपहार से, अन्न से, आसरे से,
फुसफुसा कर, बोल कर या बाहर कहीं साथ जा कर

मैं हमेशा से यही नंगा आदमी था जो अब होता जा रहा हूँ
पर हिम्मत नहीं है मुझे कि अपने इस बिखरते स्टूडियो में तुम्हारा न्यूड बनाऊँ।
क्योंकि तुम तो खो जाओगी अपने सपनों की दुनिया में
और एक छविकार के तौर पर मैंने जो दिखाया है उसे ही मैंने देखा है।

काला/हरा

('Black/Green'; As Is Where Is, पृ. *197)*

तुमसे नज़रें चुराने के लिए
मैं जान बूझ कर स्ट्रीट के उस पार देखता हूँ
और नज़र आती है एक पर्दानशीं
काले कपड़ों में
जो मुसलमान है और रहस्यमयी
जिस क्षण वह ओझल होती है
मैं वापस तुम्हारी ओर देखता हूँ

लेकिन अब तुम देख रही हो
स्ट्रीट के उस पार जहाँ वह औरत
अब नहीं है और स्ट्रीट के उस पार वह
हरा धब्बा उसकी जगह ले लेता है
और इससे पहले कि तुम वापस मुझे देखो
वह घास इस्लामी हो चुकी है

तुमसे अब आँखें चुराने का कोई फ़ायदा नहीं
क्योंकि तुम अब हमेशा देखोगी
वह काला जो मैंने पहले देखा था
वह हरा जो मैंने बाद में देखा था
और अगर हम दोनों एक साथ देखें
स्ट्रीट के उस पार तो
हम एक दूसरे को इकट्ठा फ्रेम किया हुआ पायेंगे
उस काली चिल्मन के रहस्य से।

मैंने जाग कर अपने सफेद खाली बिस्तर को देखा

('A Woke Up And Looked At My Empty White Bed'; As Is Where Is, पृ. *109)*

मैंने जाग कर अपने सफ़ेद ख़ाली बिस्तर को देखा
और ताज्जुब किया कि क्या वह कभी सोया गया हुआ लगता है
मैंने कमरे की दीवारों को देखा और खिड़की से बाहर भी
और उत्सुक हुआ कि स्पेस शब्द का सही अर्थ क्या होता होगा

मैंने नल खोला और हरहरा कर बहते चमत्कारों को देखा
और ताज्जुब किया कि पानी असल में है क्या और यह गीला क्यों है
फिर मैंने आईने में देखा जो गहरा और स्वच्छ था
और मैंने जानना चाहा कि क्या मेरा उलटा रूप भी उतना ही सत्य है

फिर मैंने खोली ग़ालिब की नज़्मों की एक किताब
जिसमें उसने भी सोचा था
कि इस मर्ज़ की दवा क्या है
घास किससे बाहर आती है और हवा दरअसल है क्या

काले बाग़ में हरी क़ब्रें खुलती हैं

('An The Black Garden The Green Graves Open'; As Is Where Is, पृ. *118)*

काले बाग़ में हरी क़ब्रें खुलती हैं
बीज बरस रहे हैं आकाश से बर्फ़ के फाहों की शकल में
बच्चे देख रहे है माँओं और पिताओं को पड़े हुए
ठण्ढेपन और प्यार से एक साथ लहू के ताल में

काले बाग़ में हमेशा रविवार ही होता है
जहाँ धरती अँधेरी और चूर हुई पड़ी होती है पैरों तले
सुनो आकार-भंग की हवाओं में खौलते पेड़ों को
सड़ते प्रतीकों की महक कब की बीत चुकी है

कर्म कहानी

('कर्मकहाणी'; एकूण कविता 3, पृ. 789)

यथार्थ का बेवड़ा पी कर रास्ते-रस्तों पर चलने वाले
मित्र कब के बिखर गये अनसुलझे रास्तों पर
हवा में पेट्रोल की महक थी और जलते धुएँ की
यह जुआ सँभाला मैंने ही जबकि किसी लायक नहीं था मैं
न तो हाड़ का धुरन्धर था न ही किसी का हीरो था मैं

कैसी खोज कर रहा था मैं जगह जगहों पर
खुद को खोजता और शायद ही कभी कुछ पाता
एकाध अनायास प्रसंगों में
रिश्ते जोड़ता अनुभव गढ़ता जैसे तैसे, मुश्किल से
और जब पहुँचा सीधा वहाँ, अवाक् हो कर गिर पड़ा मैं

मैं ख़ुद ही फँस गया जीवन के समग्र जाल में
कितने दुर्धर लोग उनके आपसी अत्याचार
प्रेम के उनके लोभ को कोई कब तक सँभाले
फिर भी, वही हैं जिन्होंने भाषा को गाढ़ा किया है

रेलवे प्लेटफॉर्म

('रेलवे प्लेटफॉर्म'; एकूण कविता 2, पृ. 498)

अन्तिम गाड़ी के निकल जाने के बाद
और पहली गाड़ी के आने के पहले
मेरे सारे सिग्नल रिलैक्स हो गये हैं

सुन्नता
और
घनता
ख़ाली होकर भी
भयंकर ढंग से ठोस है
मैंने अनुभव किया

मैंने भोगा
पथरीला मौन
ख़ाली स्टेशन का
और अन्तिम गाड़ी के चूक जाने का

रासायनिक रात

('रासायनिक रात्र'; एकूण कविता 1, पृ. 17)

रासायनिक रात : मैं पुल की पीठ पर :
चमकती हैं रोशनी की लड़ियाँ अँधेरे से
अलकतरे सो चुके हैं ख़ामोश : फुटपाथ कठोर
अब इक्का दुक्का क़दमों के लिए। उमस में डूबा अन्तर्बाह्य।
गाँठ लगाई हुई नारियल की रस्सियाँ
भावनाओं पर पड़ती राशिचक्रों की मरोड़
और आकाश में जगह-जगह टूटे मेघ
देखता चलता हूँ तुच्छ कणों पर कष्ट में मैं

और एक ईरानी रेस्त्राँ। पानी पर
उजले प्रकाश का हिलता बिल्लौर...
इच्छाओं के ताश पीस कर मैं उठाता हूँ एक पत्ता
उस बिल्लौरी चौक पर, वह भी चिड़ी

अँधेरे के स्फटिक गिरते हैं : रासायनिक
रात्रि के प्रकाश से। उनका नमक और नौसादर
मैं हीरे की तरह सँभालता हूँ और भीतर उतरता हूँ
पहले छहों आईनों के आरपार मेरी आँखों के कौन।

इमर्जेंसी

('इमर्जन्सी'; एकूण कविता 3, पृ. 731)

हथेली में पलट जाते हैं सूर्य और रात्रि
ऐ मेरे कमनसीब कच्चे-बच्चो
तुम्हारे माँ-बाप में ताकत नहीं थी
अच्छा हो पाने की। कँटीली बाड़ों के बीच
उग कर सूखने वाला तुम्हारा जन्म
और तुम्हारे यौवन की अन्धेर कोठरी के बाहर
लगातार गश्त लगाती
परमेश्वर की चाकरी में पुलिस
यह अभी नसीब का नियम है।
लेखनी के झटके से
बर्बाद हो सकता है सबका भविष्य
और बन्दूकों से मिलता आशीर्वाद
किसी ने नहीं माँगा है। आज
मेरी बँधी हुई मुस्कान,
यह मुँह पर लगे पट्टे,
मेरे कच्चे-बच्चो
तुम्हारा पहला सबक हो
यह गलाबन्द
महाकाव्य।
अब अ-आ-इ-ई
न-ना-नहीं। देसी कुत्तों सा
अँधेरे में केंकियायेगा तुम्हारा महाकवि।
और उसे गोली मारने पर
बरसेगी तुम्हारे निष्पाप चरित्र पर
यह अलौकिक शान्ति
यह सामुदायिक निज अनिज

मैं हँसता हूँ-मैं रोता हूँ

('I Laugh-I Cry'; As Is Where Is, पृ. *89)*

मैं हँसता हूँ। मैं रोता हूँ। मैं मोमबत्ती जलाता हूँ। मैं शराब पीता हूँ।
मेरी आँखें अभी भी मैली हैं प्यार से। मेरा मुँह
गँदलाया हुआ गीत से। कविताएँ जूँ की तरह हैं मेरे बाल में।
उस रोमैण्टिक ने कहा। बम्बई के एक दारू के अड्डे पर बैठ कर।
वर्षों के पसीने से काली हुई लकड़ी की बेंचे।
एक नंगा बल्ब अपनी मलिन धुन्ध पसारता कमरे में
मडोना और होली चाइल्ड दीवार पर फीके पड़ते हुए।
त्रासदी में थोड़ा और सोडा मिला कर हमने उसे गटक लिया।
एक ने कहा एशिया जल रहा है। भारत का उदय होगा।
बाहर बम्बई कै की तरह है। रात में चमकती हुई।
हे प्रभु! हमारे अज्ञान और हमारे ठसाठस भरे ट्रैफ़िक को और
भड़कीले पर्दों के पीछे सम्भोग की बासी महक को माफ़ कर दो।
माफ़ कर दो हमारी सामूहिक आवाज़ों और हमारी आवाज़-हीनता को।
इन दृश्यों से हम अलग पड़ जाते हैं कीचड़ भरी गलियों में
हम चलते हैं ब-मुश्किल बचते हुए ज़िन्दगी से एक बजे
अलस्सुबह ठीक तब जब हमारा दिन ख़त्म होता है।

एक दिन तुम जागते हो

('One Day You Wake Up'; As Is Where Is, पृ. *139)*

एक दिन तुम जागो और पाओ कि
पूरा देश मर चुका है।
तो क्या करोगे?
एक बार फिर नहाओगे पवित्र गटर में
और सूर्य को
एक और मन्त्र सम्बोधित करोगे?
और अगर वैसे दिन का कोई सूरज हो ही नहीं
तब क्या करोगे?
शायद तुम थक चुके होगे
मृतकों के पुनराविष्कार से, भले ही मन्दिर
अभी भी खड़े हों और ग्रन्थ
मिटाये ना गये हों।
शायद तुम वैसे दिन को कम-अज-कम
असाधारण तो नहीं पाओगे।
आख़िर, वेदों को मनुष्य ने तो रचा है नहीं,
और इस तरह तुम्हारे धर्म ने बरी कर दिया है तुम्हें
एक ज़िम्मेदार कुण्ठा से। तो अब क्या करोगे?
क्या तुम यह पाओगे कि तुम्हारे मन की संरचना उतने ही
समय में घुल जाती है जितने में कि तुम्हारे पड़ोसी विलीन हो जाते हैं?
या फिर तुम ख़ुश रहोगे बन कर एक दयालु तानाशाह
जिसके पास शासन करने को प्रजा ही नहीं है।
और इसीलिए, हो जाओ एकदम पहली बार,
एक देशभक्त जो प्रश्नों से परे है?
और, इस सब के लिए, तुम शायद फिर भी पसन्द करोगे
मूर्ख लोगों के बीच गद्दार बनना
नहीं मरने की
एक पुरजोर कोशिश करते हुए।

गुजरात का बलात्कार

('The Rape of Gujarat'; As Is Where Is, पृ. *256)*

नहीं, वह शिफॉन की चिलमन से आधा झाँकता रूमानी गुलाबी चेहरा नहीं, जो किसी मुम्बईया मुस्लिम सम्मिलन में नज़र आता है जहाँ
हर काया काली सिल्क या सॅटिन के लिबास में सरसराती है और ग़म सितार के तार छेड़ता है

बल्कि वह, जो नंगे भय में थर्राती काया को ढँकती हर चीज़ को चीर फाड़ कर रख देता है

नहीं, वह रहस्यों आदर्शों में कल्पित कामुक इन्तज़ार में थरथराती हुई भावना नहीं
बल्कि वह, जिसकी मांसलता दहशत और आघातों की गहरी सतह पर बनती है,
भड़काया, कोंचा, कुरेदा, बलात्कृत, काटा, फाड़ा, धज्जी उड़ाया
योनि तक कुचला हुआ इन्सानी जिस्म

जिसे जला डाला गया कि धुएँ के उस पहचाने हस्ताक्षर को
हर कोई सूँघ तो सके पर कोई कुछ बता ना सके

कोई माँ सुरक्षित नहीं है, ना बेटी ना बीवी ना पत्नी ना मंगेतर ना मित्र
ये मादरचोद दंगों के दृश्य रंगते हैं भगवे हरे और काले से

ये बूर्जुआ घरों से आते हैं नाश्ते में फरसाण खाते हैं और प्रार्थना से पहले पादते हैं
ये हर भड़कीले मन्दिर में पीतल की घण्टियाँ और भक्ति के घड़ियाल पीटते हैं

सेलफ़ोन इस्तेमाल करते हैं डिस्कमैन बजाते हैं चमचमाती टाउन कार चलाते हैं 90 से ज़्यादा चैनल देखते हैं
ह्विकी पीते हैं भावुक होने के लिए श्रद्धांजली देते हैं नरक से आये धर्म के उपदेशकों को

ये हमारे अपने ही परिवार के लोग हैं, मित्र हैं और पड़ोसी हमारी बगल के जिनसे हम दही माँग लाते हैं
वे संक्रान्ति के दिन पतंग उड़ाते हैं और पटाखे छोड़ते हैं दिवाली में या क्रिकेट में जीत के बाद
हम उन्हें पिकनिक पर देखते हैं थियेटर में मिलते हैं हमारी पसन्द के रेस्त्राँ में पाते हैं

वे तीन पीढ़ियों से इसकी योजना बना रहे हैं 1947 से और अब यह चौथी आती है

जिसके लिए अवचेतन महज़ एक हार्ड कॉपी है एक गूढ़ पाठ की तरह जिसका अर्थ तुम समझते रहो साबरमती के तट पर जहाँ बापू बच्चों और बकरियों के साथ खेलते थे आज़ादियों के बीच।

(2002)

चन्द संस्मरण चन्द शब्द...

> "My own poetry is rather private and spiritually engaged with issues in the secular life surrounding me. I regard my poetry as essentially autobiographical and historical. It describes my engagement with persons and places, the progression of time, death and loss, memory and perhaps a hope of liberation to which I cling.
>
> My output tells a story by itself. My collected poems in Marathi from 1954 to the present day occupy nearly 1000 pages. My English poetry is about 50 per cent of that volume; and my translation of poetry would fill another 700 pages. This is embarrassingly large; but since poetry is what I principally do in life, I can hardly apologise."
>
> (Dilip Chitre : At my age and of my age, The Hindu, January 4, 2009)

दिलीप चित्रे की कविताओं को पढ़ते हुए सहज ही हमारा ध्यान उन कविताओं में आये यौन सम्बन्धी सन्दर्भों, बिम्बों और कथ्यों की प्रचुरता की तरफ़ खिंच जाता है। यौनानुभाव उनकी कविताओं में इतनी सहजता और प्रखरता से आते हैं कि पाठक असहज हो जाये। लेकिन दिलीप चित्रे के लिए प्रेम और सम्भोग के प्रखर अनुभव आत्मशोध के संसाधन हैं। उनकी कविता को एक वाक्य में व्याख्यायित करते हुए कहा जा सकता है कि यह 'यहाँ और अभी' हुए अनुभवों के माध्यम से मृत्यु की छाया में अपने अस्तित्व के शोध की कविता है। अस्तित्व का शोध, यानि आत्मशोध। दिलीप चित्रे के यहाँ पाश्चात्य अस्तित्ववाद, सन्त तुकाराम के आत्मशोध और सन्त ज्ञानेश्वर के अद्वैत दर्शन के घुलेमिले प्रभावों से अपनी निष्पत्ति पाता है। चित्रे के अनुसार मनुष्य अपने संसार को और अपने अस्तित्व को सबसे पहले इन्द्रियों पर ही महसूस करता है अतः इन्द्रियबोध उस आत्मबोध तक पहुँचने की पहली सीढ़ी है। और सम्भोग के क्षणों में इन्द्रिय के स्तर पर हुए गहन अनुभव इस बोध में उतरने का एक नैसर्गिक मार्ग हैं। उनकी कविताएँ उसी तरह 'मैं' की शैली में लिखी आत्मभान और आत्मान्वेषण की कविताएँ हैं जैसे कि सन्त तुकाराम और अमेरिकी कॉन्फेशनल पोएट्री की। यह बात और है कि दिलीप चित्रे का आत्मशोध लैंगिक और दैहिक अनुभवों को बहुत महत्त्व देता है जब कि तुकाराम अपने जीवन और समाज के अनुभवों को अधिक महत्त्व देते थे। यह एक महत्त्वपूर्ण बिन्दु है जिस पर ध्यान देना आवश्यक है। तुकाराम अपने आत्म को समाज तथा विश्व में अवस्थित आत्म के रूप में देखते थे जबकि दिलीप चित्रे का आत्म उनकी देह में अवस्थित रह कर समाज और जीवन को अपनी देह की भूमि पर देखता है। तुकाराम और चित्रे की कविताओं का प्रस्थान बिन्दु का यह अन्तर चित्रे पर पड़े पाश्चात्य चिन्तन के प्रभाव को स्पष्ट रूप से रेखांकित करता है जिसमें फ्रायडीय चिन्तन तत्त्व भी देखे जा सकते हैं। उनकी कविताओं पर पाश्चात्य अस्तित्ववाद और यूरोपीय साहित्य और चिन्तन के प्रभाव को प्रायः सभी समीक्षकों ने रेखांकित किया है। यहाँ एक विशेष बिन्दु पर चन्द शब्द रेखांकित करना आवश्यक है। चित्रे के युवा दिनों में अमेरिका में बीट जेनेरेशन और कॉन्फेशनल कवियों का बड़ा प्रभाव था। पेपर बुक क्रान्ति के

कारण मुम्बई में सक्रिय युवा कवियों पर भी इसका प्रभाव हुआ। बीट जेनेरेशन के कवियों ने द्वितीय विश्वयुद्ध के बाद के समय में परम्पराओं से पायी हुई शैली और उसके मानदण्डों को अस्वीकार करके एक नयी काव्य चेतना विकसित करने की कोशिश की जिसमें भौतिकवाद का नकार, अवैध नशे का सेवन कर उच्चतर चेतन अवस्था को पाने की कोशिश, धर्म में रुचि और वैकल्पिक यौनिकता की तरफ़ रुझान को महत्त्व दिया गया। इन कवियों में एलन जिन्स्बर्ग, विलियम बुरो, जैक केरूक, आदि महत्त्वपूर्ण है। कॉन्फेशनल कविता में अत्यन्त ही निजी अनुभव, जो पहले कभी भी कविताओं में अपनी जगह नहीं पाते थे, अब खुल कर सामने आने लगे। कवि अपने भय, कुण्ठा, अपने निजी सम्बन्धों आदि पर खुल कर आत्मस्वीकार के लहजे में लिखने लगे। इस लेखन में शब्दों के प्रति व्यवहार और काव्य की कला को विशेष महत्त्व दिया गया। आत्मोक्ति की लगभग यही बातें तुकाराम की भी कविताओं में बहुत पहले से मौजूद थीं। इस कविता की अभिव्यक्ति 'मैं' की शैली में होती थी जो काफ़ी हद तक सन्त तुकाराम की 'मैं' की शैली की तरह ही होती थी। कॉन्फेशनल कविता के मुख्य कवियों में रोबर्ट लोवेल, सिल्विया प्लाथ, ऐनी सेक्सटन और डब्लू.डी. स्नोडग्रास थे। पश्चिमी दर्शन, अस्तित्ववाद, सार्वभौमिक मानवीय मूल्य और भारतीय दर्शन के साथ पूरब और पश्चिम दोनों से आयी हुई 'मैं' की शैली दिलीप चित्रे की कविता में अपना स्थान पाने लगी।

दिलीप चित्रे अपने शुरुआती दिनों से ही सन्त तुकाराम को अपना गुरु और काव्य वंश का अपना पूर्वज मानते रहे हैं। सत्रह वर्ष की छोटी उम्र में ही तुकाराम के प्रति यह गहरा आकर्षण उनकी एक कविता में कुछ यूँ व्यक्त हुआ है : "तुकाराम वाण्या, भेंचोद, तू खेचलेस मला मराठी भाषेच्या दलदलीत।" (तुकाराम बनिये, भेंचोद, तू ने खींच लिया मुझे मराठी भाषा के दलदल में)। आगे चल कर उन्होंने तुकाराम की कविताओं का अंग्रेजी में अनुवाद 'Says Tuka' के नाम से किया जिसके लिए उन्हें साहित्य अकादेमी सम्मान मिला।

सन्त तुकाराम की कविताएँ 'मैं' की शैली में अपने अनुभवों के माध्यम से अपने 'आत्म' के शोध की कविताएँ हैं। इस विश्व में जीते हुए, उससे अन्तःक्रियाशील रहते हुए, आत्म के स्तर पर जो कुछ भी उन्होंने अनुभूत किया उसी को कविता में 'अनुभव के आत्मचित्रण' की तरह व्यक्त किया। ऐसा करते हुए वे अपने अस्तित्वबोध का ही शोध कर रहे थे। इसी विचार से, दिलीप चित्रे की दृष्टि में, सन्त तुकाराम एक अस्तित्ववादी कवि और मराठी भाषा के पहले मुकम्मल आधुनिक कवि थे।

चित्रे के अनुसार विश्वबोध व्यक्ति के आत्मबोध में निहित होता है। और इस आत्मबोध तक पहुँचने के लिए आत्मबोध का आत्मचित्रण ही सबसे सटीक, प्रामाणिक और ईमानदार तरीका है। उनके अनुसार व्यक्ति का आत्मबोध एक गतिशील अवस्था में रहता हुआ अपने पदार्थ जगत से लगातार संवाद और संघर्ष करता रहता है तथा उस पदार्थ जगत पर अपने गतिशील आत्मबोध का सिंबॉलिक ट्रान्सफर करता रहता है। यह संघर्ष अनुभवों को जन्म देता है जो व्यक्ति के आत्मबोध में उस पदार्थ जगत का अर्थ रचकर उसका विश्वबोध बन जाता है। जो कला इन अनुभवों को पूरी पारदर्शिता से उनकी प्रामाणिकता में कलात्मक ढंग से व्यक्त करती है, वही श्रेष्ठ कला है।

व्यक्ति अपने विश्व और पदार्थ जगत की पहली अनुभूति अपनी इन्द्रियों से करता है इसलिए ऐन्द्रिक अनुभूतियों का, खास तौर से यौनिक अनुभूतियों का, जो सबसे तीव्र और सघन ऐन्द्रिक अनुभव देते हैं, दिलीप चित्रे की कविताओं में बहुत महात्वपूर्ण स्थान है। उनका विश्वबोध सन्त ज्ञानेश्वर द्वारा वर्णित 'प्रकृति-पुरुष' की अनादि और अनन्त रतिक्रीड़ा और तज्जन्य सृष्टि के प्रसार और संकुचन के विश्वबोध से बहुत गहरे प्रभावित हुआ है। सन्त तुकाराम की आत्मपरक शैली के अलावा सन्त ज्ञानेश्वर का प्रकृति-पुरुष सम्बन्धी वर्णन और उनका अद्वैत दर्शन दिलीप चित्रे की कविताओं की रीढ़ का निर्माण करता है। सन्त ज्ञानेश्वर की भाषा, शब्द-बन्ध, वाक्य-विन्यास, नाद-विधान से भाषा के आशय और अर्थ

छायाओं के निर्माण की अद्‌भुत और अप्रतिम प्रतिभा से भी दिलीप चित्रे बहुत गहरे प्रभावित हुए हैं और अपनी कविताओं पर सन्त ज्ञानेश्वर के प्रभाव को सहर्ष स्वीकारते हैं। सन् 1967 में उन्होंने अभिरुचि में 'श्री ज्ञानदेव आद्यमराठी कवी' नामक एक लेख लिखा था जिसमें उन्होंने सन्त ज्ञानेश्वर की कविताओं की शिल्प समीक्षा की थी। आगे चल कर उन्होंने ज्ञानदेव की अनुभवामृत का अंग्रेज़ी में अनुवाद किया। साहित्य अकादेमी से प्रकाशित इस पुस्तक का नाम है 'Anubhavamrut, The Ammortal Experience of Being'। उन्होंने 'अनुभवामृत' को मराठी काव्य के शिल्प और उसकी संगीतात्मकता को वैश्विक स्तर पर एक वैशिष्ट्य प्रदान करने वाली कृति माना है। उनका विचार था कि सन्त ज्ञानेश्वर कविता को आधुनिक दृष्टि से देखते थे। इस सन्दर्भ में दिलीप चित्रे ने लिखा है कि, अनुभवामृत एक प्रकार से ज्ञानेश्वर को हुए विश्वरूप दर्शन का प्रतिफलन है। ज्ञानेश्वर का मानना है कि सृष्टि के अखण्डबोध से जो भाषिक तरंग निकलती है, वही परम आत्मा का चिद्विलास है। यह अखण्ड बोध ही अद्वैत की स्थिति है। अद्वैत का यह विश्वबोध सन्त ज्ञानेश्वर की रचनाओं की आधार भूमि है। ज्ञानेश्वर की रचनाओं का अद्वैत और वैशिष्ट्य दिलीप चित्रे की कविताओं पर भी असर छोड़ता है जहाँ कवि चरित्र, आत्मानुभव, विश्व और कविता सब में एकात्मता आती है और रचना का जीवन से अद्वैत रचती है।

दिलीप चित्रे इस अद्वैत को पाठक और सर्जक के अद्वैत से भी जोड़ कर देखते हैं। उनके अनुसार कविता पाठक और सर्जक की द्विसत्तात्मक प्रक्रिया से ही अर्थ पाती है। कवि अपनी कविता में विश्वबोध का शोध करता है लेकिन वह कविता पाठक द्वारा पढ़ी जाते हुए अपना अर्थ पाती है। पाठक उस कविता से न केवल एक विश्वबोध पाता है बल्कि वह उसमें अपना अर्थ भी खोजता है। यह दो मुखी गति आपस में मिल कर एक सम्पूर्ण अर्थ का सन्धान करती है जो अन्ततः कविता को उसका अर्थ देती है। इस आशय से देखें तो चित्रे के लिए कवि चरित्र के आत्मानुभव का पाठक के आत्मानुभव से जहाँ एकात्म होता है, जहाँ वह अद्वैत निहित होता है, वहीं कविता अपना अर्थ पाती है।

इन तमाम बिन्दुओं को ध्यान में रखते हुए चित्रे ने अपनी कृति 'आधुनिक कवितेला सात छेद' में यूरोपीय कवियों जैसे, एजरा पाउण्ड, वोदलेयर, हार्ट क्रेन, रैम्बो, जिराई मॅनली हॉपकिंस, रेनर मारिया रिल्क और वॉलेस स्टीवन्स की काव्यगत समीक्षा करते हुए उनके विश्वबोध को सन्त तुकाराम और सन्त ज्ञानेश्वर के विश्वबोध के समतुल्य पाया है।

इन दो कवियों और यूरोपीय कवियों की कविताओं पर अपने चिन्तन के आधार पर उन्होंने लिखा है कि, कविता बोध की एक काल में घटित होने वाली (Temporal) प्रवाहमान स्थूल घटना है। यह शब्दों के कलात्मक गठन से उस अनुभव की तीव्रता को अपने पूरे उठान के साथ अभिव्यक्त करती है। यह अनुभव व्यक्ति के विश्वबोध का निर्माण करता है जो अन्ततः उसके समग्र जीवन के अनुभवों से ही उगता है। अतः उस विश्वबोध तक पहुँच पाने के लिए उसके अनुभवों की ईमानदार अभिव्यक्ति बहुत आवश्यक है। इन अर्थों में कविता उस बोध की निरन्तर बढ़ती हुई शब्दरूप घटना है। आधुनिक जीवन की जटिल और विषम स्थितियाँ विश्व के इस अखण्ड बोध को तोड़ती हैं, उसे पनपने नहीं देती हैं। आधुनिक कविता उस खण्डनकारी शक्ति का विरोध करती हुई इस टूटते विश्वबोध को फिर से जोड़ कर अखण्डित रूप में स्थापित करने का प्रयास करती है। इसी क्रम में वोदलेयर की कविताओं की समीक्षा करते हुए उन्होंने लिखा है कि श्रेष्ठ कविता आध्यात्मिक अनुभवों को भावनात्मक रूप देती है। ये अनुभव पंचेंद्रियों की प्रयोगशाला में घटित होकर प्रतीकों के माध्यम से व्यक्त होते हैं। इस अभिव्यक्ति के लिए कविता की घटना को शब्दों के एक कलात्मक संगठन में ढाला जाता है। कविता में शब्दों की कलात्मकता से लय पैदा होती है और लय से संगीतात्मकता। कविता की घटना संगीत सरीखी कलात्मक होती है जिसमें लय का प्रवाह स्वर के बाद भी, स्वर के उस पार तक चलता रहता है और इसका एक ग़ज़ब का असर मानव मन पर होता है। इस लगातार प्रवाहमान अनुभव को उसी प्रवाह में व्यक्त करना

एक तरह की लय पैदा करता है, जो उनके लिए कविता की एक वैशेषिक कलात्मकता है। हार्ट क्रेन पर लिखते हुए उन्होंने लिखा है "...कविता की घटना संगीत की तरह काल बद्ध होती है, संगीत में विराम में काल श्रव्य होता है, लय का प्रवाह स्वर के उस पार भी चलता रहता है, यह अनेक लोगों का अनुभव है।"

सन्त तुकाराम और सन्त ज्ञानेश्वर के प्रभावों की पृष्ठभूमि में दिलीप चित्रे की कविता अस्तित्व बोध के शोध और उस शोध का चरम, दोनों का आविष्कार करती है। यही उनकी कविता का महत्त्वपूर्ण सूत्र है। अस्तित्व के शोध की शुरुआत उनके यहाँ, जैसा कि पहले भी इंगित किया जा चुका है, सबसे पहले इन्द्रियों की सतह पर शुरू होती है। उनके लिए इन्द्रियाँ ही वे प्रवेश-द्वार हैं जिनसे व्यक्ति अपने अस्तित्व के बोध तक जाता है। अतः कविता की शुरुआत अस्तित्व की सतह पर इन्द्रियों की अनुभूति से, वह भी यौनिक अनुभूति से जो सबसे तीव्र और उत्कट अनुभूति है, उनकी कविता में तुकाराम की 'आत्मकथन' की शैली में होती है।

ऐन्द्रिक संवेदन, विशेषतः यौनिक अनुभवों के माध्यम से कवि अपने विश्वबोध को टटोलता और उसे समझने का प्रयास करता है। आधुनिक भारतीय कविता में दिलीप चित्रे के अलावा यौनिकता से जुड़े इतने प्रगल्भ बिम्ब, सहज कथन, और प्रश्न तथा वर्णन कहीं और नहीं मिलते।

स्त्री-पुरुष मिलन का अनुभव आत्म की शोध यात्रा हो सकता है। सहवास के क्षणों में व्यक्ति अपनी गहनतम अनुभूतियों में उतरता है, अपने साथी के अस्तित्व में अपने होने को महसूस करता है और उस होने में अपने समग्र अस्तित्व को देखता है। इन्द्रियों के माध्यम से अस्तित्वबोध की यह एक इंटेंस अवस्था है। स्त्री-पुरुष समागम का संवेदन विश्व, इस संवेदना का उत्कट क्षण चित्रे की कविताओं में अस्तित्वबोध का एक महत्त्वपूर्ण बिन्दु है। प्रेम में मनुष्य का अस्तित्व पूर्णता पा सकता है और इसीलिए स्त्री-पुरुष समागम मानवीय अस्तित्व की एक महत्त्वपूर्ण घटना है और इसलिए प्रेम के दैहिक अनुभव चित्रे के यहाँ महत्ता पाते हैं। इस समागम में समाधि क्षण के संकेत तथा इस अनुभव की मृत्युकारी तीव्रता के वर्णन अनेक स्थलों पर उनकी कविताओं में मिलते हैं। अनुभवों की यह तीव्रता, उनके चरम, अस्तित्वबोध के चरम तक जाती है और वह देह से, देह में, देह तक रहती हुई भी, एक पार दैहिक अनुभूति में बदल जाती है और निर्गुण रूप में अपने विश्व से एक अद्वैत का सन्धान करती है। दिलीप चित्रे ने कविता को उसके साँचे की क़ैद से निकाल कर, उसे उसकी शृंगारिकता और वायवीयता से मुक्त कर, ज़मीन पर, देह और मन की अवस्थाओं में जैसी कि वह अनुभूति है, उसे वैसा ही प्रकट किया है। यह उनके अपने अस्तित्व के अन्वेषण का प्रमुख केन्द्र भी है और कारक भी है।

जैसा कि पिछले पृष्ठों पर पहले भी लक्षित किया जा चुका है, अस्तित्वबोध दिलीप चित्रे की कविताई का महत्त्वपूर्ण सूत्र है, पर यह पश्चिम के अस्तित्वबोध से अलग है और पूरी तरह से अपनी भारतीयता में रचा बसा हुआ है। भारतीय सन्दर्भों में आत्मान्वेषण शुरू से साधना का विषय रहा है। साधक उस आत्म की चरम परिणति परम आत्म, ईश्वर की अनुभूति तथा उस बोध में पूरी तरह से स्थापित हो जाने को मानता है। भारतीय अध्यात्म इसे परम प्राप्ति या फिर आत्मबोध अथवा आत्मज्ञान या आत्मदर्शन कहता है। यह पाश्चात्य आत्मबोध से इस मायने में भिन्न है कि पाश्चात्य अस्तित्ववादी दर्शन आत्म के सन्दर्भ में व्यक्ति के 'स्व' को मानता है और इसमें ईश्वर अनुपस्थित होता है। इस लिहाज़ से मराठी सन्त साहित्य जहाँ एक ओर आत्मानुभूति की बात करता है, अपने अनुभवों को पूरी सत्यता से कहता है, उसी अनुभव को जगत जीवन के शोध में रत करता है (और इस मामले में अस्तित्ववादी दर्शन के निकट आता है), वहीं वह आत्म का चरम परम आत्म में देखता है जो उसकी चेतना का विस्तार अखिल ब्रह्माण्ड तक कर देता है। सन्त परम्परा के कवियों को आत्म शोध अलौकिकता की तरफ़ ले जाता है। सन्त परम्परा का यह आत्म शोध दिलीप चित्रे की कविताओं में भी दीखता है लेकिन उनकी कविताओं

में यह आत्म शोध अलौकिक नहीं, लौकिक सन्दर्भों के शोध की तरफ़ प्रेरित होता है। यहीं उनकी कविता सन्त परम्परा से अलग दिशा में निकल कर उससे अलग हो जाती है।

दिलीप चित्रे के अनुसार, "जिस अस्तित्व बिन्दु पर मैं खड़ा हूँ, वहाँ मेरा आत्मबोध उद्दण्ड होना चाहिए, ऐसा मुझे लगता है। जो कुछ भी मुझे भाता है, मेरी समझ में आता है, वह सब मेरे आत्मबोध से एकीकृत होता है; लेकिन इस आत्मबोध पर मर्यादा पड़ जाती है। उसमें वह सब होता है जो भाता नहीं है, समझ नहीं आता। ना पसन्द आने वाली, समझ ना आने वाली चीज़ अगर मर्यादा की कल्पना से जुड़ती है तो सुख या आनन्द नष्ट हो जाता है। अस्तित्व पर नास्तित्व का ग्रहण लग जाता है। हम नहीं हो रहे हैं यह भय हमें घेर लेता है और इससे तनाव हमें ग्रस लेता है। इससे चिन्ता जन्म लेती है। जिस आशंका से मुक्ति पर पाश्चात्य अस्तित्ववाद आधारित है और जिस आशंका की समस्या का उत्तर हमारे यहाँ भक्तिमार्ग के साक्षात्कारवाद ने देने की कोशिश की है, वह 'आशंका' मानवीय स्थिति का, ह्यूमन कंडीशन का अटल भाग है। ऊब, चिन्ता, भय के अनुभव ने आधुनिक मनुष्य को घेर रखा है। मनुष्य के होने पर उसका न-होना एक भयानक दबाव डालता है। यदि पूरी तरह से होना है तो अपने मूल से ही होना होगा। आत्मप्रतारणा से मनुष्य ज़्यादा समय तक हो नहीं सकता, क्योंकि सत् ही मनुष्य जीवन का मूल स्वरूप है। इसी सत् में 'चित्' और 'आनन्द' की अवधारणा भारतीय है। यही देशी अस्तित्ववाद है और यह पाश्चात्य वैचारिक सांस्कृतिक परम्परा से निर्मित नीत्शे और कीएर्कगॉर से शुरू हुए अस्तित्ववाद से अलग है।" इस तरह दो संस्कृतियों के मौलिक भेद की वजह से अस्तित्ववादी दर्शन में भिन्नता आयी है।

आधुनिक कवि 'स्व' के अन्वेषण में अपनी दैहिक, मानसिक या भावनात्मक अनुभूति की तरफ़ मुड़ता है। चित्रे भी अपनी दैहिक, मानसिक या भावनात्मक अनुभूति के लिए ऐन्द्रिक अनुभूति की गहनता में उतरते हुए यौनिक अनुभूति की तरफ़ मुड़ते हैं। यौनिक अनुभूति मानव देह की गहनतम और मूलतम अनुभूतियों को आकार देती है और उसे अस्तित्व की गहराइयों में उतार देती है। उनकी कविताओं में 'स्व' के अस्तित्व का अन्वेषण दैहिक संवेदना के माध्यम से होता है। यही उनके काव्य की मुख्य प्रेरणा है। यह लैंगिक अनुभव उनकी कतिपय कविताओं में प्रकृति-पुरुष के अन्वेषण की तरह भी आता है जो ज्ञानेश्वर की परम्परा से आता है जो ख़ुद भी कश्मीरी शैव मत से और नाथ पन्थ से प्रभावित था। वे लिखते हैं :

"मेरी कविताओं में हुए शोध को आपने पढ़ा है, वह आत्मनिष्ठ है, इन्द्रियनिष्ठ है, और ऐन्द्रिकता को मैं स्वाभाविक मानता हूँ। किसी भी प्रजाति के जीवन का वह मुख्य गुण है और इस विषय में मैं यही मानता हूँ, मनुष्यों में स्त्रियाँ इन्द्रियनिष्ठ और निसर्गनिष्ठ होती हैं और स्त्रियों की जो भूमिका होती है, उसका एक कारण यह भी है कि वे सन्तानोत्पत्ति करती हैं, उनका पोषण करती हैं। इस पूरी प्रक्रिया में उनका शारीरिक सम्बन्ध अपनी सन्तान से बना रहता है। वात्सल्य का समस्त गुण नैसर्गिक रूप से स्त्रियों में पाया जाता है।"

इसी सन्दर्भ में वें आगे कहते हैं कि लैंगिकता मनुष्य के जन्म से मृत्यु पर्यन्त कायम रहने वाली चीज़ है। इसका आकार-प्रकार स्वरूप भले ही बदल जाता है पर लैंगिकता जीवन पर्यन्त कायम रहती है। इस सन्दर्भ में वे स्त्री-पुरुष सम्बन्ध को आत्मनिष्ठ और इन्द्रियनिष्ठ ढंग से ठोक बजा कर परखते हैं और खुले मन से बेलाग हो कर उस पर विचार प्रकट करते हैं। हमारी साहित्यिक परम्परा में लैंगिकता नकारी गयी है, छुपाई गयी है, इस बात का उन्हें अफ़सोस है। चित्रे को इस सन्दर्भ में मराठी साहित्य में वास्तव, तटस्थ, प्रौढ़ और प्रगल्भ चित्रण नहीं नज़र आता है।

सन्त काव्य, मसलन ज्ञानेश्वर के साहित्य में शिव और शक्ति की क्रीड़ाओं का जो वर्णन है वह पारलौकिक और ईश्वरीय कर्म के रूप में आया है जिसे मनुष्य श्रद्धा भाव से ग्रहण करने को बाध्य है।

यहाँ भी लैंगिक सम्बन्धों को सहज मानवीय अभिव्यक्ति के रूप में नहीं आने दिया गया है। चित्रे की कविता मानवीय सम्बन्धों, संवेदनाओं और अनुभूतियों में लैंगिक सम्बन्धों की पड़ताल एक सहज और नैसर्गिक मानवीय प्रक्रिया के स्तर पर करती है। इस देह ज्ञान से हुए अनुभव उसमें अस्तित्व के नये आयामों को उद्घाटित करते हैं। इहलौकिक सन्दर्भों में आत्मज्ञान की अनुभूति यहाँ से भी मिलती है। अस्तित्व के मूल प्रश्नों के बीज तक जाता यह अनुसन्धान इन पंक्तियों में प्रकट होता है :

> ब्लैंकेट में नग्न हम एक दूसरे को भींचते हैं
> इन्द्रियों से इन्द्रिय लपेट कर त्वचा पर त्वचा घिस कर
> कोमलता में और क्रोध में, वीर्य में और रजोस्राव में
> चिंगारियाँ बरसाते पत्थरों की तरह देह से देह रगड़ते हुए
>
> एकान्त के भय के बादलों के घुमश्चक्र में
> जीवन बचाने के लिए धुन्ध से बर्फ से
> वर्षा से और ब्रह्माण्ड के रजोगुण से
> झपटते हैं लड़ते हैं चढ़ते हैं होते हैं ऊपर नीचे
> ऊपर नीचे अन्दर बाहर गीले गीले गरम गरम
> आपस की देहों में नाख़ून धँसाते खरोंचते छुअन से छुअन को
> चूर करते एक दूसरे को गाड़ते ख़ुद को एक दूसरे में

('महामन्त्रोच्चार', एकूण कविता 1, पृ. 50)

इन पंक्तियों के आरम्भ में 'नग्न' अवस्था कवि की पूर्वाग्रह रहित सहज अवस्था है। नग्न होना सामाजिक मर्यादा के बन्धनों से मुक्त होना भी है। अस्तित्व की भीतरी तहों में कवि नग्न निचाट सहज उतर रहा है जहाँ साहचर्य में दो देह चकमक पत्थरों की तरह टकरा रही हैं और उनसे चिंगारियाँ फूट रही हैं, आत्मज्ञान हो रहा है। जीवन के युद्ध में, भय में, एकान्त में साहचर्य का यह क्षण घुमड़ते बादलों के चक्रवात सा आता है, देह से देह रगड़ते हुए, हास्य में रोदन में, वीर्य में रजोस्राव में, एक देह के दूसरी देह में प्रवेश में अनुभूति के चरम तक आते हुए एक-दूसरे को चूर करते हुए जो शेष रह जाता है, वह है सिर्फ़ साहचर्य। स्त्री-पुरुष का मिश्रित रूप जो एक ही साथ स्त्री भी है, पुरुष भी।

प्रायः समीक्षकों ने चित्रे की कविताओं को पाश्चात्य अस्तित्ववाद के फ्रेम में ही देखा है। लेकिन ऐसा है नहीं। असल में वे भी सन्त ज्ञानेश्वर और सन्त तुकाराम की ही तरह अस्तित्ववाद का भारतीय संस्करण पेश करते हैं। इसी बिन्दु पर उनकी कविताओं के प्रति मेरी राय अन्य समीक्षकों से अलग हो जाती है। यहाँ "चूर करते एक-दूसरे को गाड़ते ख़ुद को एक-दूसरे में" में जो संकेत छुपा है और जो छाया रूप में कथित है, वह समागम के चरम, यानी मिलन से प्राप्य पूर्णत्व है। कश्मीरी शैव मत सृष्टि को प्रकृति और पुरुष के चल रहे शाश्वत सम्भोग, अविरत मैथुन, की तरह देखता है और यह मानता है कि हर प्राणी में पुरुष और स्त्री अविभाज्य रूप से मौजूद होता है। दूसरे शब्दों में हर पुरुष के भीतर एक स्त्री और हर स्त्री के भीतर एक पुरुष और फिर उसके भीतर भी स्त्री और पुरुष होता है। और यह सृष्टि के कण-कण में ऐसे ही व्याप्त है। यही स्त्री और पुरुष लगातार सृष्टि कर रहे हैं और यह एक शाश्वत प्रक्रिया है।

इन पंक्तियों में एक-दूसरे को चूर करते हुए, एक-दूसरे को तोड़ते हुए यह युगल अस्तित्व के स्थूल आवरणों को तोड़ता हुआ अस्तित्व की महीन तन्तुओं तक पहुँच जाता है, जहाँ उस पुरुष में भी एक

स्त्री है और उस स्त्री में भी एक पुरुष है और जिनके भीतर भी यह आदिकालिक सम्भोग, यह अविरत मैथुन चल रहा है। यह यात्रा एक-दूसरे के माध्यम से होती हुई आपस में घुल कर 'एक अस्तित्व' तक पहुँच जाती है जहाँ दोनों में से हर एक अपने भीतर के प्रकृति-पुरुष को पा लेता है और उसी प्रकृति और पुरुष के रूप में एक-दूसरे को भी पा लेता है।

इसके अन्य उदाहरणों में 'शान्ति के शिखर पर' नामक कविता की इन पंक्तियों में भी देखा जा सकता है। यहाँ भी सम्भोग के क्षणों में स्त्री-पुरुष दोनों ही अपने अस्तित्व से साक्षात्कार के क्षणों में अपने आदि अनन्त शाश्वत स्वरूप तक पहुँच जाते हैं। यही शान्ति का पूर्ण रूप भी है। पूर्ण शान्त मन ही आत्मदर्शन कर सकता है।

सहज हुए हाथों से
और चक्राकार उठते जा रहे एक सुर में
मुझे पूरी कर लेने दो अपनी खोज
खड़ा रहने दो मुझे अकेला और स्तम्भित
तुम्हारे प्रेम के मौन शिखर पर।

मुझे एक ही शब्द उच्चारने दो
पाँचों इन्द्रियों के उच्च स्वर में
एक हिमान्ध छन्द में
मुझे करने दो उत्सव
इस देह के अन्त का जहाँ मैं खड़ा हूँ
मेरी ईर्ष्या के
मटमैले पार्थिव रंगों को लाँघ कर
पसर जाने दो तुम
अपने अनारम्भ वर्ण पट

('शांततेच्या शिखारांवर', एकूण कविता 2, पृ. 270)

'शान्ति के शिखर पर', 'सहजता', 'चक्राकार और उत्तुंग होता हुआ सुर' और 'अनारम्भ' शब्दों का प्रयोग कवि के उसी आग्रह की ओर इशारा करता है जिसकी परिकल्पना भारतीय अध्यात्म में 'आत्म' यानी 'आत्मा' के अनादि, अनन्त निर्गुण रूप में हुई है। भारतीय आध्यात्मिक चिन्तन में 'आत्म' या 'आत्मा' पश्चिम में प्रचलित 'स्व' यानी सेल्फ की अवधारणा से भिन्न है। प्रेम के सघन और प्रबल क्षणों में देहातीत, शब्दातीत होने का अनुभव अस्तित्व के निर्गुण रूप में विन्यस्त हो जाता है। मेरी दृष्टि में यह सन्त परम्परा का आधुनिक अनुषंग है और इसे सिर्फ़ पाश्चात्य अस्तित्ववाद के फ्रेम में नहीं रखा जा सकता। चक्राकार और उत्तुंग हो रहे सुर में एक गूढ़ रहस्य का भी बोध है जो कवि को अपनी प्रेयसी की तरफ़ आकर्षित कर रहा है। यह उत्तुंग चक्राकार गति छाया रूप में, बिम्ब रूप में कुण्डलिनी शक्ति का भी स्मरण कराती है जो ढाई चक्र में मूलाधार में अवस्थित रहते हुए जाग्रत होने पर षट्चक्रों का भेदन करती हुई सहस्रार की तरफ़ ऊर्ध्वगमन करती हुई उसमें मिल जाती है। यह व्याख्या दिलीप चित्रे पर हुए सन्त ज्ञानेश्वर की कविता और उनके चिन्तन के प्रभाव की पृष्ठभूमि में ज़रूरी हो जाती है।

तो, एक तरफ़ जहाँ यह चक्र और यह सुर सम्भोग में 'ऑरगैज़्म' की तरफ़ बढ़ रही दैहिक गति और उसकी भंगिमा को व्यक्त करता है वहीं उसके स्थूल से सूक्ष्म और फिर निराकार होते जा रहे रूप

को भी व्यक्त करता है। और यह 'स्तम्भित' और विस्मित करने वाला क्षण है। चरम अनुभूति का यह क्षण व्यक्ति को अपने विश्व से पृथक कर देता और वह पूर्ण रूप से आत्म रूप में आ जाता है। इसी क्षण के लिए 'खड़ा रहने दो मुझे अकेला और स्तम्भित' जैसी अभिव्यक्ति कवि से प्रयुक्त हुई है। स्थूल में से ही सूक्ष्म का उद्घाटित हो जाना भारतीय आध्यात्मिक चिन्तन, विशेषतः कश्मीरी शैव चिन्तन का एक महत्त्वपूर्ण घटक है। और सुख की चरम अनुभूति परम शान्ति में मिलती है, शान्ति के शिखर पर, जहाँ कवि प्रेम के क्षणों में पहुँच जाता है।

लेकिन चित्रे की इन पंक्तियों को सन्त परम्परा का विस्तार नहीं कहा जा सकता है क्योंकि जहाँ सन्त परम्परा वैश्विक बोध को दैवी अस्तित्व में अवस्थित पाती है, चित्रे का विश्वबोध स्थूल संसार में स्थित होता है। सन्त कवि ज्ञानेश्वर ने शिव-शक्ति के आदि अनन्त रूप को शाश्वत सम्भोग अवस्था में अर्धनारीश्वर के रूप में वर्णित करते हुए उसे महारष्ट्र की वारकरी परम्परा में अवस्थित किया जो मूलतः शैव ना हो कर वैष्णव है। दिलीप चित्रे ने शिव-शक्ति के आग्रह से अलग सांसारिक पात्रों चरित्रों की तहों में उतरते हुए उसका वर्णन आत्मोक्ति के रूप में किया है। उनके कविता संसार के केन्द्र में ईश्वर नहीं है। और यही उन्हें महाराष्ट्र के सन्त कवियों से अलग कर देता है। सन्त कवियों में और दिलीप चित्रे की कविताओं में चैतन्य बोध की अभिव्यक्ति भी अलग-अलग ढंग से होती है। एक तरफ़ जहाँ सन्त कवियों की कविताओं में चैतन्य का बोध उस परम ईश्वर के प्रति सर्वस्व न्यौछावर कर के प्राप्त होता है, वहीं दिलीप चित्रे की कविताओं में यह बोध 'यहाँ और अभी' के सन्दर्भों में हुई अनुभूति के चरम तक पहुँच कर प्राप्त होता है। लेकिन फिर भी चिन्तन का विस्तार और अस्तित्व के परम चरम बीज तक जाते हुए वे उसके निर्गुण निराकार रूप की तरफ़ बढ़ जाते हैं जो उन्हें सन्त परम्परा के कवियों से अलग रखते हुए भी उनसे जोड़ देता है। यही भेद उन्हें अपने समय के अस्तित्ववादियों से अलग भी कर देता है। उनकी एक कविता है 'विपरीत रति'। इस कविता में आयी इन पंक्तियों पर गौर किया जा सकता है जो सम्भोग के दौरान हुई अनुभूतियों का वही पक्ष है जो सन्त ज्ञानेश्वर और कश्मीरी शैव मत में प्रकृति-पुरुष के अनादि अनन्त अविभाज्य संयोग की परिकल्पना में मिलता है। लेकिन इस कविता में शिव और शक्ति का संयोग नहीं बल्कि इसी संसार के मर्त्य और स्थूल स्त्री-पुरुष का अविभाज्य संयोग है :

मुझमें थी हर बार
स्त्री में पुरुष पुरुष में स्त्री मिली हुई
पर दोनों ही ओर पुरुष स्तब्ध था

('विपरीत रति', एकूण कविता 1, पृ. 133)

यही भाव उनकी इन पंक्तियों में भी नज़र आता है :

कदाचित वे एक ही स्त्री हैं
या एक ही स्त्री में कई पुरुष
वे सात स्त्रियाँ, जिनके अंगों का मैंने शोध किया

('त्या सात स्त्रिया', एकूण कविता 1, पृ. 134)

प्रेमसिक्त सहवास की क्रिया मनुष्य को देह से परे हो जाने की अवस्था में पहुँचा सकती है। इन अनुभूतियों के कई और भी साक्ष्य चित्रे की अनेक कविताओं, मसलन, 'विपरीत रति', 'त्या सात स्त्रिया', 'लॉराला उद्‌शून', 'एक मुलीचे भुखेले खांदे धरून', 'विचित्र पद्‌मपात्र', 'भ्रमर रात्र', 'मध कुठे?', 'महामन्त्रोच्चार',

'त्या सुन्न स्त्रीच्या अंगामधून आरपार जन्मांध', 'A Dedication', 'निशागीत', 'प्रवास', 'सिम्फनी तिसरी', 'दुपार', 'आता तुला' आदि आदि में मिलते हैं। इन कविताओं में प्रेम की उत्कट अभिव्यक्ति के साथ-साथ देहातीत हो जाने का या फिर मृत्यु के सह-अस्तित्वबोध का भी चित्रण हुआ है।

स्त्री-पुरुष मिलन के अत्युच्च क्षण का अनुसन्धान करती एक और कविता है 'जुलाय १९५६' जो प्रेम के ऐहिक रूप को पूरी ऊर्जा से जीवन्त कर देती है। यह कविता 'यहाँ और अभी' के कवि के दर्शन को रूपायित करती है। प्रेम अपने प्रलयंकारी प्रवाह में अपने मृत्युकारी आवेग में व्यक्ति को स्व-च्युत कर उसे पार दैहिक अनुभवों तक ले जाता है : वहाँ, जहाँ देह झर कर गिर जाती है। उन क्षणों में देह मृत्यु सा अनुभव पाती है। देह ही देह के पार ले जाये, यह एक उच्चतम आध्यात्मिक अनुभव है।

कविता का शुरुआती सन्दर्भ ही 'अभी और यहाँ' का है जिसमें सघन अँधेरे में प्रलय जुट रहा है। यह प्रलय भी प्रेयसी की सुगन्ध का है जो कविता के वातावरण पर एक रिसती हुई मादकता की तरह फैलता जा रहा है। और यह उत्तरोत्तर सघन तीक्ष्ण और तीव्र होता जा रहा है। पूरी कविता ही उस आवेशित अनुभव से गुज़रती है जो सब कुछ मिटा देने का माद्दा रखता है। प्राणी मात्र में प्रेम की हिंसा के इस अराजक रूप को देखा गया है जब सम्भोग रत जोड़े प्रेम के उन्माद में हिंसक रूप ले लेते हैं। यह प्रेम की 'मादक हिंसा' है। यहाँ यह भी संकेत मिलता है कि मृत्युबोध कवि के अवचेतन पर शुरू से ही हावी रहता है। इसके बाद ही वे उस अवचेतन बोध को बुद्धि के सहारे प्रस्तुत करते हैं। इस मायने में यह उनके कवि की विशेष उपलब्धि भी है, क्योंकि वे अपने भीतरी स्तरों तक उतर कर, वहाँ रिस रहे बोध को कविता तक लाते हैं। इस कविता की कुछ पंक्तियाँ उदाहरण के तौर पर देखी जा सकती हैं :

> मृत्यु से भी निश्चित हैं आज मेरे होंठ तुम जिसका चुम्बन
> फूलों के पक कर
> झरने में उगेगा तुम्हारा ही अवकाश रहस्य।
> ...कितने कितने रूप सरकते हैं तुम्हारी आँखों में
> अस्तप्राय दर्पण में, जहाँ सूर्य डूबता है...
> प्रत्येक तुम्हारी हलचल में वह लय है मृत्युमयी
> बहती जाने वाली, आच्छादित कुसुमित सन्ध्या के सरोवर में
> ***
> जिस क्षण में तुम बिखरोगी क्षणिक मृत्यु के बेकाबू अँधेरे में,
> सिर्फ़ तुम्हारी झरी पंखुड़ी रह जायेगी मेरे बाहुओं में।
> राख हो या पिघल जाओ मेरी सूर्यार्द्र रात्रि में।
> फलित ऋतु की अन्तिम शय्या पर। 'आओ' कहता हूँ,
> 'सिर्फ़ एक बार और पूरी तरह'।
> ***
> अतर्क्य अपने सम्बन्ध पर लगाने दो आँखों की मुहर
> अन्धेपन की। शव-पस्त होने के पहले क्षण का...
> ***
> तुम्हारी आँखों के
> उस पार क्या है?...लहर?...या ठोस हो चुकी चाँदनी, हिमशुभ्र?
> संगीत निःस्वरता का? मरणेन्द्रियों का आवाहन करने वाला क्रूर दैवी अर्थ?
> ***

श्वास बह जाने पर भी प्रलय में :
तुम मेरी पहली बलि थीं, पहला साक्षात्कार।
मेरी निर्जनता का लिया तुमने पहला सुन्दर ग्रास।
पंछियों की देह में क्रौर्य भरने वाली अग्निकोमल उँगलियाँ
सतत थरथराहट से उगीं अभौतिक गीतों में। डूबती जाओ;
पिघलती जाओ; मेरे लिए; मुझमें; इसी तरह; सुनो ना!

मृत्युबोध के ये संकेत दिलीप जी की कई कविताओं में मिलते हैं। उनकी कविताओं में, मुझे लगता है कि, सबसे पहले तो यह मृत्युबोध ही है जो लगातार उनके मन पर हावी रहता है, मन में मृत्यु के पार की स्थिति के लिए एक स्फुरण भरता है जो उन्हें जीवन के रहस्यों को ढूँढ़ने और समझने के लिए प्रेरित करता है। मृत्यु क्या है, मृत्यु में कैसा लगता होगा, मृत्यु के बाद क्या होता होगा? पूरे अस्तित्व को मिटा कर रख देने वाली इस चीज़ के प्रति भय और उत्सुकता का बोध हमेशा से मानव को इसकी तरफ़ खींचता रहा है।

मुझे लगता है कि सभी धर्म, दर्शन और ऐश्वर्य मृत्यु की छाया में पैदा हुए हैं और उससे जीवन का पक्ष रख कर संवाद करते हैं। ये सभी मृत्यु के प्रति मानव की निर्मित हैं, अपने शाश्वत बोध की सान्त्वना की छाँह की खोज में।

प्रेम और मृत्यु दिलीप चित्रे की कविताओं का केन्द्र कहे जा सकते हैं। यह भी उनकी दृष्टि पर अस्तित्ववादी दर्शन के प्रभाव के तौर पर देखा जा सकता है। रोमैण्टिक कवियों की तरह प्रेम उनकी कविताओं में मृत्यु के पार जाता हुआ, अमर हो जाता हुआ नहीं मिलता। प्रेम उनके लिए एक स्थूल जगत का सत्य है जो स्त्री-पुरुष के समागम में अपने चरम तक जाता हुआ, देहातीत हो जाता है, निर्गुण हो जाता है लेकिन यह सब देह लोक में ही घटित होता है और जिसका अन्त देह की मृत्यु के विनाशक रूप में आता है। कई स्थानों पर कवि ने प्रेम के गहनतम क्षणों को मृत्यु की तरह देखा है। जैसे देह मृत्यु में अपना चरम अन्त पाती है वैसे ही प्रेम भी मृत्यु जैसा ही अनुभव लाता है। प्रेम और मृत्यु इस कवि के लिए, जिसने जीवन और जगत को अपनी देह की सतह और गहराइयों में हुए अनुभव से ही देखा है, एक अविभाज्य सत्य है। मोटे तौर पर, एक सरलीकरण की तरह, यह भी कहा जा सकता है कि दिलीप चित्रे की कविताएँ देह की भूमि से उगती हैं और उसके सभी अनुभवों के साथ मृत्यु में विसर्जित हो जाती हैं।

प्रेम का यह तीव्र और गहन अनुभव मृत्यु की सब कुछ मिटा देने वाली ताकत की तरह आता है और अपने आवेग में उसी अन्त तक चला जाता है जिसमें प्राणीमात्र अपना अन्त पाता है।

इसे ही वे अपनी कविता के लिए औजार की तरह प्रयोग में लाते हैं।

एक प्रेमी की ढलती उम्र में स्मृतियों से बस एक फटा हुआ पन्ना :
सम्भोग के सावन स्मृतियों से फूट पड़ते हैं
मृत्यु की गन्ध को जीवन की महक में घोलते हुए
घ्राणेन्द्रियों की पैलेट पर जिसे मैं अपने पेंट-ब्रश में उठाता हूँ
('Monsoons of Lovemaking Storm out of Memory', As Is Where Is, p. 313)

कुछ समीक्षकों ने इसे अस्तित्ववाद की छाया में क्षणवाद के रूप में देखा है कि जैसे एक क्षण का चरम उस क्षण की समाप्ति में मिल जाता है। फिर नये क्षण का जन्म होता है और उसके नये अनुभव आते हैं। मुझे इसमें क्षणवाद नज़र नहीं आता। यह अनुभूति और संवेदना का चरमतम और गहनतम क्षण है

जो मृत्यु जैसा ही चरम और गहन है और इसीलिए वह मृत्यु सा अनुभव देता है। ऐसा नहीं है कि एक प्रबल क्षण उगा, उस क्षण की मृत्यु हुई और फिर नया क्षण उगा। यह क्षण का नहीं, उस तीव्र अनुभव का बयान है जो अपने होने के चरम, यानी मृत्यु तक पहुँच जाता है। प्रेम के इसी चरमतम अनुभव के मृत्युसम रूप का एक और साक्ष्य 'सिम्फनी तिसरी' नामक कविता की इन पंक्तियों में पाया जा सकता है :

जैसे अपने फटे
शरीर का चप्पल निकाल कर रखता हूँ
तुम्हारी जननेन्द्रिय की चिता पर

('सिम्फनी तिसरी', एकूण कविता)

मृत्यु के कमल में विश्व मिटता है तेरा-मेरा यहाँ आओ
कोई क्या समझा क्या रह गया तेरा-मेरा, यहाँ आओ...!

('निशागीत')

इन पंक्तियों में लिंग विषयक विमर्श (Gender Discourse) को भी एक अन्तर्धारा की तरह देखा जा सकता है। समाज के दिये हुए मूल्यों, मानदण्डों से पैदा हुए पुरुषत्व का बोध कवि के इस आग्रह 'यहाँ आओ' में दीखता है जिसमें प्रेयसी शरमाई-सकुचाई हुई है और वह अपने पौरुष में रमा इस समाज के पुरुष की भाषा में उसे अपने पास बुला रहा है कि शरमाओ मत, यहाँ आओ, मेरे पास।

बहरहाल, प्रेम के मृत्युसम अनुभव या रूप के अलावा दिलीप चित्रे की कतिपय कविताएँ सिर्फ़ और सिर्फ़ मृत्यु को या तो सम्बोधित हैं या उसकी सर्वग्राही छाया में डूबी हुई हैं। उदाहरण के लिए इस अनुवाद संग्रह में अपने मृत पुत्र आशय के लिए लिखी उनकी तमाम कविताओं को देखा जा सकता है। इसके अलावा 'Ambulance Ride', 'Bhopal Embryo' 'ग्रुप फोटो', 'गुरुदत्त मृत पाये जाते हैं', 'Looking for Ludwig' आदि ऐसी और इनके अलावा भी कई और कविताओं में मृत्यु की अवश्यम्भाविता और अन्त का सघन होता बोध उनकी कई कविताओं में अनायास और अनकहे ढंग से ही आता जाता रहता है। मृत्यु जैसे कि हर वक़्त हमारे इर्दगिर्द ही हो, बस उसे एक मौक़ा चाहिए हमें दबोच लेने का! यह भाव अनायास ही किसी वर्णन या बिम्ब में सहजता से चला आता है :

वहाँ उसके कमरे में हवा के झकोरों से
संगीतमय हिलते हैं काग़ज़ के कंदील, डूबे हुए
मृत्यु के सान्निध्य में थरथराते अँधेरों में। मैं देखता हूँ
अक्सर दीवारों पर हमारी परछाइयाँ, आपस में घुलती हुई

('तिथे तिच्या खोलीत...', एकूण कविता 3, पृ. 608)

देह की सतह से शुरू हुआ अस्तित्वबोध, मृत्यु की तरफ़ बढ़ता हुआ, अपने विश्व से एकात्म पाता हुआ, प्रकृति-पुरुष की अनादि रति केलि में स्त्रीत्व और पुरुषत्व के अद्वैत का आविष्कार करता हुआ, विश्व के अखण्ड बोध में उद्‌भासित होता है और उससे अद्वैत की अवस्था में स्थापित हो जाता है। यही वह स्थल है जहाँ दिलीप चित्रे का अस्तित्वबोध पाश्चात्य अस्तित्वबोध से अलग हो जाता है और सन्त काव्य के अस्तित्वबोध से उलट ईश्वर के बजाय देह में ही अपना परम अस्तित्व पाता है। मेरी नज़र में यह दिलीप चित्रे की कविताओं की एक महत्त्वपूर्ण उपलब्धि है।

कवि, अनुवादक और दिलीप चित्रे के करीबी रह चुके सचिन केतकर ने अपने एक लेख में मराठी और भारतीय कविता में दिलीप चित्रे के योगदान पर लिखते हुए कहा है कि, "मुझे लगता है कि मराठी कविता या फिर समूची भारतीय कविता को दिलीप दादा की जो सबसे बड़ी देन है, वह है 'देशज आधुनिकता' का उनका आविष्कार, जो एक ही साथ वैश्विक भी है और देशज भी, जो लोकतांत्रिक भी है और प्रबल रूप से कलात्मक भी, जो अन्तर्राष्ट्रीय कविता का गहरा असर भी रखती है और पूरी तल्लीनता से देशज 'भाषा' काव्य की लोकतांत्रिक और बहुलतावादी परम्पराओं में भी रची बसी हुई है। उन्होंने ही लक्षित किया कि उत्तर-इलियट कालीन अमेरिकी कविता, जैसे बीट जेनेरेशन, कॉनफेशनल कवि, और उससे बहुत ही अलग रूपाकार की भारतीय भक्ति कविता, जो तुकाराम के काव्य में उत्कर्ष पाती है, को जो बात जोड़ती है वह है अस्तित्ववादी-आध्यात्मिक आत्मभान, जो न तो पूरी तरह से पाश्चात्य है और ना ही पूरी तरह से मराठी। अपनी पुस्तक 'साहित्य आणि आत्मभान' (साहित्य और आत्मभान) में इस विषय पर उन्होंने जो लिखा है वह उनकी कविताओं को समझने का सबसे सटीक तरीका है। ...वे अपनी परम्परा के प्रगतिवादी और बहुलतावादी आयामों के सार्वभौमिक मानवीय आयामों और अन्तर्राष्ट्रीय तथा पाश्चात्य आधुनिकता से अन्तःसम्बन्धों को बहुत स्पष्ट गहनता से देख पाते थे।

...तुकाराम और सम्भवतया जिन्स्बर्ग की भी तरह, उन्होंने जीने और लिखने में कोई भेद नहीं किया। जब हम उनकी कविताओं में घुसते हैं तो हमें उस व्यक्ति का, उसके जीवन और उसकी पीड़ाओं का सामना करना होता है। हममें से जो अपने ही अन्धकारों का सामना नहीं कर सकते, उन्हें इसके व्यक्तित्व का, जो उन्हें अपने शब्दों से घूर रहा है, सामना करने में परेशानी होगी..."

सन्दर्भ : THE CHALLENGE CALLED DILIP CHITRE : SACHIN KETKAR
http://www.cerebration.org/chitretribute.html

अब आगे...

गान्धार

धरती तेज़ी से अपनी स्मृति खोती जा रही है

('This Planet is Rapidly Losing its Memory'; As Is Where Is, पृ. *322)*

धरती तेज़ी से अपनी स्मृति खोती जा रही है
और यह मैं समझ पाता हूँ अब अपनी खोती हुई स्मृतियों से
क्योंकि बहुत पहले से जानता हूँ मैं कि
स्मृतियाँ केवल ठोस ऐतिहासिक दस्तावेज़ नहीं हैं
बल्कि वे तो लगातार उगती रहती हैं
जड़ों से, तने और टहनियों से
और ज़िन्दा रहती हैं आसन्न भविष्य के बाद भी
स्मृतियाँ ताज़ा होती रहती हैं, फिर से जीवित,
गढ़ती हैं अपनी पहचान, रूप और काम
वे उस जीवन से ज़्यादा अलग नहीं हैं जिसे हमने जाना है
घाव, उत्सव और वह सब कुछ
जो हमारे बोध में उठता घुमड़ता है
शून्यता के प्रति
अब मैं पाता हूँ कि यह धरती छोटी पड़ गयी है
अपनी असंख्य और अकबकाई मनुष्यता के लिए
जहाँ हर कोई एक-दूसरे की जगह हड़प लेना चाहता है
और जगह बचती ही नहीं है किसी की स्मृति के लिए
ख़ुद स्मृति की भी नहीं।
जब स्मृति खो जाती है
पागल हिंसाओं का युग आता है
भय की कोई स्मृति नहीं होती
घृणा की कोई स्मृति नहीं होती
अज्ञान की कोई स्मृति नहीं होती
एक बेलगाम पशु सम्भावित ईश्वर नहीं रह जाता।

ध्वंस

(आदिल के लिए)

('Ruins'; As Is Where Is, पृ. 331)

मात्र पचास सालों में ही मेरे युवा दिनों के शहर की कई निशानियाँ
लुप्त हो गयीं, ध्वस्त कर दी गयीं। मिटा दी गयीं या और भी बदतर कुछ
क्या मैं सचमुच आशा करता हूँ कि वे वैसी ही रहेंगी मेरी और तुम्हारी यादों में, हमारे शब्दों में?
हमने पुरजोर कोशिश की नक़्शों को बिम्बों और बिम्बों को नक़्शों में बदलने की
पर किसके लिए? किस श्रोता, किस पाठक के लिए हमने इस सलीब को धारण किया?
हम ख़ुद ही इस देश काल में एक ध्वंसावशेष बनते जा रहे हैं
जो अब अपने इतिहास को भी धारण नहीं कर पाता
अब तो गिद्धों ने भी उस टावर ऑफ़ साइलेंस पर आना बन्द कर दिया है
जहाँ हमने अपने शरीर को अनन्त चक्र का भोज्य बनने के लिए रख देने की आशा की थी
नग्न और मृत समय की सतह पर
कभी मैं यहाँ अजनबी था पर आशा से भरा हुआ
अभी भी बिना किसी आशा का अजनबी ही हूँ
सिवा समुद्र के उस परिचित मद्धिम रोदन
और अमरता की उस सहलाती हुई धारणा से।

असेला, इथियोपिया, 1960

(एम.ए. दयानन्द मल्ल्या के लिए)
('Asella, Ethiopia, 1960'; As Is Where Is, पृ. 320)
For M.A. Dayanand Mallya

एक लगभग भूला हुआ मॉन्टॉज़, कथात्मक प्रवाह में छवियों का एक प्रपात,
ये कोई फ़ोटोग्राफिक चित्र नहीं हैं; ये अब तक पीले नहीं पड़े, धुँधलाये नहीं हैं,
मिष्टाह जमा, शहर के सबसे अच्छे किराना दूकान का सोमालियाई मुस्लिम मालिक
जो अपने नाविक युवा दिनों में सीखी थोड़ी बहुत अंग्रेज़ी बोल लेता था,
जो अब बूढ़ा हो रहा था पर एक और जवान पत्नी रखने का जिसमें दम था,
हिमालय की तलहटी से आये हमारे दढ़ियल साथी, ठाकुर से वह बहुत फूहड़ मज़ाक किया करता था। ठाकुर, खुद भी बड़ा ठरकी था, जैसा कि वह ख़ुद कहता था।
उसकी नज़र अपनी ही किसी छात्रा पर गड़ गयी जिसे उसे उसने आख़िरकार लेटा ही लिया था।
इस जगह जहाँ कुछ ही लोग गल्लिन्या के अलावा कोई और भाषा बोलते थे,
हम लोग इंग्लिश के तीन भारतीय शिक्षक थे।
जमा ने हमें बुनियादी अम्हारिक सिखाया
और ठाकुर को बताया कि सबसे कमाल की रंडियाँ कहाँ मिलेंगी।
उसकी दूकान के पास वह पोस्ट ऑफ़िस था जहाँ से हम घर से आयी चिट्ठियाँ हासिल करते थे।
फिर हम वहीं आसपास किसी बार में तेद्ज : खमीर उठी जड़ियों और शहद की उस चालाक शराब के गिलास दर गिलास गटकने चले जाते थे।
तुम दोनों तो अविवाहित थे लेकिन मेरी एक गर्भवती पत्नी थी घर पर,
तुम दोनों के साथ पीने की ख़ातिर मैं जिसका ख़याल भी नहीं रखता था।
तुम स्कूल कैंपस में टीचर्स क्वार्टर्स में रहते थे
मैं शहर के मेयर, ग़ास्माश वोर्कु, के एक मकान में रहता था,
आह! सब याद आ रहा है मुझे।
मेरा लड़खड़ाते हुए घर पहुँचना आधी रात बाद
जब दूर कहीं कुत्ते भौंक रहे थे, सियार हुहुआ और लकड़बग्घे हँस रहे थे
मेरे हाथों में डोलती गैस बत्ती सिसकार रही थी
जब उसने दरवाज़ा खोला भय और राहत से
उसके पेट में वह शिशु भी शायद थोड़ा हिला था।

वेनिस

(हेन्निंग स्टेग्मुलर के लिए)
('Venice'; As Is Where Is, पृ. 317)
For Henning Stegmuller

हम बिल्कुल वहीं खड़े थे, वीजू और मैं, पिआज्जा सॅन मार्को में
जिसने करोड़ों पर्यटकों को शताब्दियों से आकर्षित किया है।
तब भी तुम इन्तज़ार करते रहे वहाँ हमारी तस्वीर खींचने का जब तक कि
कबूतरों की संख्या वहाँ के पर्यटकों से अधिक ना हो जाये, कि जैसे हम अकेले हों वहाँ उस वक़्त
हालाँकि वेनिस को हम अलग वजहों से याद करेंगे :
जैसे कि अपनी फासिस्ट स्मृतियों की खरोंच सहते हुए उसके घेटो : यहूदी बस्ती,
वह कोशेर लंच जो हमने वहाँ के एक ढाबे जैसी जगह में खाया था,
द्वीप का वह क़ब्रिस्तान, वह मछली बाज़ार, वे छतें, वे स्ट्रीट्स,
वह खाना, वो शराब, और कला और स्थापत्य
जो हम पर झुकी चली आती थी हर तरफ़ से
हमने इसे पहले भी देखा था, किताबों में, हॉलीवुड में बनी फ़िल्मों में,
वगैरह वगैरह। लेकिन यह दे जा वू : पुनरागमन, बिल्कुल नहीं था।
हम लोग वहाँ थे, लाये गये तुम्हारे द्वारा
उस दृश्य में जिसे हमने साथ लिखा था उस फ़िल्म के लिए जो तुम बना नहीं सके,
उन चीज़ों के लिए जिन्हें हम फिर भी करते
अगर हमारे हाथ बँधे नहीं होते।

गंजी टेकड़ी

('भुंडं टेकड़ी'; एकूण कविता 1, पृ. 91)

तुमने ज़मीन के प्लॉट बना कर बेचने के लिए
मेरे बचपन के उस बरगद को काट दिया
कुल्हाड़ी मज़दूरों को लगा कर। औदुम्बर काटा,
नीबू, अनार, सहजन, पारिजात काटा।
फिर मुझे शहर भेज दिया पढ़ने के लिए।

आसपास के घर पहले ही गिराये जा चुके थे
पाँच-पचीस किरायेदारों को, जो हमारे रिश्तेदार नहीं थे, निकाल दिया
बाद में संस्कृति के लिए बलिदान करने की ज़िद में
तुमने हमारे जन्म से जुड़ी झाड़ियों को काट कर
हमारी स्मृतियों में एक गंजी टेकड़ी छोड़ दिया।

मैं उल्टी दिशा में चल पड़ा तो क्या हुआ?
मैं खोजता रहा जड़ें और शाखाएँ जग भर में
मुझे चाहिए था मुझसे लिपटा हुआ घना जंगल
और रिश्ते जोड़ने के लिए कीड़े-मकौड़े, पशु-पक्षी, और मनुष्य :
एक गंजी टेकड़ी से समाज में मैं कवि हो गया।

पुरुषोत्तम शिवराम रेगे के लिए...

('पुरुषोत्तम शिवराम रेगे यांस...'; एकूण कविता 2, पृ. 376)

मुख्यार्थ गया; ध्वन्यार्थ चिरायु हो।
नाज़ुक पत्थर के चेहरे पर
पानी पारदर्शक रहे।
तुम्हारे अँधेरे चेहरे तले
प्रकाश निष्कम्प रहे।
मुख्यार्थ गया। ध्वन्यार्थ चिरायु हो।

तुम्हारी छेनी ही अलग थी,
जिसने मुक्त आकाश में
खोदा असंख्य सलवटों का आषाढ़
पानी पर उभरी गुफ़ाएँ।
तुम्हारे पारदर्शक शिल्प में
पत्थर बन्द अन्दाज़...वैसे ही गूढ़ रहें।
मुख्यार्थ गया; ध्वन्यार्थ चिरायु हो।

तब भी

('तेव्हाही'; एकूण कविता 2, पृ. 374)

तब भी समुद्र
सामने ही था
और पीछे
यही शहर

इस रास्ते पर इतनी रिहायशें नहीं थीं तब
जब यहाँ पेड़ थे इन ऊँची नयी इमारतों की जगह
देश भर से उखड़े हुए लोग
पीठ पर झोंपड़ी लिए इस द्वीप पर
मुक्त ज़मीन नहीं खोजते थे तब
तब की भीड़ में भी इतना चिड़चिड़ापन नहीं आया था

अब यहाँ रोज़ छोटे बच्चे ट्रकों के नीचे आ जाते हैं
आजकल गाली गलौजों में ही सुर बाहर निकलते हैं
रात में नावों में भर भर कर समुद्र से माल आता है
वेश्यालयों में नयी लड़कियाँ भरती होती हैं
झुग्गियों में औरतें पेट से हो जाती हैं
गर्भपात की अमानवीय महक हर तरफ़ फैल जाती है

तब इतनी दुकानें नहीं थीं
और ना इतने ग्राहक ही
जगमगाते एयरकंडीशंड दारूखाने नहीं थे, होटल-ढाबे नहीं थे
इतने सिनेमा नहीं थे, इतने नाटक नहीं थे,
इतने लाउडस्पीकर नहीं थे, इतनी भरभर कर बहती
लोभियों की ज़्यादा-ज़्यादा उपवास करती
बेपरवाह सर्वांगीण नग्नता नहीं थी
तब भी समुद्र सामने ही था
सिर्फ़ पीछे ऐसी विकराल लहर नहीं थी।

1110 नॉर्थ ड्युब्यूक स्ट्रीट

('1110 नॉर्थ ड्युब्यूक स्ट्रीट'; एकूण कविता 2, पृ. 551)

सेप्टेम्बर 1975
यह वर्ष, यह बिल्डिंग, यह महीना, यह रास्ता
पतझड़ की शुरुआत में
मेपल, सिल्वर मेपल, ओक, बर-ओक के
भरपूर लाल-पीले, ब्राँज-जामुनी पेड़
और घास में घुमड़ती हवा;
पूल टेबल के पास काले लोग;
कूल्हे झुलाती चलती ब्राजीलियन लड़की
स्वीमिंग पूल के पास बडवायजर या ऑलम्पिया बियर के
कैन से घूँट लेता तैरती हुई लड़की का नेत्रभोग करता
एक अकेला बूढ़ा; और काउच पर बैठी रहने वाली
अस्सी वर्ष की एक वृद्धा...
सैकड़ों किरायेदारों के बीच तीस परदेसी लेखक।
तीन सौ तीस नम्बर में अभी तक एक आदमी
अकेला रहता हुआ।
शायद वह और उसका ग्रीक मित्र
अनास्तासिओस देनेग्रिस गांजे का सिगरेट पीते रहते हैं।
तीन सौ तीस नम्बर वाले के पास उसकी चीनी मित्र के आते ही
देनेग्रिस बाहर निकल जायेगा।
पहली रात के बाद वह चीनी लड़की अब ढीठ हो गयी है
कुछ बोले बिना वह उसका चुम्बन लेगी
दोनों सारे कपड़े उतार कर पलँग पर गिरेंगे
घण्टे घण्टों एकाग्रता से विलम्बित लय में
फिर प्रचण्ड द्रुत गति में
फिर एक-दूसरे की तरफ़ पीठ करके अँधेरे में
इकट्ठे आकर अलग हो जायेंगे...
दूसरे दिन भी सुबह होगी
इसका तीन सौ तीस वाले को यकीन नहीं है अभी।

मुम्बई की याद

('मुम्बईची आठवण'; एकूण कविता 1, पृ. 122)

विषण्ण पीले पड़े, प्रकाश से जाती है शाम की पहली
लोकल, मनुष्यों के लटके हुए गुच्छे सूर्यास्त में चमका कर
चूते पसीने हवा में सुखाते दौड़ते हैं रस्सी पर टँगे घिसे कपड़े
और हर एक स्टेशन की कर्कश शान्ति में उफनती भीड़
आती है, जैसे हठात् नहीं आये, उगले जा रहे हैं शब्द,
प्लेटफॉर्म दर प्लेटफॉर्म पैरों के पड़ने से भीगी हुई सीढ़ियाँ

इस भव्य शहर में पेशाब की महक, कप-प्लेटों की आवाज़,
यहाँ फ़ुटपाथ पर जलते टुकड़े, यहाँ के ह्रस्व प्रवास,
यहाँ की औरतों की स्राव-भीगी पट्टियाँ, शवों के हार
यहाँ की बस्ती-बस्ती में उड़ते दुखों के गुलाल,
मुझे क्षमा करे मेरे अपूर्ण दिनों की कविता,
ये पेट के कपड़े, ये नालायक तुच्छ चीज़ें, यह अध्यात्म
शब्द शब्दों में अचानक उग आने वाली नदियों का, विवरों का।

चित्रे का वाड़ा, खारीबाब रोड, बड़ोदा

('चित्रे यांचा वाडा, खारीबाब रोड, बड़ोदा'; एकूण कविता 1, पृ. 39)

टेकड़ी पर दो मंज़िला घर। चारों तरफ़
तटबन्द की तरह छोटे-छोटे घर। पूरब की तरफ़
विशाल दरवाज़ा, उसके भीतर छोटा दरवाज़ा।
दर्शन वाली तरफ़ के दरवाज़े से लग कर
ढोल नगाड़े तुरही के लिए दीवार में आला।
अन्दर आँगन प्रशस्त। उसमें विशाल
वट वृक्ष, नीम, औदुम्बर, सहजन।
अलावा इसके हरसिंगार, चमेली, अनार, चीकू,
केले, अगरू, मेहँदी, रुई और घास।
वट के नीचे पक्का कुआँ। दक्षिण में
आत्माराम प्रिंटिंग प्रेस की लम्बी सी
एक मंज़िला इमारत। सहजन के नीचे
कमरे जितना ऊँचा मारुति का मन्दिर।
अलावा इसके जलहरी और शिव लिंग,
संगमरमर के नंदी समेत। इनमें से कुछ भी
अब नहीं है। टेकड़ी पर के सभी पेड़ काट डाले गये।
वहाँ झुग्गियाँ उग आयी हैं। प्लॉट बाज़ार भाव पर बिक गया।
वहाँ नयी बिल्डिंग आ गयी है। चित्रे कुलनाम का
कोई भी व्यक्ति आसपास नहीं है अब।
पर आज भी इस जगह को चित्रे वाड़ा
क्यों कहते हैं कौन जाने। मैं एक बार
कई वर्षों में गया था इस भाग में
क्योंकि मेरा जन्म यहीं हुआ था, यहीं
मेरा बचपन बीता। यहीं मेरे
बाद के पाँच भाई बहन जन्मे।
यहीं मेरी पड़दादी और चचेरी दादी मरीं।
यहीं मेरे पिता रंक से श्रीमन्त होकर
पुनः श्रीमन्त से रंक होने के लिए पलायन कर गये।
तभी मुझे पहचानने वाला कोई भी नहीं है
वहाँ। टेकड़ी के सामने वाले रास्ते पर

मैं खड़ा था जब किसी ने मुझे टोका,
"क्या देख रहे हो ऐसे टक लगाये?"
मैंने कहा, "इस जगह को क्या कहते हैं?"
उसने कहा, "चित्रे वाड़ा।"
मैंने पूछा, "वाड़ा कहाँ है?"
"वाड़ा क्या श्रीमान, चित्रे भी कहाँ हैं?
जगहों का नाम ऐसे ही पड़ जाता है
बस्तियाँ हमेशा के लिए थोड़े ही कायम रहती हैं?
अरे पचास वर्षों में दुनिया का भी नक़्शा बदल जाता
फिर चित्रे के वाड़े में ऐसी कौन-सी बड़ी बात है!"

मेरे बचपन का घर

('The House of My Childhood'; As Is Where Is, पृ. 91)

मेरे बचपन का घर खाली पड़ा था
एक धूसर पहाड़ी पर
उसके सभी फ़र्नीचर जा चुके थे
सिवा दादी की चक्की के पाट
और उसके देवी-देवताओं की पीतल की मूर्तियों के

चिड़ियों की मृत्यु के बाद भी
उनकी चहचहाहट मन में गूँजती रहती है
शहर के मिटने के बाद भी
एक धुँधलका हवा को आबाद करता रहता है
पौ फटने के ठीक पहले की रंगहीन दरार में
उस जगह में जहाँ कोई गा नहीं सकता
ध्वनि शिल्पों की महीन नक्काशियों में
शब्द सन्नाटे बाँटते हैं

मेरी दादी की आवाज़ नंगी शाख पर थरथराती है
उस खाली घर में ठुमकता फिरता हूँ
ग्रीष्म और वसन्त दोनों जा चुके हैं
पीछे छोड़ एक वृद्ध शिशु
उम्र के कमरों में खोज के लिए

घर लौटते पिता

('Father Returning Home'; As Is Where Is, पृ. *92)*

मेरे पिता देर शाम की ट्रेन से यात्रा करते हैं
चुप सह यात्रियों के बीच खड़े उस पीली रोशनी में
उनकी नहीं देखती हुई आँखों से उपनगर फिसलते चले जाते हैं
उनकी पैंट और शर्ट गीली है और उनकी काली रेनकोट
कीचड़ से सनी और उनका झोला जिसमें किताबें ठुँसी हुई हैं
अब फट कर अलग होने पर है। उम्र से धुँधलाई उनकी आँखें
बुझती हुई बढ़ती हैं घर की तरफ़ मानसून की उमस भरी रात में।
अब मैं उन्हें ट्रेन से उतरते हुए देख सकता हूँ
जैसे किसी लम्बे वाक्य से एक शब्द गिरा हो।
वे उस धूसर प्लेटफॉर्म की लम्बाई को जल्दी-जल्दी पार करते हैं,
रेलवे लाइन पार करते हैं, गली में आ जाते हैं,
उनके चप्पलें कीचड़ से चिपचिपा गयी हैं लेकिन वे जल्दी-जल्दी आगे बढ़ रहे हैं।

घर पर वैसे ही, मैं उन्हें फीकी चाय पीते देखता हूँ,
बासी रोटी खाते हुए, एक किताब पढ़ते हुए।
वे शौच को जाते हैं चिन्तन के लिए
मनुष्य का मानव निर्मित दुनिया से दुराव।
बाहर आ कर बेसिन के पास वे काँप रहे होते हैं
उनके भूरे हाथों पर ठण्डा पानी दौड़ रहा है
कुछ बूँदें उनकी कलाई पर पकते हुए बालों में अटक जाती हैं।
रुष्ट बेटों ने अकसर उनसे चुटकुले या अपने राज
साझा करने से मना किया है। अब वे सोने जायेंगे
रेडियो पर आती कड़कड़ाती आवाज़ सुनते हुए, स्वप्न देखते हुए
अपने पूर्वजों और अपने पोते-पोतियों के, सोचते हुए
किसी पहाड़ी दर्रे से किसी महादेश में प्रवेश करते हुए बंजारों के बारे में।

शम्सुद्दीन तुम कहाँ गये

('शम्सुद्दिन तू कुठे गेलास'; एकूण कविता 3, पृ. 783)

शम्सुद्दीन तुम कहाँ गये
हिन्दुत्व के इस जंगल से
बाहर या अन्दर
यह आख़िरी युद्ध है
सब्जा और तुलसी के बीच
हरे और भगवे
दोनों से रक्त तो सिर्फ़ लाल ही बहेगा
शम्सुद्दीन तुम नहीं होगे
इण्डिया या हिन्दोस्ताँ या भारत की
कयामत मनाने को

तुम्हारी लावारिस लाश
जकड़ी हुई है जिस राजनीति के पाश में
वह लावारिस साजनीति
सियासत के रण्डीबाज सारंगी के साथ
इस बेदर्द ज़माने के
दादरा का सम छू लेती है।

बॉनी ओ' कॉनेल, नवम्बर 1975

('बॉनी ओ' कॉनेल, नोव्हेंबर 1975'; एकूण कविता 2, पृ. 550)

लिस्बन, आयोवा
रिश्ते के होंठों से मुस्कुराते हुए
मुक्त आँखों को भिड़का कर
पलकों के घाघरों को बेफ़िक्री से ऊपर उठाते हुए
झुक कर दोहरी हुईं तुम
फायरप्लेस में लकड़ियों को सुलगाते हुए
तुम्हारे चेहरे पर
भड़कती ज्वाला खेलती हुई

बाहर बर्फ़ीली आँधियाँ चलती रहीं
तीन दिन और तीन रात
ठण्डी सफ़ेद ढेरों के नीचे
तुम्हारी प्रतिमा दफ़न होती जा रही थी
मेरे मन में
दहकते अंगार के फूलों सी

इन्फर्नो

('इन्फर्नो'; एकूण कविता 2, पृ. 557)

कॉरिडोर में कार्पेट पर चलते हुए
मध्यरात्रि के बाद किसी दरवाज़े के पीछे से आवाज़ आती है
उनका अर्थ लगाते हुए एलिवेटर तक आना।

बटन दबाना। लाइट पढ़ना। दरवाज़ा खुलते ही
अन्दर आ कर बटन दबाना। अन्दर सब को 'हाय!' कह कर
तल मंज़िल की राह देखना।

फिर से दरवाज़ा खुलने पर बाहर निकलना।
रिसेप्शन डेस्क पर ऊँघते विद्यार्थी पर
सरसरी नज़र डालते हुए कॉफ़ी मशीन की तरफ़ जाना

जगमगाते कॉफ़ी हाउस में कुर्सी पर बैठकर
पिन बॉल मशीन की पागल सी टिंग टिंग सुनना
या टी.वी. लाउंज में जा कर हॉरर फ़िल्म देखना

मध्य रात्रि के बाद कॉमर्शियल्स कम हो जाते हैं
दाँते और वर्जिल ब्लैक कॉफ़ी पीते हैं
नरक के अनिद्राग्रस्त लोगों का निरीक्षण करते हुए।

पुर्गातारियो

('पुर्गातारियो'; एकूण कविता 2, पृ. 558)

अनास्तासिओस देनेग्रिस मारियुआना का कश खींचता है
फिर चुपचाप सिगरेट मेरी तरफ़ पास कर देता है
एक लम्बा कश ले कर मैं सिगरेट बढ़ा देता हूँ
हेराल्दो की तरफ़। हेराल्दो बुरी तरह खाँसता है

जिनकी प्रार्थना सुन ली गयी हो वैसी ही किस्मत वाले अमेरिका आये हुए लोग
कलम की निब पर जमा स्याही की तरह तीव्र
इंजेक्शन की नोक पर आयी बूँद की तरह तैयार
अन्दर ही अन्दर मुड़ जाते हैं अपने अपने मुल्क की ओर

मन के खुले खेतों में गाँजे की फ़सल तैयार है
मन में पॉपी के फूल खिल चुके हैं, उसके फल पक गये हैं
मन में खमीर उठे अंगूरों में अब झाग उठने लगी है
मन में सिंकता सिंकता ब्रेड अब स्पंजदार हो गया है

एक और बार तासो की कश मुझ तक आकर
हेरोल्दो के हाथों में जाती है। उसके जलते सिरे
उसके हाथों में चुभते हैं। होश में आकर वह कहता है
"इसमें लगे हर डॉलर पर महाकाव्य की एक-एक पंक्ति लिखूँगा"

तासो कहता है, "भड़वो! अमेरिका आने का
यही तरीका है क्या? भिखारी की तरह न्यूयॉर्क या शिकागो आओ, रेस्त्राँ में
काम करो, बीस वर्षों में करोड़पति हो जाओ!"

पॅरादिज़ो

('पॅरादिज़ो'; एकूण कविता 2, पृ. 559)

कितना खुली हुई, विपुल, विविध
प्रकृति है यहाँ अभी भी
मानव, मोटर, इमारतों के गुच्छे
कितने अन्तर अन्तर पर बिखरे हुए हैं।

और जब हम जंगलों में गये
इस देश का नाम तक भूल गये
सिर्फ़ पेड़ों के नाम पूछे
और पशु पक्षियों के बारे में पूछा

भरपूर वाइन पी कर घास में लोटते रहे
दाँतों से तोड़ा एक डॅन्डेलियॉन का फूल
और हथेली पर हल्की फूँक से उड़ाया लाल कीट को
उसकी जाँघों पर सिर रख कर चैन से लेटा रहा
भर दुपहरी, नदी किनारे, मस्ती में
टुल्ल नीले आकाश तले नशे में गच्च।

मॉस्को से लेनिनग्राद

('मॉस्को ते लेनिनग्राद'; एकूण कविता 1, पृ. 166)

मॉस्को से लेनिनग्राद तक
मैं चलता रहा एक थ्री डाएमेंशनल नोट बुक में
नोटबुक में बर्फ़ थी मीलोंमील तक
नोटबुक में रेल की पटरी थी
मेरी छाती पर फूट रही थी
स्त्री जितनी बड़ी एक बाँबी

मेरी छाती पर थीं अठारह नागिनें
मेरी छाती पर था भंडारा हल्दी उड़ाता हुआ
उत्तर दिशा में उड़ाता हुआ मेरा शरीर
ध्रुव की ओर तना हुआ था

किसके पाप धोये गये
किसके ज़ख़्म बह गये उस यात्रा में
नोटबुक में अक्षर थे
बर्फ़ में फैलती आग की तरह
स्फुलिंगों से।

मॉस्को, 1980

('मॉस्को, 1980'; एकूण कविता 1, पृ. 169)

क्रान्ति के छायाचित्रित शहर में
तिरेसठ वर्ष बाद मेरे पर्यटक मन पर
तेज़ाब का एक भी छींटा नहीं पड़ता
खाल भरे क्रान्तिकारी चिर निद्रा में सोये हैं
लम्बी क़तार में श्रद्धालु दर्शन के लिए खड़े हैं
रेड स्क्वेअर पर मुझे नज़र आता है सिद्धिविनायक

क्रेम्लिन के ताबूत और लाल तारे
कोरस गाते हैं देवदूत, जार और कॉमिसार
जीर्ण चर्च के पास चुप खड़ीं बूढ़ी औरतें
गोभी का क्या भाव कविता की क्या कीमत
हृदय पर खिंचे कँटीले तारों को
वॉयलिन समझ कर बजाता है
यह प्रबल और भोले लोगों का समुदाय

मानदेलश्ताम बिना ही लेनिनग्राद : अप्रैल 1980

(कवि विक्टर सोसनोरा के लिए)
नेव्स्की प्रोस्पेक्ट
('मानदेलश्ताम शिवायचं लेनिनग्राद : एप्रिल 1980'; एकूण कविता 1, पृ. 170)

जार पीटर ने यूरोप पर खिड़की खोली
जहाँ से भविष्य के कंगाल कवियों ने देखा
भव्य संकेतों से सुसज्जित एक जल सेना
रशिया पर आक्रमण करती हुई रण कुशल काव्य से
नेव्स्की प्रोस्पेक्ट पर मैं, एक मराठी कवि, चलता हूँ
दोनों तरफ़ खड़ी हैं राजशाही इमारतें
इन इमारतों में समाजवाद अभिप्रेत कभी था ही नहीं।

कीव, युक्रेन : अप्रैल 1980

('कीएव्ह, यूक्रेन : एप्रिल 1980'; एकूण कविता 1, पृ. 170)

सब कुछ मिक्स हो गया है व्लादिमीर, यारोस्लाव
भूमिगत चर्च में संन्यासियों के कंकाल,
ज़मीन में दफ़ना दिये गये ज्यू,
टार्टर, कॉसेक्स, जर्मन, स्टालिनिस्ट्स, समकालीन
नीपर नदी पर पुल, रास्तों पर गलती हुई बर्फ़
सुनहरे केश, नीली आँखें, ओवरकोट,
पाव रोटी खरीदतीं वृद्ध महिलाएँ, अभिमानी सम्पादक,
चिन्तित टीकाकार, डिप्लोमेटिक कवि।

स्टॅलिन के लगाये झाड़फ़ानूस के नीचे

('स्टॅलिननं लावलेल्या झुंबराखाली'; एकूण कविता 1, पृ. 172)

स्टॅलिन के लगाये झाड़फ़ानूस के नीचे
पाव रोटी ख़रीदने वालों का झुण्ड उमड़ता है
और दूर खड़ा है क्राइस्ट का
तटस्थ दयालु देवल
इस रशियन बर्फ़ के नीचे हो सकते हैं
कितने ही कविताओं के पौधे
कितने ही काँटेदार एकान्त
पूर्व नागरिकों के कंकाल

लेनिनग्राद की सड़कों पर

('ल्येनिनग्रादच्या रस्त्यांवर'; एकूण कविता 1, पृ. 172)

लेनिनग्राद की सड़कों पर
कई नहर और कई पुल
पेत्रोग्राद
सेंट पीटर्सबर्ग
राजमहल के सामने चौक पर
अदृश्य ख़ून का जमाव
बर्फ़ की तरह जमी हुई चीख
गोलीबारी भूतों के इलाके सी
यहाँ से सीधे साइबेरिया जाया जा सकता है

पर इन्हीं फ़ुटपाथों पर दोस्तोएवस्की चल चुके हैं
और इन्हीं नहरों के पुलों पर
पतझड़ में गिरी थी
मांदेलश्ताम की परछाईं

यहाँ गर्मियों में रात
शुभ्र सफ़ेद होती है
रिवर्स में जाती हुई बर्फ़ सी
नीचे से ऊपर देखती हुई।

पेत्रोग्राद/लेनिनग्राद का रास्ता

(इरीना के लिए)
('पेट्रोग्राद/ल्येनिनगरादचा मार्ग'; एकूण कविता 1, पृ. 174)
(-इरीनासाठी)

बर्फ़ीला हो जाता है काल
बूट गिरते हैं मिटती हुई लकीरों पर
जीवन्त काली आँखों का
दुःख छुपा रहता है जंघाओं में
नाज़ुक जगहों पर मलहम
परायी शाख पर कलम
आग गाड़ी के बन्द डब्बे में
अनमना मैथुन
कोयले के बर्फ़
झोंके जाते हैं
दो पहरों की अन्तरंगता में
तेज़ पहियों से
ताज़ा कर दी जाती हैं पटरियाँ
मॉस्को से लेनिनग्राद तक

तुम यन्त्रणा की तरह करती हो व्यभिचार
और यह एक्सप्रेस जाती है
सीधी फिनलैण्ड तक
धवल रात्रि के मुल्क की ओर

महापुरुष पीटर के ऊँचे पिशाच
नौसेना की ठोस इमारतें
राजमहल, चौक, नहर
मांदेलश्ताम की मासूम आँखें
पुश्किन के प्रेम प्रसंग
लेनिन के भाषण
दोस्तोएवस्की का भीषण जागरण
और हर्मिटेज में

यूरोपियन मास्टरपीसेज
क्रान्तिपूर्व और क्रान्ति के बाद
और इन सबमें निरन्तर
महायुद्ध और महाशान्ति

एक भूखी औरत के
याचना करते स्तन
उसकी अस्त व्यस्त जाँघों से
अंगों से कन्धों से चूती हुई
वोद्का और जिस तरह घबरायी हुई चिड़िया
अँधेरे में खिड़की खोजती हुई
फड़फड़ाते हुए दीवारों से टकराती है
वैसे ही मेरे मुँह और नाक से टकराती है
उसकी हवा खोजती श्वास
इस सब पर मैं नहीं कर सकता कविता
साइबीरिया में निष्कासित करने को
हमारे ही सम्बन्धी हमारे यमदूत बन जायेंगे।

हंगेरी : यांचो, बारटॉक और मैं

('हंगेरी : यांचो, बारटॉक आणि मी'; एकूण कविता 1, पृ. 179)

पत्थरों में तीव्र वेग से घुसकर मथता हुआ पानी
घास को टटोल कर जाती हुई हवा
घोड़े हिनहिनाते हुए छूटे सूर्यास्त पर
नग्न कुमारिकाएँ प्रदक्षिणा करतीं गेहूँ की बालियों की

गोधूलि का नाज़ुक आकाश
त्वचा पर फूटे हुए उत्कीर्ण नक्षत्र
जर्द हो चला मनोगत भाव
अँधेरे पर कब्ज़ा करता चाँद का बीज

और यह तेज़ गन्ध, यह मन्द महक, यह स्पष्ट सुगन्ध
आती है जिस स्राव से पहले वह स्राव शुरू होता है
वे नग्न कुमारिकाएँ अब सूर्यास्त के विरुद्ध
खड़ी हैं क्षितिज पर स्तन टेक कर

अनास्तासिओस देनेग्रिस जो चरस पीता है

('अनास्तासिओस देनेग्रिस चरस पितो तो'; एकूण कविता 1, पृ. 128)

अनास्तासिओस देनेग्रिस चरस पीता है
वह तुर्किस्तान से आया ग्रीस
और ग्रीस से फिर गया तुर्किस्तान
या ईरान के भी उस पार
एक अल्पविराम के बाद वह निकल जाता है यात्रा पर

अनास्तासिओस देनेग्रिस बैठा है मेरे सामने
समाधिस्थ बिल्ली की तरह
अपने आप में ही गुरगुराता हुआ
या अपने ही उस पार
एक अवतरण चिह्न से वह निकल जाता है यात्रा पर
अनास्तासिओस देनेग्रिस की मूँछें
उसके चेहरे पर झुकी हुई हैं
पूरा कमरा ही उस पर झुका खड़ा है
उस स्त्री की तरह जिसका एक आध पाप उजागर हुआ हो
एक विग्रह में वह निकल जाता है आरपार यात्रा पर
"वासिलिकी! वासिलिकी!" वह पुकारता है
अपनी धूप सेंकती अनभिज्ञ प्रेयसी को
चरस के लाखों मैले फैले कोहरे के उस पार से
वह उसकी बगल में ही है
पर अनास्तासिओस निकल जाता है यात्रा पर एक पूर्णविराम से।

हाई वी, ईगल, रँडॉल्स इत्यादि सुपर मार्केट्स के प्रति...

('हाय व्ही, ईगल, रँडॉल्स इत्यादि सुपर मार्केटांना उद्देशून...'; एकूण कविता 1, पृ. 120)

ये भव्य दुकानें, जिनमें ट्रॉली ले कर राशन जमा करता
मैं घूमता रहा दो वर्ष हर सप्ताह जैसे घूमता है
प्रत्येक अमेरिकन भक्त मन्दिर में
तुम्हारे गर्भ में भटकता हुआ दीन और लोभी बनता हूँ
ऐसे में मैं भी हो गया हूँ तुम्हारा नित्य उपासक
इतने फलों और इतनी सब्ज़ियों का व्यवस्थित ढेर अब
कहाँ देखूँगा? कहाँ देखूँगा दही, दूध, मक्खन के इतने डब्बे?
इतने प्रकार के मांस और मछली, फलों के रस,
चीज़ और पाव रोटी के प्रकार, चाय, कॉफ़ी, चीनी?
अब कब देखूँगा कॉर्न फ्लेक्स, राईस क्रिस्पीज, पॉप्ड वीट?
चावल, गेहूँ, मसाले, सायडर की विनेगर की बोतल,
तुम्हारे जगमगाते दालान में घूमतीं मन्त्रमुग्ध स्त्रियाँ?
बड्वॉइजर, मिलर, ओल्ड मिल्वॉकी, हॅम्स, ऑलिम्पिया
बियर के खोके, आइसक्रीम के डब्बे, भोजन की तैयार पैकेट्स?
कॅश रजिस्टर से चेक फाड़ कर काग़ज़ के ठोंगे को सँभालता
अब फिर कब मैं अपने अपार्टमेण्ट जाऊँगा?
रेफ्रिजरेटर भरते हुए होते गहन आनन्द का अनुभव कब करूँगा?
ऑवन में सीझते रोस्ट के स्वर्गिक वास में
फिर कब मैं समाधिस्थ होऊँगा? हे दुकानों,
एक भूखे कंगाल देश का मैं तुम्हारा भक्त
कितनी कविताओं के संग्रह देने होंगे तुम्हें
कहाँ तक पूरा करूँ इस पेट का खलगीत, तुम्हारे बड़े उपकार?

बिल ब्राउन को अन्तिम आशीर्वाद

('बिल ब्राउन ला शेवटचा आशीर्वाद'; एकूण कविता 1, पृ. 134)

पवित्र विश्व का स्मरण करते हुए मैं तुम्हें आशीर्वाद देता हूँ।
कि तुम बुद्धिमन्त होओ
कि तुम्हारी शराब छूट जाये
कि तुम्हारी कविता फिर से छप कर आये
कि एक आध स्त्री तुम्हारे साथ बस जाये
कि तुम्हारी बची हुई उम्र पेरिस में बीते
कि तुम्हें भोजन बनाना अच्छा लगे
कि तुम्हारा मनोचिकित्सक भी
एक मानव है तुम्हारी ही तरह
यह तुम्हें समझ आये और तुम फिर से
पूरे हो जाओ।
पवित्र विश्व का स्पर्श करते हुए
मैं तुम्हें आख़िरी आशीर्वाद देता हूँ
कि अपने आप तुम तक पहुँचा हुआ प्रकाश
तुम्हारे आर पार जाये
और पुनर्जन्म हो तुम्हारा
अपनी शुरुआत को अर्घ्य देते हुए
मैं तुम्हें आख़िरी आशीर्वाद देता हूँ :
मनुष्य जन्म में आकर
तुम मानव होने के उस पार तक जाओ।

जर्मनी से एक पत्र

('A Letter From Germany'; As Is Where Is, पृ. *149)*

मैं यहाँ हूँ : पर मैं सोच रहा हूँ
भारत में इस समय क्या वक़्त हुआ होगा

इस बीच, बवारिया में बर्फ़ पड़ रही है

तुम मुझसे साढ़े चार घण्टे आगे हो
और पुणे में अभी दोपहर है।
और ज़रूर तुम खाना बना रही होगी
अनुमान करूँ तो
शायद अंकुरित मूँग का 'उसळ'
और भुने बैगन का सलाद

इस बीच, बवारिया में बर्फ़ पड़ रही है

मैं बॅम्बर्ग से म्यून्चेन तक जाती इस ट्रेन में हूँ
यह बवारिया के जंगलों के पास रॉजेंसबर्ग के ऊपर से जाती है
और म्यून्चेन से स्टुटगार्ट और श्वाबियान आल्प्स होते हुए मैं हीडेल्बर्ग चला जाऊँगा
पर मैं जर्मनी नहीं देख सकूँगा क्योंकि मैं
हमारे घर की छोटी-छोटी बातों के बारे में सोच रहा हूँ
जो यहाँ जर्मनी में मेरे अलावा कोई नहीं सोच रहा होगा

इस बीच, बवारिया में बर्फ़ पड़ रही है
जैसे पूरा का पूरा बवारिया ही
भारत को भूलने और याद करने का
एक तरीका हो।

चिंचपोकली से दृश्य

('The View From Chinchpokli'; As Is Where Is, पृ. *81)*

एक गँदलाया हुआ सूरज उगता है टेक्सटाइल मिल के पीछे से
मैं अपने भयानक स्वप्न से रेंग कर निकलता हूँ और लड़खड़ाता हुआ
बेसिन की तरफ़ जाता हूँ। फिर मैं शौच में चैन से हल्का होता हूँ
जबकि परेल रोड क्रॉस लेन के मेरे वंचित देशवासी भायखला गुड्स डिपो की
पत्थर की दीवारों से लग कर मल त्यागते हैं।
इस गली से हो कर मेन रोड तक जाने के ख़याल से ही मैं काँप जाता हूँ। सैकड़ों मज़दूर,
रात की शिफ्ट से लौटने लगे हैं, रेलवे लाइन पार करके।
बस स्टॉप पर भीड़ बढ़ चुकी है। मैं सुबह का अख़बार पढ़ने लगता हूँ
और अपने नंगे मन को विश्व भर की घटनाओं से ढँक लेता हूँ। सीलिंग फैन घिरघिरा कर
चलता है, लेकिन मुझे पसीना आता रहता है।
मैं साँस लेता हूँ बॉम्बे गैस कम्पनी के छोड़े गये सल्फर डाइऑक्साइड में
जिसमें घुले होते हैं कपास के रेशे और कार्बन के कण जो निकलते हैं उन मिलों से
जो लाखों लँगोटों को ढँकते हैं। फिर मैं दाढ़ी बनाकर स्नान करता हूँ
सभी अछूतों को अपने मन से निकाल कर, छुआछूत के प्रदूषण के डर से। बाहर निकलते हुए
मैं इस्तेमाल किये हुए कॉन्डोम और सिगरेट के मुड़े तुड़े डिब्बे को
कूड़े में फेंक दूँगा। और अर्जुन की तरह,
जो अनिच्छा से रथ पर सवार हो रण भूमि में गया था, मैं टैक्सी ले कर
नारीमन प्वाइंट की मैनहटन जैसी अवास्तविकता में जाऊँगा। वहाँ मैं भारत का भाग्य गढ़ूँगा
अपनी बेदाग प्रतिभा से। मैं टैक्सी की सवारी करूँगा।
और बिना पलक झपकाये गुजरूँगा विक्टोरिया गार्डन ज़ू की बगल से।
भायखला ब्रिज मुझे कविता की पहली पंक्ति देगा ,
और रास्ते में क्रिश्चन, मुस्लिम और यहूदी मुझ में समकालीन भारतीय संस्कृति की
एक विलक्षण आलोचना को प्रेरित करेंगे। और तय है कि मैं देखूँगा तक नहीं उन सभी
कबाड़ की, चाय की दुकानों को, रेस्त्राँ को, और बाज़ारों को
जिनके टेढ़े मेढ़े रास्तों से मैं गुजरूँगा। बड़े सुकून से निकलूँगा
कला संस्थान, अंजुमन-ए-इस्लाम, दि टाइम्स ऑफ़ इण्डिया,
बॉम्बे म्युनिसिपल कॉर्पोरेशन और विक्टोरिया टर्मिनस की बगल से।
अगर मेरी नज़र फ्लोरा फाउण्टेन या बॉम्बे हाई कोर्ट पर पड़ी भी तो
वह एक अन्यमनस्क अवलोकन ही होगा।
और अगर बॉम्बे यूनिवर्सिटी के क्लॉक टावर और इमारतों को मैं देखता हुआ लगूँ भी तो

वह उस बुढ़िया चुड़ैल की तरफ़
एक दूषित मानसिकता के किसी पुराने छात्र की खीज भरी नज़र ही होगी
पर इन सब के बावजूद है मेरे चैन की साँस
जो यहाँ उन लाखों लोगों की भद्दी भीड़ के थोड़ी देर तक नज़र से ओझल होने से मिलती है।
कुछ संस्कृति सम्भव है उस आधे वर्ग मील में
जहाँ इण्डिया की दीवार चटक कर खुल जाती है और समुद्र नज़र आने लगता है।
चिंचपोकली में, जब शाम को लौट आता हूँ,
मैं षड्यन्त्र रचता हूँ स्त्रियों को फाँसने का, बलात्कार का, योजना बनाता हूँ कन्नी कटाने के मास्टरपीस की। लाउडस्पीकर मुझ पर चिल्लाते हैं।
खटमल मुझे काटते हैं। तिलचट्टे मेरी आत्मा पर मँडराते हैं।
चूहे इधर-उधर दौड़ते हैं मेरे अध्यात्म पर, मच्छर मेरे गीतों में गाते हैं
छिपकली रेंगती है मेरे धर्म पर, मकड़े फैल जाते हैं मेरी राजनीति पर।
मैं खुजाता हूँ। मैं कामोत्तेजित हो जाता हूँ। मैं शराब पीता हूँ। मैं पी कर चूर हो जाना चाहता हूँ।
और मैं ऐसा करता भी हूँ। यह आसानी से होता है चिंचपोकली में,
जहाँ, हिन्दुओं के किसी लघु देवता की तरह, मैं धुत्त हूँ
अपने पूजने वालों के दुखों में और अपनी
विजयी नपुंसकता में।

बिल ब्राउन...कवि, रसोइया और जासूस को याद करते हुए

('Remembering Bill Brown-Poet, Chef and Spy'; As Is Where Is, पृ. 147)

'हींग', मैंने बिल को बताया एक बार, "सालन का स्वाद बढ़ाती है,
और कामोत्तेजक भी होती है।"
प्रसन्न, वह अपनी रसोई में गया, थोड़ा तेल गर्म किया,
और भूरा होने तक भूनता रहा कटे प्याज, लहसुन, अदरक और मिर्च
चुटकी भर हींग, जीरा, धनिया और हल्दी।
सावधानी से, उसने तैयार किया आधा कप दाल, शुरुआती तौर पर।
उत्साहित, वह जल्द ही बनाने लगा कई तरह के लज्जतदार दाल और खीमा और बहुत कुछ,
एक सफल अन्दाज़ में, हर उस स्त्री को खिलाने के लिए, जो उसे 'डेट' करती, उसके साथ जाती।

उसे यूँ बढ़ावा देना मेरा कमीनापन ही था
क्योंकि मुझे कोई भी रेसिपि ठीक से नहीं आती थी।
लेकिन बिल के लिए वह भारतीय हिन्दू पाक कला के पुण्य पन्थ के पवित्र रहस्यों में
दीक्षा से कम नहीं था।
मसलन, हींग की चुटकी, अपनी तेज़ गन्ध के बावजूद भी, उसके लिए जादू-सा करती थी
क्योंकि वह वादा करती थी
स्त्रियों को सम्मोहित कर देने वाले त्वरित और स्थायी शिश्न-तनाव का
और तब उसकी पाक क्रिया किसी महान जादू-टोने के स्तर तक उठ गयी, और
वह होड़ करने लगी फ़ौज में उसकी जासूसी, और एक चालाक कवि होने के उसके रोमांच से...
वे गुप्त व्यवसाय जिनसे उसे हाल ही में जबरन निवृत्त कर दिया गया था।

बिल को अब याद करना उसे मन की आँखों में देखने जैसा है
उसकी आवाज़, दफ़न की रस्म का एक शोकमय मन्द्र गायन
जो उठ कर गुरुध्वनि की हँसी हो जाती है
उसकी भारी भरकम काया का ऊँचा और वज़नदार ढाँचा
हमारे अपार्टमेण्ट के दरवाज़े से झिझक कर झुक कर टिका हुआ
उसकी शिशु सी आत्म केन्द्रीयता अपने संसार से बाहर देख पाने में असमर्थ
शराब की बासी बू जो उसके आने का ऐलान करती और उसके पीछे एक लकीर सी लौट जाती
विक्षिप्त घबराहटों में टेढ़े होते मुँह के बीच-बीच में आती उसकी मीठी बाल सुलभ मुस्कान
आयोवा सिटी में ज़्यादातर लोग, जिन्हें बिल जानता था, उससे कतराते थे कि जैसे वह

कोई घातक फफूँद था या गन्दा सा कोई बड़ा बादल जो उनकी स्वच्छ जगहों में घुस आया हो
साम्प्रदायिक सद्भाव और व्यक्तिगत शान्ति के लिए किसी ख़तरे की तरह

वे खेद व्यक्त करते थे उसकी आत्महत्या की असफल कोशिशों पर
वे सहमत थे कि वह अपने मित्रों के लिए लज्जा का विषय था
उन्होंने मुझे आगाह किया था कि मैं अपना समय बर्बाद कर रहा था और बद से बदतरी की तरफ़ बढ़ रहा था

बावजूद इसके, मैं उस पर कभी नहीं चिल्लाया, न फटकारा, न झिड़का
मैं जानता था कि मैं ही उसकी एकमात्र मानव आशा था उस वक़्त
मैं उसका सिर्फ़ साथी कवि था, और सम्भवतया ज़्यादा प्रतिभाशाली भी नहीं,
एक साधारण रसोइया, लेकिन एक भोजन जुटाने वाला भी
महत्त्वाकांक्षी संगीतकारों के शहर में शब्दों का एक चितेरा

ख़ैर, बिल मुझमें देखता था एक हिन्दू सन्त
जो रक्षा करता था उसके भीतर के बच्चे की जो क्षत-विक्षत था कठोर पालन-पोषण से
जो घाव भरता था उस युवा पति का जिसकी पत्नी निरंकुश और व्यभिचारिणी थी
जो आश्रय देता था एक मरीज़ को जिसे न्यू यॉर्क के उसके मनोचिकित्सक ने निकाल दिया था
एक कभी सम्भावनाशील रहा कवि जिससे अब कतराती है शब्द संस्थानों की औपचारिक और रूखी बिरादरी

अमेरिका कभी असफल नहीं होता है, भले ही कुछ अमेरिकन अक्सर असफल होते हों
पर बिल ने अमेरिका को असफल कर दिया बजाय इसके कि वह ख़ुद असफल होता
एक कवि और कविता के अनुवादक के रूप में अपना मूल्य साबित करने के लिए
बिल को यूरोप वापस जाने के लिए खोजनी थी एक 'चांस फ़ेलोशिप'
जब डॉलर लगातार गिर रहा था।

मैं उससे अपना सम्पर्क खो चुका हूँ तब से।

बॉम्बे के लिए एक गीत

('An Ode To Bombay'; As Is Where Is, पृ. *87)*

मैंने वादा किया था तुमसे एक कविता का मरने से पहले
पियानो की कालिमा से हीरे उमड़ते चले आते हैं
टुकड़ा-टुकड़ा मैं अपने ही मृत पैरों पर गिरता हूँ
अपनी ध्वनिहीनता से छोड़ता हूँ संगीत की बन्दिश की तरह तुम्हें
मैं अपनी जिद्दी अस्थियों से बँधे तुम्हारे पुलों को खोलता हूँ
मुक्त करता हूँ आतुर धमनियों से तुम्हारी रेल की पटरियाँ
पुर्जा-पुर्जा खोलता हूँ तुम्हारी भीड़मय रिहाइशों और ध्यानमग्न मशीनों को
हटाता हूँ अपनी खोपड़ी में गड़े तुम्हारे मन्दिरों और वेश्यालयों को

तुम निकली मुझसे सितारों की शुद्ध सर्पिल रेख में
एक शवयात्रा बढ़ती हुई समय के अन्त की तरफ़
अग्नि की असंख्य पंखुड़ियाँ निर्वस्त्र करतीं
लगातार बढ़ रहे तुम्हारे अँधेरे तने को

मैं हत्याओं और दंगों से निकल आता हूँ
मैं सुलगती जीवन कथाओं से अलग हो जाता हूँ
मैं जलती भाषाओं की शय्या पर सोता हूँ
तुम्हारी ज़रूरी आग और धुएँ में तुम्हें ऊपर भेजता हुआ
टुकड़ा-टुकड़ा गिरता हूँ अपने ही पैरों पर
काले पियानो से हीरे उमड़ते चले आते हैं
कभी मैंने वादा किया था एक महाकाव्य का तुमसे
और अब तुमने लूट लिया है मुझे
बदल दिया है एक मलबे में
संगीत की यह बन्दिश ख़त्म होती है।

डेविड मूर स्वर्गारोहण करता है

('David Moore Ascends Heaven'; As Is Where Is, पृ. *88)*

अँधेरा शहर हमारे मरने से रोशन होता हुआ
किसी आसमानी हुक से टँगे हुए मांस के लोथड़ों सी
चमकती हैं मोटी मोटी रोशनियाँ
सुनो उसको जो उड़ते हुए भी मिमियाता है
रक्तहीन ऊँचाइयों से उसकी मृत फ़ोटोग्राफर की आँखें
अनन्त को फैला देखती हैं
कोलाबा से बान्द्रा तक की आबाद प्रबलताओं में
उसका भूखों मरता सिर आसमान से भी परे किसी
अदृश्य कन्स्ट्रक्शन क्रेन से उठाया गया है
उस आख़िरी मंज़िल की उन झुग्गियों में

उसकी किताबें, उसका कैमरा, और उसका ल्युकेमिया
ये रहेंगे हमेशा हमारे साथ
लोगों की हलचल से उबलती हुई इस धरती की सपाटता में
उसके किराये के फ़र्नीचर को शान्ति मिले
उसके दाँत बन जायें तुम्हारी अट्टालिकाएँ और तुम्हारे पेड़
उसकी हड्डियाँ जुड़ी रहें तुम्हारी टिन की झोपड़ियों से
तुम्हारी द्वीप-देह की हर तरफ़ पसरा समुद्र उसके मांस को बदल दे
उस नमक में जिसे हम भोजन में स्वाद के लिए लेते हैं
हम घुस सकें उन सूराखों में जिसे उसकी हरामजादी आवाज़ छोड़ गयी है
तुम्हारी फुसफुसाती मीनारों और शिखरों में

आमीन

पिनबॉल कॉनचेर्तो

(तासोस देनेग्रिस के लिए)

('Pinball Concerto'; As Is Where Is, पृ. 123)

सुबह के तीन बजे
अनिद्रित कवि पुरानी दुनिया के
एलिवेटर से निकले
उस लाउंज में गये जो अमेरिका था
उन्होंने पूल टेबल की हरी सतह पर गेंदों को बिखेर दिया
पिनबॉल मशीन में क्वार्टर का सिक्का डाला
और नयी दुनिया के अजीब संगीत को सुना
कितनी सारी अलग-अलग मशीनें
तुम्हारे पागलपन को उजागर करने के लिए
कितनी सारी गेंदें उछल कर आती हुई खेल में
तब तक जब इलेक्ट्रॉनिक फ्लैश तुमसे ना कह दे कि खेल ख़त्म हुआ
तुमने मुझे बताया कि वह समलैंगिक मेक्सिकन तुला राशि का है
उसके सूर्य ने उसके चन्द्र को बर्बाद कर दिया है
और यह कि वह पॅरोनिया से ग्रस्त हंगेरियन एक स्विचब्लेड ले कर चलता है
क्योंकि उसका मंगल वृश्चिक में है
अनिद्रा रोग कॉरिडोर और लाउंज से भरी हुई एक जगह है
हर अपार्टमेण्ट हर समय एक ही जैसा दीखता है
जब तक कि मैं अपने ढंग की एक औरत नहीं ले आऊँ, मैं पागल हो जाऊँगा
किसी ने कहा CIA सब कुछ दर्ज कर रहा है
हमारा ब्योरा बेतुकी तफ़सीलों से भरा है
पिन बॉल मशीन से हमारा परिचय कराया गया था
क्योंकि अभी से बीस साल बाद
और कोई नहीं, सिर्फ़ अमेरिकन ही
साहित्य का नोबेल पुरस्कार जीत सके।

आत्म निर्वासन में कविता

('Poem In Self Exile'; As Is Where Is, पृ. *124)*

मौसम की पहली मरी तितली
के ताज़ा उधड़े पंख हैं। अर्थ स्थान बदल लेते हैं
जैसे घास की नमी
जूतों पर। अमेरिका अविश्वसनीय तरीके से कामुक है।
बहुत सारी टाँगें इन सभी स्ट्रीट्स को कामोत्तेजक बना देती हैं।
वहाँ बम्बई, मेरे घर में, हमारे पास है हज़ार पैरों वाला एक अकेला कीड़ा
शहर की ओर चलता हुआ हर सुबह।
वहाँ इतनी गरमी है, पर फिर भी, शालीनता की वजह से,
लोग अपनी क्षमता भर सभी कपड़े पहन लेते हैं
और, यहाँ से विपरीत, जिनके पास पैसे हैं,
कैलोरी गिने बिना खाते हैं।
मुझे घर की याद आती है, और निश्चय ही यह बेवकूफ़ी है।
वहाँ अपने देश में, मैं कभी भी कोई माना हुआ उग्र राष्ट्रवादी नहीं था
और ऐसा भी नहीं कि अमेरिका सुन्दर नहीं है। पर मैं डरा हुआ हूँ
ऐसे दमकते यौवन से, ऐसी सुन्दर मासूमियत से,
बाकी की दुनिया के ऐसे असाधारण दृश्य से,
जो कहीं अस्तित्व में है,
कि अमेरिकन नहीं होने की वजह से
मैं अभी से अप्रचलित और बेकार महसूस करने लगा हूँ।
शायद मुझे होना चाहिए था, सब कुछ के बाद, एक गुरु,
या एक योगी, एक जिगोलो, एक सपेरा, या एक रसोइया किसी गुप्त सालन का
कवि होने के बजाय।
अमेरिका, लो मैं आता हूँ
बहुत देर से।

अनिर्णय में

('An Limbo'; As Is Where Is, पृ. 125)

डिक बाक्केन आया यहाँ अपनी पुरानी वैन चला कर
कविता की मुर्गी की वेशभूषा में
और काजुको टोक्यो से आया
पहने हुए 'गेशा' ...जापानी नर्तकी का मुखौटा...
लेकिन फिर भी गूढ़ और चपल आत्मघाती सामुराई की तरह
बर्ट ने काला स्पैनिश अमेरिकन चोगा...पॉन्चो...पहना था और वह
अपनी घनी दाढ़ी में कोई मध्यकालीन साहसी लग रहा था
हम किस पटकथा को खेल रहे थे
क्या मैं हिन्दू की भूमिका में रहूँगा
इतने सालों के बाद सिर्फ़ इसलिए कि मैं यहाँ आया हुआ हूँ?
कविता सबसे अजीब किस्म का कौटुम्बिक व्यभिचार है
लोग उसी विचार से सम्भोग करते हैं
कितने ही अलग-अलग शरीरों से
और चुक जाने के बाद
हमेशा महसूस करते हैं
कुछ नहीं की बगल में।

आयोवा सिटी, आयोवा में शामें

(डैनी वीज्बोर्ट के लिए)

('Evenings in lowa City, lowa'; As Is Where Is, पृ. *126)*

विदेशी हूँ, उस पर से
बुड्ढा खूसट भी
इस मुँहासेदार चेहरे वाले शहर में,
कीड़ों की तरह लगे हुए हैं
कवि और बीते हुए डॉन,
गुग्गेनहीमों पर तमाम कोलम्बस,
फुलब्राइटों पर कई मैगेलन,
और अनेक वॉस्को डा गामा निर्भर राष्ट्रीय अनुदानों पर
निकल पड़ते हैं इस छोटे बन्दरगाह से
खोज करने उस दुनिया की
जिसे हम छोड़ आये हैं
आँकड़े बताते हैं कि चालीस की उम्र के लगभग
प्रायः सभी मर्द बेकाबू हो जाते हैं
वे भी जिनकी औरतें उनके प्रति कुछ अधिक उदार होती हैं
क्या हम कड़वाहट से भर चुके हैं या अब भी चकराये हुए हैं
अपने भूरे झोलों को अमेरिकी प्रचुरता से भरते हुए
पुस्तकालयों में भटकते हुए
शराब पीते हुए और एक निर्वासित प्रवासी के सटीक हुलिए में
लम्बी दाढ़ी लम्बे बाल रखते हुए
उत्तेजित आवाज़ों में बात करते हुए
और कभी-कभी कविता भी लिखते हुए
जब मूल निवासी अपने लॉन की घास काट रहे होते हैं।

एक कवि की चुप्पी

(बर्ट ब्लूम के लिए)

('A Poet's Silence'; As Is Where Is, पृ. 127)

कभी-कभी तो यह उतना ही आसान होता है
जैसे अपनी जैकेट निकालना
अपनी पैण्ट उतारना
अपनी शर्ट से बाहर आना
और अपने जाँघिये और बनियान हटाना
इसमें साहस की ज़रूरत नहीं होती
नंगे होने के लिए आईने ज़रूरी नहीं हैं
एक दिन तुम अपनी नौकरी छोड़ देते हो
दूसरे दिन छोड़ देते हो अपना परिवार और दोस्तों को
कभी-कभी तुम अपना देश छोड़ देते हो
तुम फिर भी एक भाषा पीछे छोड़ सकते हो
हर चुप्पी की शुरुआत बड़ी बेडौल होती है
लेकिन असली समस्या है कि तुम हमेशा
अपनी तरह जीने के आदी नहीं हो सकते
एक कवि की चुप्पी हमेशा
वैसी ही छद्म होती है जैसी कि वेश्या की नग्नता।

सन डान्स : आयोवा सिटी से एक पत्र, सितम्बर 1975

('Sun Dance : A Letter From lowa City, September 1975'; As Is Where Is, पृ. *140)*

चकराया हुआ कुछ क्षण के लिए :
मैं एक खोई महक पाने की कोशिश करता हूँ यहाँ
और देखता हूँ साहसी सवार पीछा करते हैं भैंसों का
प्रेरी के घास के मैदानों के अदृश्य केन्द्र पर।
मुझे एक कटा हुआ सिर मिलता है

मेरे अपार्टमेण्ट की खिड़की के ठीक उस तरफ़
आयोवा नदी बहती है।
पतझड़ का मौसम अभी आया नहीं है
पेड़ अभी हरे ही हैं
लेकिन कँटीले बलूत और 'सिल्वर मेपल' ने
दूसरे मौसम की आहट पा ली है।
मैं पीले और लाल की झलक देखता हूँ।
पत्तों के झरने से पहले
जो हरा है उसका अन्तिम विद्रोह।
वे बताते हैं मुझे जल्द ही हो जायेगा यह
सुनहरे और लाल का अनियन्त्रित कोलाहल
इससे पहले कि पेड़ निर्वस्त्र हो जायें
और फिर बाद में नंगे खड़े रहें बर्फ़ में।

मैंने कभी प्रकृति पर कविता नहीं लिखी
भारत में, इथियोपिया में या जहाँ कहीं भी मैं गया
क्योंकि प्रकृति ने अब तक मुझे दिया है
सिर्फ़ एक सूक्ष्म अवचेतन जिसमें छवि है
मेरी ढलती उम्र की।

ख़ैर, मैं अब भैंसों का ख़ुद अपना शिकार शुरू करना चाहूँगा यहाँ
खोज में होगा भैंसे का वह सिर
जो सभी जीवन का केन्द्र है
ख़ून से सना हुआ और चमकीला।

मैं जानता हूँ कि इस दुनिया के लिए बाहरी हूँ
ना ही मैं मृत साहसियों का वंशज हूँ
और ना किसी मैदानी नायक की सन्तान।

ना ही मैं जॉन ब्राउन हो सकता हूँ ग़ुलामों को मुक्त कराता
और ना ही वाइल्ड बिल हिकॉक, कॅलामिटी जेन का एक सच्चा प्रेमी।
मैं महसूस नहीं कर पाता हूँ इस जगह का इतिहास अपनी हड्डियों में।

लेकिन भले ही मैं अजनबी हूँ मैं समझ सकता हूँ भैंसों का शिकार
क्योंकि यह एक कर्मकाण्ड है समय से बाहर
क्योंकि यह एक मानव निर्मित योजना है कि मानव लौट सकता है
सदियों सदियों में और जगहों जगहों में।

इन उदार मशीनों में से एक के द्वारा जो थमाई गयी है,
उस सैण्डविच को खाते हुए
और सीखते हुए पहली बार
क्वार्टर, निकेल्स और डाइम्स का इस्तेमाल
और देखते हुए टी.वी. कॉमर्शियल्स का अवास्तविक सिलसिला
'थ्रिलर्स' के बीच में, देर रात की डरावनी फ़िल्में,
और ब्रेकिंग न्यूज़;
रहता हुआ अकेला और ब्रह्मचारी सा पहले दो सप्ताह तक
मिडवेस्ट में, मैं तलाशने लगता हूँ हर जगह
भैंसे का सिर
पर वह सौम्य और आज्ञाकारी मशीन मुझे सिर्फ़ थमाती है
गोमांस का सैण्डविच
ठण्डा सभ्य अवशेष सन डाँस का।

अभी तक असफल
सम्भोग के लिए एक स्त्री खोज पाने में
या फिर कविता लिख पाने में,
मैं भोजन देने वाली मशीनों का संगीतकार हो जाता हूँ
सिक्के बदलने वालों के बीच एक दार्शनिक
अजीब अपने लिए
और इससे भी ज़्यादा अजीब उस दुनिया के लिए जिसमें मैं ख़ुद को पाता हूँ

कहीं, अवचेतन में
मैं सुनता हूँ उग्र टापें
साहसियों के घोड़ों की

अमेरिका में एकालाप, 1977

('Monologue In America'; As Is Where Is, पृ. *144)*

तुमने कड़ी मेहनत की है पर फिर भी आधी सदी के बड़े हिस्से को व्यर्थ कर दिया
कविताओं को प्रायः अपने प्रति सम्बोधित करते हुए एक परायी भाषा में
जिसकी बारीकियों को साध नहीं पाये तुम कभी,
उस बीच महान लोग दुनिया बदल रहे थे।

तुम वह गुस्ताख़ी नहीं कर पाये जो भाषा का बिगड़ा हुआ बच्चा कर लेता है
और जिसमें वह लोटता इतराता है
तुम कभी ठेंगे पर नहीं रख पाये, मुँह नहीं चिढ़ा पाये
या अश्लीलता से कभी अँगुली नहीं लहरा पाये
तुम सिर्फ़ एक उपनिवेशीय बस्ती में बसाये गये देशी थे जिसे शैली के महत्त्व से ही गुलाम बना लिया गया था
शुरुआत से ही एक अवरुद्ध नाजायज औलाद कविता की जायज सल्तनत में

कविता तुम्हारे मन पर हावी रहती थी।
वह और भी गम्भीर बोझ बनती गयी।
छोटी सी चूक के प्रति भी सावधान थे तुम
तुम्हारे ज़्यादातर श्रोता भी अजनबी दुनिया के थे।

यह, यहाँ एक बिल्कुल ही अजीब सी दुनिया है।
इसकी लोक भाषा के भीतर से बोलता है
दफ़नाई भाषाओं और उनकी कत्ल हुई बोलियों का कोलाहल
उनकी टूटी साँसें, घोंटी गयी आह, उनके चकनाचूर दाँत,
और उनके ज़ख़्मी गले।

बहुत जी चाहता है सुनूँ अपने कब के सिधारे पितामह की आवाज़
पसीना हुई जीभ से इंग्लिश बोलते हुए
पिछड़ी दुनिया का एक घबराया नागरिक
उछाला हुआ शून्यता की एक संस्कृति और
एक निरन्तर वर्तमान काल की लौकिक सभ्यता में।

उन्होंने जिस सफलता को हासिल करना चाहा था
उस सफलता के विचार से भी मैं ख़ुद को बेदखल करता हूँ।

और फिर भी, मैंने पूर्वजों से विरासत में पाया है एक सम्पूर्ण जादुई मिश्रण
एक बहुभाषी विश्व में एकभाषीय भाषा शिक्षा का;
उसकी जनभाषा का सोता फूटा
एक देशी पड़-दादी की कोंकणी बोली में धारा प्रवाह गालियों से
और जिसका रास्ता बनाया मेरी शुरुआती पाठशाला ने
लेकिन मुझे इंग्लिश पढ़ाता था एक आइरिश जेसुइट अपनी केल्टिक शैली में...

कुछ क्रिश्चन दयालुता, कुछ बर्बर छड़ी;
और जिन लोगों तक इंग्लिश नहीं पहुँच पाती थी उनमें पैठ बनाने के लिए,
मैं गुजराती या हिंदुस्तानी का प्रयोग करता था बाकी के शहर में

मुश्किल है याद रख पाना इतनी भिन्न जड़ों को
और दण्ड की संहिताओं से उलझी हुई शिक्षा के इतिहास को।
और शायद आज मैं कवि हूँ तो सिर्फ़ इसलिए
कि एक औसत व्यक्ति भी उड़ जाना चाहता है।

अँधेरे में वह दीनानाथ था

('In The Dark It was Deenanath'; As Is Where Is, पृ. *235)*

अँधेरे में वह दीनानाथ था, तपेदिक से ग्रस्त एक मार्क्सवादी
जिसकी खोपड़ी थी विशाल और धँसी हुई
वह अचानक लड़खड़ाकर रोशनी के घेरे में आ गया

जहाँ हम अपने पैरों को घिरा हुआ पाते हैं
हाँ वही, जिसकी भौंहों पर पसीने की चमक होती है
जिसने खाया है लोगों का नमक

और जो रहा है बिन बिजली के कमरों में
मच्छरों, तिलचट्टों, छिपकलियों और बूर्जुवा अविवाहिताओं के साथ
जो तरसती थीं पार्टी का काम करने को एक ही सिंगल बेड में

वे दिन थे आज़ादी के संघर्ष
बनाम वर्ग संघर्ष के
बीसवीं सदी पर जागता हुआ भारत

जब 1945 के ठीक पहले युद्ध समाप्त हुआ
और हमने खोजा नरसंहार का एक देसी संस्करण।

अपने निन्दकों द्वारा वर्णित

('Described By His Detractors'; As Is Where Is, पृ. *242)*

अपने निन्दकों द्वारा वर्णित, वह नायक होने से कोसों दूर था
एक अदना आदमी, अव्यवस्थित, आत्मभ्रमित, और नर्वस
एक लड़खड़ाता व्यभिचारी अपनी अधेड़ उम्र में
बूढ़ा होता हुआ बिना किसी गरिमा के, एक घृणास्पद एकाकी
बेचैन, पीते हुए बड़बोला, उदासी में नीरस
चित्रे एक स्वघोषित कवि था, हिन्दू हो सकने की कगार पर
जो अपनी ही बनाई किसी ऐसी ज़मीन पर रहता था जो किसी की नहीं थी

उसकी एक ही खासियत थी उसकी समर्पित पत्नी जो
उसका अनुसरण करती रही उसकी अय्याशियों और उसके कर्जों के बावजूद भी
आधी शताब्दि तक चार महादेशों में
शान्ति और धैर्य से, कोशिश करती हुई
उसकी अस्पष्टताओं और पथभ्रष्ट वासनाओं से ही उसका श्रेष्ठतम उभार देने की
फिर भी चित्रे को शायद याद किया जायेगा एक ऐसे सन्त की भी तरह जो
सन्त सा बिल्कुल नहीं था
और याद किया जायेगा उसे कविता के कगार पर पहले से ही घोषित एक पापी की तरह

फिर, उसके समर्थकों की भी एक सोच है :
लेकिन उसके पास एक पैदाइशी गुण, एक हुनर था जुड़ने का, समानुभूति का
जो उसे मित्र देता और सहज रखता था
हर तरह के अजनबियों और अनजान जगहों में
और वह विरासत में मिली और खुद पैदा की गयी त्रासदियों को झेल सकता था
उसमें आत्मीयता का और दूरियाँ पाटने का जन्मगत गुण था
वह एक अच्छा आदमी था संगत के लिए, धरती का नमक...वगैरह

वगैरह : उसकी कुछ पूर्व-प्रेमिकाओं ने कहा कि वह
एक महीन यौन उत्पीड़न था, एक अथक काम-प्रेरक
जो नज़र आता था उदास और असुरक्षित, सौम्य और कहीं खोया हुआ
लेकिन उसे हासिल थे कामुक होंठ, लोलुप जीभ और माहिर अँगुलियाँ

वे जो प्रेमी के अलंकरण हैं और जो एक स्त्री को कर देते हैं जीवन्त
ख़ुद को उस स्त्री की लोप बिन्दु बना कर
उनमें से किसी को नहीं मालूम था वह किस तरह की कविता लिखता था, और ना ही उन्हें इससे कोई मतलब था

उन सबने इस सहमति पर समझौता कर लिया कि
चित्रे एक जटिल और अस्पष्ट आदमी था
जो सभी प्रश्नों को खुला छोड़ देने जैसा है
लेकिन जो उन सबको मुक्त करता है अपने ही जैसे किसी व्यक्ति पर निर्णय के अपराध से
वे उदारता से उसे अनुमति दे देते हैं
अपना ही समाधि लेख लिखने की
शब्दों में उसके असाधारण उद्गार के अलावा भी।

चित्रे

('Chitre'; As Is Where Is, पृ. *244)*

1.

कुल कथाओं की चरम महानता और अपने पतित झुकावों के बीच
यानि जैसे कप और दिलीप के बीच
भारतीय स्याही चित्रे की ताकत है

यहीं उसकी जीवन्त कड़ी भी है
उसकी उम्र, मार्ग नहीं, अब छियासठ;
वह सोचता है समग्र चित्रे कुल पर सब कुछ
उनके व्यक्तिगत उत्थान पतन :
ऐतिहासिक दुर्घटनाएँ, नियति का संकट;
सब कुछ जो मिट जाता है समय की गूढ़ झपक में

वह थक गया है, वह दिलीप है
सोना चाहता है :
स्वप्न देखता हुआ ना शुरुआत का, ना अन्त का

अपनी हड्डियों को आराम दे कर, होंठों पर कोई प्रार्थना नहीं।
उसकी कलम शिथिल, स्याही सूखती हुई
उसकी आँख खुलती हुई परम आकाश पर

उस पर दया करो, हे परेशान पूर्वजो,
क्रोधित समकालीनो, विचलित प्रियजनो
दिलीप निवृत्त होना चाहता है अकीर्तित

जहाँ प्रभु खुद अपना अँगूठा चूसते हैं।

2.

एक धृष्ट लहजे में
दान्ते और रिम्बॉद पर सोचते हुए
बोटेसेली की शैलीकृत इनफर्नो में

कविता के नीले घोड़े पर वह सवार था
एक महत्त्वाकांक्षी पापी
अपने भोलेपन से शर्मिन्दा

सीझता हुआ पाप में, ढूँढ़ता नारी देह का धीमा विलोप
वह कोई विजेता नहीं था
चित्रे समाप्त हुआ जहाँ अँधेरा और ठण्ड है

और जहाँ से कोई प्रेमी लौटता नहीं है
बिना कड़वे ज्ञान के
और चित्रे तो फिर भी एक किस्म का हिन्दू ही है

और हर हिन्दू की तरह
वह अपेक्षा रखता है अपने कर्मों के फल की।

हीडल्बर्ग कॉन्चेर्तो नम्बर 1

(गुन्थर सॉन्थीमर, लोठार लुत्जे और आलोकरंजन दासगुप्ता के लिए)
('Heidelberg Concerto Number 1'; As Is Where Is, पृ. 198)

एक डॉक्टर का कामोत्कर्ष बाधित होता है
मरीजों के संकटों से। लेकिन एक कवि
संकट की वक्र रेखाओं के साथ ही चलता है।
प्रश्न इतना ही है कि
दम पैदा करें या नहीं।
भाषा की स्थगन बिन्दु
शुरुआत है अन्त नहीं;
और ज़िन्दा रहना
बोलने का तरीका नहीं,
कथन का असली मुद्दा है।

यूरोप मेरे लिए संक्षिप्त और सुन्दर है :
सर्दियों में भी, एक स्वप्निल बर्फ़;
लेकिन घर एक सच्चाई है अस्वप्निल,
हर एक क्षण
एक गीत का संकट, और बोझ का महाकाव्य

हम, जो अब उत्तरार्ध मंचित कर रहे हैं,
पास हैं हमारे कुछ और ही मिनट लक्ष्यों का बोझ कम करने को;
सीटी बज जाने से घबराते फुटबॉल खिलाड़ियों की तरह
घबराहट की स्लो मोशन में हम पोस्ट की ओर बिखरते बढ़ते हैं

वहाँ घर में, समय कब का ठहरा हुआ है।

गुन्थर सॉन्थीमर के लिए

('For Gunther Sontheimer'; As Is Where Is, पृ. 199)
सोमवती अमावस्या
इमॅन्यूएल कांत्सत्रास 5, दोस्सेनहीम, जर्मनी, जून 1, 1992

तुम्हारे सामने शेल्फ पर हिन्दू लोक देवता
पीतल की चकित आँखों से तुम्हें घूरते हैं
तुम शुरुआत के जंगल में पहले ही घुस चुके हो
पीछे छोड़ कर एक विश्व जो स्थूल था

सोचता हूँ, क्या अभी भी तुम्हारे कमरे की ठहरी हुई हवा में
तुम्हारे रसोइया होने के हस्ताक्षर होंगे...
जड़ी-बूटियों और मेडोक* के मिश्रण में पकाये
हिरन के मांस की देर तक टिकी हुई खुशबू

सोचता हूँ, हर उस आदमी की तरह जो तुम्हें जानता था,
कि क्या खंडोबा महाराज के क्षेत्र से बहुत दूर
सचमुच ही ऐसी कोई जगह थी
उस दब्बू मध्यवर्गीय दोस्सेनहीम में,

मुझे यकीन है तुम उतर चुके हो उस गहराई में कहीं
जहाँ से उगती है एक सूक्ष्म दृष्टि हर चीज़ के प्रति

---

* मेडोक : दक्षिण-पश्चिम फ्रांस के मेडोक ज़िले में बनाई जाने वाली एक खास किस्म की रेड वाइन।

वर्षगाँठ

(डेविड के लिए)

डेविड, यानी मेरा मित्र जॉन डेविड मोर्ले। वह एक आत्म निर्वासित ब्रिटिश उपन्यासकार है जो म्युनिख के उपनगर लोछम में रहता है। लोछम उसी एस-बाह्न लाइन पर है जिस पर फेल्डाफिंग भी है, जहाँ मैं स्ट्रॅनबर्ग झील के किनारे विला वाल्डबेर्टा में एक रेसिडेंट राइटर के तौर पर रहता था।

('Anniversary'; As Is Where Is, पृ. 271)

1.

हमारा सम्पर्क छूट ही गया, है ना?
हम कहाँ थे? तुम मुझे बिल्कुल याद हो
लोछम स्टेशन के प्लेटफॉर्म पर
वीजू और मेरी तरफ़ दूर से ही हाथ हिलाकर इशारा करते हुए
मैं अब समझ पाया हूँ यह कि तब हम
खोये हुए शरणार्थियों के एक जोड़े से लग रहे थे

तुम्हारा शीशों-और-काठ का घर
जादुई लगता था बीते पतझड़ के
दिन की रोशानी में
बवारिया में हम किसी और के पाठ में
ख़ुद को शब्दों सा महसूस करते थे
अगर शरणार्थी होने का यही मतलब है तो

शराब, दोपहर का भोजन, वे किताबें और वे छोटी-छोटी चर्चाएँ
अलग-अलग त्रासदियों के उत्तरजीवियों के बीच

2.

और 29 नवम्बर 2003 को
पुणे में दम घुटने से आशय की मौत हो गयी
फेल्डाफिंग में तड़के ही फ़ोन की घण्टी बजी :
"आग? धुआँ? हे भगवान! नहीं! कैसा है वह?
कहाँ है वह?" मैंने वीजू को सुना और वह जानती थी
और मैं जानता था हम अपना बेटा खो चुके थे...
आशय, सिर्फ़ 41, एक और उत्तरजीवी, अब जा चुका है।

हमने तुम्हें बताया था, डेविड, है ना? आशय
तुम्हारी कहानियों का प्रशंसक था। यह उस स्वाद का हिस्सा था
जो उसने विकसित किया था यूनियन कार्बाइड की वजह से
भोपाल में ज़हरीली साँस लेने के बाद। एक स्वाद हर उस चीज़ का
जो काली और कड़वी है या रंगहीन और स्वादहीन,
स्वाद उस महक का जो हमारी अपनी हड्डियों से उगती है,
हमारी शुरुआत के उत्सव की आग से।

3.
हमारे लौटने की यात्रा स्लो मोशन में थी;
वह शुरू हुई एक जमाव से, धीरे-धीरे छोड़ी जाती हुई।
पर मैं यह किससे कह रहा हूँ? डेविड, तुम तो ख़ुद ही
वहाँ थे। लगभग मरते हुए, और वापस जीवित किसी तरह,
और फिर मरते हुए अलग ढंग से
जीवन के दूसरे छोर तक जा कर; लौटने को
ऑर्फ्यूस के उलट, सूचित हमेशा के लिए।

तुम्हारे ई-मेल ने मदद किया। उसने मेरे कई अवरोधों में से एक को घुला दिया।
पर इसके लिए मेरे पास कोई सटीक उत्तर नहीं है।
हमने पूरे साल हिम्मत की है।
हमने किताबों को फिर से करीने से लगाया है, अपने फ्लैट को फिर से रँगवाया है,
हम आशय के कमरे को अभी भी व्यवस्थित कर रहे हैं
और उसके बनाये चित्रों और छाया चित्रों से अभ्यस्त हो रहे हैं।

जयन्त महापात्र जनवरी 2006 में

('Jayanta Mahapatra in January 2006'; As Is Where Is, पृ. *326)*

हमने आख़िरी बार उसे देखा था तिनकोनिया बग़ीचा, कटक, स्थित उसके घर में
तिनकोनिया बग़ीचा, यानी 'तीन कोनों वाला बग़ीचा'।
और अब जब मैं उसके बारे में सोच रहा हूँ, उसका पता एक रूपक जैसा लगता है।
उसकी पत्नी रुन्नू, और खुद जयन्त, दोनों ही किसी गम्भीर बीमारी से परेशान हैं
उनकी बुजुर्ग सेविका सरोजिनी उस बूढ़े होते कवि के घर की देखभाल करती है

हमें देखते ही जयन्त बीमार होने या बूढ़े हो जाने से इनकार कर देता है
वह चाहता है कि हम देखें उसे उसकी सबसे अच्छी हालत में, एकदम भला-चंगा।
वह हमारे साथ चलना चाहता है कोणार्क के सूर्य मन्दिर तक किसी टैक्सी में
सिर्फ़ बल्लियों के ढाँचे ही थामे हुए हैं उस मन्दिर को, जो ख़ुद बीमार और बूढ़ा हो चला है
उसके कुछ हिस्से पहले ही झड़ चुके हैं या गिर चुके हैं

जयन्त हमें ले जाता है कलिंग के अभिशप्त अजूबे के चारों ओर
और वह वीजू को बताता है कि कैसे वह आधी शताब्दी से कुछ पहले ही
रुन्नू के साथ वहाँ आया था।
मैं मन्दिर के बाहरी खोल पर काम-प्रधान भित्ति-शिल्प के उभारों की पट्टियों की कल्पना करता
हूँ जो तब ज्यादा नयी और निश्चय ही ज़्यादा स्वस्थ-सुगढ़ रही होंगी।
जयन्त हमें कोणार्क के हिन्द महासगर के तट पर भी ले गया।
बच्चों की तरह हमने भी बंगाल की खाड़ी में पैर धोये।
हम कुछ देर वहीं बालू पर बैठे रहे, खारी हवा को सूँघा, और तस्वीरें खींचीं।
जयन्त, हमारा गाइड और अभिभावक, बहुत ही प्रसन्न लगा।
वह उसका भू-दृश्य था और वह उसका कवि और संरक्षक, रखवाला उसके रहस्यों का
जो उसकी सन्तप्त कविताओं में अपने हिमखण्ड के सिर दिखाते रहते थे।

जे.पी.

('जे.पी.'; एकूण कविता 2, पृ. 401)

डाकू माधो सिंह को नज़र आये तुम्हारे चेहरे को
मैंने भी देखा, आँखों में करुण प्रकाश
और बच्चों सी झरने जैसी मुस्कान,
वे सन्त कपाल और उन पर बिखरती लहरें
और जे.पी. तुम्हारे मन से चेहरे पर आया हुआ मुक्त आकाश

कविता की लहर घोल कर एकाग्र हुआ तुम्हारा मुख
मैंने देखा तुहारे प्रचण्ड पैरों की विनयशीलता
पहली बार मुम्बई में, फिर पटना में, बिछौने से उठ कर स्वागत करते हुए,
और तुम्हारी इच्छामृत्यु-धारी जिद, स्वातन्त्र्य का दुराग्रह

बिहार की त्रस्त धूल में देखा तुम्हें
एक निराले सनातन देश का नाविन्य
विचारों की करोड़ों बस्तियाँ बढ़ती गयीं
बाढ़ की रखी कीचड़ों से खेत उगे
सत्ता और समता का बैर तुमने पहचाना
और उनके बीचों बीच खड़े ऊँचे पेड़ सा स्वातन्त्र्य।

प्रभावती के करीने से रखे पत्रों और फ़ोटो में देखा
गॉगल लगाये चिता की आग के समक्ष दुःख से सफ़ेद हुआ तुम्हारा चेहरा
और निष्पाप चहरे के पीछे पसरा गहरा अवकाश
तुमने जन्म लिया जैसे कोई हीरा गलती से मुलायम जन्मा हो
और कठोरताओं में जड़े तुम चमचमाते रहे
तभी ये क्षणिक गम्भीरता के खोखले भाषण
यह कर्कश सरकारी पार्श्व संगीत और सरकारी सिसकियों की ये पुरजोर कोशिशें
यह तैयार मृत्यु लेख होशियार बच्चों के निबन्धों की तरह
घिन आती है, तुम्हारी मृत्यु का कारण ही तुम्हारे जीवन पर खरा नहीं उतरता।

जे.पी. तुम अब हमेशा के लिए नष्ट हो चुके हो
पर नष्ट होने की वेदना भी तुम्हारी लेखनी में नष्ट होती है

मेरे मन पर लग चुकी है तुम्हारे पानी की प्रचण्ड मुहर
नीति पर निसर्ग सा विश्वास रखा तुमने इसलिए तुम
उस पागल से हो गये जो घास के एक-एक अंकुर का इन्तज़ार करता हो
फ्रस्ट्रेशन के मरुस्थल में तुम स्फिन्क्ज हो कर अन्तर्मुख पत्थर बन गये
लोग महज ज्वार-भाटे की तरह तुम्हारे पैरों के किनारों तक आये
तुम्हारी ज्योत अँधेरे में अपने आप स्थिर हो गयी सदा के लिए

जे.पी., इन शब्दों की बाती तले जो घी है
वह अपने जले मुँह पर बूँद भर लौ रख कर सारी आग पी गयी
इसलिए अब यह कविता बुझा देता हूँ कि अब नज़र आये अँधेरा
हिन्दुस्तान भर में गीदड़ रोते हैं जंगल बियाबान में
निर्बन्ध और अभद्र हो चली शान्ति में
एक सफ़ेद चादर तले फिर से सो गया है इतिहास
तब भी तुम्हारा शव अमिट चैतन्य...

मध्यम

वह दरवाज़ा जिसे मैं खोलने से डरता था

('The Door I Was Scared To Open'; As Is Where Is, पृ. *106)*

वह दरवाज़ा जिसे मैं खोलने से डरता था
पतझड़ था
कुछ भी नहीं
याद करने का
एक चमकीला महीना
उसकी आवाज़ में सड़ती पत्तियों की अँधेरी महक थी
जब पेड़ों की कामुक परछाइयाँ नदी में जल रही थीं
मैं अकेलेपन का कीड़ा हो गया था घास में
मौसम की कगार पर बैठा हुआ

और शराब घर के उस पीले अँधेरे में
मैंने साँसों में भरा दूसरे देश की आवाज़ों और उसकी मिट जाने वाली गर्माहट को
विस्मय से देखा उसके होंठों की तरफ़
जिन पर मुस्कराहट की बारीक चोटें थीं
और जब उसकी ग्लास का ऊपरी किनारा मेरी आँखों में चमक रहा था
मैंने जिन और टॉनिक के कड़वे स्वाद का अन्दाज़ा लगाने की कोशिश की

बाद में हम लड़खड़ाते हुए घर आये और निर्वस्त्र हो गये
बत्ती बुझाने से पहले मैंने उसके दुबले कन्धे को देखा
वह कैसी हवा थी जो पत्रहीन पेड़ों के साथ सम्भोग कर रही थी
उस दरवाज़े के बाहर जिसे मैं खोलने से डरता था।

एक थका यात्री संस्मृत करता है

('A Tired Traveller Reminisces'; As Is Where Is, पृ. *233)*

एक थका यात्री संस्मृत करता है
तूफ़ानों में कड़कती बिजली के बैगनी और
स्त्री की गरदन पर जामुनी जन्म-चिह्न को

गोधूलि में जब सूरज ढलता है
और सितारे गीली मोतियों से बनने लगते हैं
खुली हथेली पर

घण्टियाँ जो मैं सुनता हूँ अतीत से बजती हैं मेरे कितने पास
वे मेरा उच्छ्वास हो सकती हैं या वे निशान
जो मैं छोड़ता हुआ जाता हूँ

चिकने पेट वाली सुन्दरियाँ और सुकुमारियाँ कूल्हे मटकाती हैं
उनकी दमकती त्वचा रचेगी कामुक छटाओं का एक पारदर्शी सूर्यास्त
और मैं जानता हूँ बहुत जल्दी ही मैं इन सब के प्रति अन्धा हो जाऊँगा

मेरी दुनिया अपनी पारदर्शिता खो देगी
मैं एक झुर्रीदार बूढ़ा हो जाऊँगा पत्थर बना हुआ
पत्थर की बेंच पर किसी परित्यक्त पार्क में

पतझड़ के पत्तों का ढेर मेरे ममीकृत पैरों पर
और भाषा का कीड़ा मेरे कानों में गाता हुआ
मौज में उठता संगीत अपने शास्त्र-मुक्त श्रोत का

नहीं, ना मैं मृत्यु से भयग्रस्त हूँ
ना ही होने की मरोड़ से आक्रान्त
मैं ख़ुद अपनी चाल हूँ और अपना लक्ष्य

हर बार की तरह तुम मुस्काती हो कितने धीमे से
कितने रहस्य से
मुझे छू लेने दो तुम्हारी धार की मनोहरता।

नवम्बर 26, 2003

निष्कामता का ईश्वर

(वीजू के लिए)
('November 26, 2003
The Lord of No Desire'; As Is Where Is, पृ. 265)
(For Viju)

पहली किरण के साथ, मैंने जाग कर जब बाहर देखा
मेरी सजगता को फ्रेम करती खिड़की शीत से धुँधला गयी थी।
एक सेकेण्ड फटा और मेरी झपक को स्याही में दर्ज कर गया
मुझसे पहले का कुछ मिट गया और मेरे बाद का कुछ लुप्त हो गया।
धुँधली यन्त्रणाओं की रात अब नहीं थी,
रोशनी नयी थी और एक उत्सुक धीमेपन से बढ़ रही थी।
मेरे खोल गिर गये और मैंने चोंच खोला।
मैं मैं हिला, ज्ञान के पंखों में फड़फड़ाया
और आकाश के विशाल छिद्र को देखा
एक विश्व चमक रहा था और निष्कामता का ईश्वर
मुझमें एक उपस्थिति की अनुभूति भर रहा था
हिलती और धड़कती हुई
और आनन्द में बेसुध सुन्दर
या फिर शायद दर्द में
उलट पलट कर खोजते हुए मलबों में जिन्हें हम स्मृति कहते हैं
अब हम अपने ध्वंस की जड़ों को ढूँढ़ते हैं
लोगों और चीज़ों के ठीक-ठीक नाम ढूँढ़ते हैं
जिनसे शब्दों का जीवन चिपका रहता है।
सिर पर खड़े भूलने के इस भयावह मौसम में
ज्ञान चिरस्थायी नहीं हो सकता।
जब मेरी माँ मरी उसका मिटते जाना
विस्मृति का उठता ज्वार था
मेरे पिता सिमट गये थे
बिना किसी फरियाद या सहारे के
त्याग कर अपनी सभी क्षतियों की रोशनी

सोने के लिए घर जाते हुए।
आने का और चले जाने का ज्ञान
देह का यह भूदृश्य एक ऐसा इतिहास है जिसे दर्ज करने की हिम्मत नहीं है हममें
क्योंकि वह बख़्शता नहीं है और सब उजागर कर देता है।
अब चाटने को मेरे पास कोई ज़ख़्म नहीं है
और मेरी जन्मजात चोट भरने का कोई संकेत नहीं देती
मैं अपनी ही स्थिरता से अचम्भित हूँ
टिक टिक करता हुआ उस घड़ी सा जिसे समय का भान नहीं है
"अब अलविदा, मैं तुम्हें प्यार करता हूँ"
"अब अलविदा, मैं भी तुम्हें प्यार करती हूँ।"

सेनाएँ पीछे हट गयीं जब हर कोई जो लड़ा था हार गया
और एक विचारमग्न रणभूमि रह गयी पहले की ही तरह
युद्ध और शान्ति के परे।
अपनी ही सदी से अपाहिज
हमने भी नये अध्याय सोचने की कोशिश की थी
मानव इतिहास में।
समय और अवकाश मानवीय नहीं था
हमें तो वह भी मालूम नहीं था जो मानते थे कि हम जानते हैं
या वह ध्वनिहीनता जो संगीत को वास्तविक बनाती है
और उसके भ्रम को सुनने वाला
ना पुराना है ना नया।

कामोत्तेजक इलाके

('Erogenous Zones'; As Is Where Is, पृ. 311)

यहाँ वे लोग हैं जो विश्वास करते हैं
और वे भी जो विश्वास करते हैं कि वे विश्वास नहीं कर सकते।
पर वह किनारा जिसे तुम छोड़ जाते हो, घर कहलाता है,
और घर ही है जहाँ हर किसी का दिल बसता है,
पम्प करता हुआ लगातार, धड़कता हुआ
अपने ही ब्रह्माण्ड में।

क्या तुम्हारा प्रेमी अन्ततः घर आ गया है, या वह अभी भी
निकला हुआ है, दोस्ताना समन्दरों के पार,
नमकीन हवाओं के साथ
प्यार की तलाश में? अपने आप से पूछो,
या फिर हिम्मत नहीं है जवाब देने की तुममें?

मैं लौटता हूँ एक पलटती नदी की तरह
अपने उद्गम की तरफ़
उसके तरल सौन्दर्य में और पर्वत के आलिंगन में
अपना बल पाने
देह के बहुत सारे खोल हैं मन के तो कई और, आत्म का खोल नहीं होता
क्या तुमने, कभी बचपन में, खेला है शंख से?
वही, योनि के आकार का, महीन रोंएँदार और बिजली की घुरघुराहट वाला?
मैं उसी की बात कर रहा हूँ।

मैं उसी की बात कर रहा हूँ। उसकी
हल्की भूरी गर्दन का वह पिछला हिस्सा और कॉफ़ी रंग की उसकी निपल के बारे में,
उसके कान की लोलियों पर ठहरे हुए उसके बालों के घुँघराले गुच्छे, और
उसकी काँख से उगे हलके गाढ़े रोंएँ, नाभि की डंठल तले उसकी वह
कमलिनी सी ढलान, और नीचे
...उसका वह मोहक त्रिभुज

उसके सौम्य पर कसे हुए नितम्ब,
उसकी संवेदनशील भीतरी जाँघें, उसके पैर :
जहाँ वे धरती को छूते हैं अदम्य प्यास से,
जड़ों की प्यास की तरह,
या देवी या देवता के पैरों की तरह?

आत्महत्या की महक

('The Smell Of Suicide'; As Is Where Is, पृ. *184)*

आत्महत्या की महक
कितनी जल्दी मिट जाती है

सिर्फ़ हत्या की गन्ध
रह जाती है हमेशा के लिए

अब फिर से सोचो इस पर और तय करो कि
बेहतर क्या था

पहले मेरे दिल में छुरा भोंकना
या उतार देना एक ठण्डा खंजर उसके बाद
मेरी पीठ में
ठीक तब जब मैं उसे मोड़ रहा था

किसी भी सूरत में
मैं धोखा खाया हुआ महसूस नहीं करता हूँ
प्रभु
मैं जानता हूँ कि
सिर्फ़ एक खेल में ही
कोई प्रेम या धोखा कर सकता है

और मैं तो वास्तव हूँ
नहीं तो
तुम कहाँ से उगोगे
बार-बार हर बार
इतना जोर देते हुए?

मृत्यु वह जननेन्द्रिय जो हम सभी खोजते हैं

('DeathAs The Genital We All Seek'; As Is Where Is, पृ. 117)

मृत्यु वह जननेन्द्रिय है जो हम सभी खोजते हैं
प्रेम का वह खोया हुआ अंग
वह अँधेरा मांसाहारी कम्बल
जिसके तले शरीर ओझल हो जाते हैं
एक कामुक और भीगा हुआ मुँह
चुम्बन जड़ता है जो उग कर पेड़ हो जाते हैं
तुम्हारी चमड़ी एक प्रचुर ग्रह है
जहाँ कुछ और नहीं बचता है घास के सिवा
राशियों के पिंजड़े में जकड़ा हुआ है आकाश का पशु
जिसकी पाशविक गन्ध
सीखने के गर्भ की महक है
उसी गर्भ में हमारा मांस उगा था
और हमारी अश्लील खोज की शुरुआत हुई थी।

मैं चलता हूँ

('मी चालतो'; एकूण कविता 2, पृ. 306)

ये मेरी आँखों की उधेड़ी हुई अन्तड़ियाँ हैं, ये मेरे दिमाग़ के गुर्दे
ये रास्ते, ये फ़ुटपाथ, ये मौसम ज़िन्दगी के,
यह सीढ़ियों और रस्सियों की दुनिया, ये टंकियाँ,
ये लोहे के पिंजरे।
यह मेरे गलफड़े में तम्बाकू
टाइपराइटर, स्तन, पियानो, स्विचबोर्ड,
खनिजों के जंगल, चीख़ें, लहू के ताल
अँधेरे में चमकते रसायन
और रास्ते, फिर, फिर रास्ते, चलते चलते फिर रास्ते
पूरे खुले हुए राजमार्ग जर्जर,
मैं चलता हूँ, चलता हूँ, चलता हूँ,
गर्भवती स्त्रियाँ, नपुंसक पति, डरे बच्चे,
क्रुद्ध काला जमघट काला कोलाहल
काली मक्खी, काला तकिया, काला गद्दा,
काली महिला, काली मूँछें,
मैं चलता हूँ, चलता हूँ, डगमगाता हूँ,
तेज़ी से, तेज़ी से, तेज़ी से रिक्त होते रास्ते...
पसलियों में क़ैद बस एक मूक पक्षी
करोड़ों रातें, एक ही खरब-गुना रात,
कण्ठ किनारे उलट कर जाता हुआ अँधेरा...
शब्द, शब्द, शब्द
मेरे हृदय का उछाल फेंका हुआ तल
गिर कर चूर हो रही आँखें
दोस्त, मेरे डूबते हाथों में आ गयी तुम्हारी
गर्दन, तुम्हारी कॉलर...

ये बर्फ़ीली गन्ध के तूफ़ान

('हीं बर्फाची गंधवादळें'; एकूण कविता 3, पृ. 578)

ये बर्फ़ीली गन्ध के तूफ़ान
सरकते हुए धीरे-धीरे
ध्रुव-ध्रुवों के पार उस पार जिसकी
यह लाल-जामुनी छटा है जैसे
नग्न निष्कपट नितम्बों में
रात दहक रही है।
शंकुपर्णी पपनियों में
पाँच शुभ्र अश्रुओं के हिमशिखर
वेदना में जमे हुए हैं।

गहरे नीले आकाश में मन्द और फीका
मन्द्र चन्द्र का गोला
मन्द फीकी नींद में फँसी
आकाश की स्वप्न-सुन्न आँखें।
शंकुपर्णी पपनियों के जंगलों में
बर्फ़ीली ढेरों से आग
टपक रही है। ठण्डी सफ़ेद
गहरी गन्ध भरी...
बर्फ़ीली चोटियों को पिघलाती हुई

गन्धमेघ बर्फ़ीली ढेरों में जमा हो कर
बह रहे हैं
शंकुपर्णी पपनियों के जंगलों में
गूढ़ गहन
मूढ़ गगन
तूफ़ान उठाते चक्रों में उमड़ते हैं
वेदना में जमे हुए
पाँच शुभ्र हिमशिखरों पर
फिसल जाओगी उनमें से तुम
मन्द स्वप्न की तरह
बर्फ़ की गन्ध घुलती हुई तुम्हारे अंगों में
हिमशिखरों को दहकाती।

फ्लेश टिंट

('फ्लेश टिंट'; एकूण कविता 1, पृ. 148)

वेलास्क्वेज के चित्रों की तरह
खड़ी एक स्त्री
फ्रेम में अकेली
प्रकाश के ब्रश के स्पर्श से
खिलती हुई

फ्लेश टिंट पर नेपल्स येलो की यह झलक
इस हरित नीले कमरे में
आयी कैसे?
अचानक पैलेट पर
सूर्य कैसे उगाया?
तुलसी पाइप रोड की भिखारिन
शिकागो की स्ट्रीट वॉकर
किस अमोघ प्रकाश से धुल कर
रहस्यमय स्पष्टता में
खड़ी हुई हैं
यहाँ विवस्त्र?

वेनिस, बार्सिलोना, मॅड्रिड, रोम,
फ्लॉरेंस, कास्तील, नीस,
पुणे, सातारा, वलसाड, पालनपुर, जैसलमेर,
त्रिश्शूर, कोट्टायम
हिसार, लुधियाना, मुज़फ़्फ़रपुर, भुवनेश्वर,
उज्जैन, झाँसी, पूर्व गोदावरी, कारवार,
वेंगुर्ला, अलिबाग,
सारा भूगोल लिन्सिड ऑयल की तरह रंगहीन
पिग्मेंट्स आते हैं आकाश से
नग्न घाटणी* की तरह
तेजःपुंज

---

* महाराष्ट्र में पश्चिमी घाट के लोगों को 'घाटी' भी कहा जाता है। वहाँ की स्त्री के लिए कवि ने घाटणी शब्द का प्रयोग किया है।

चेहरा फाड़ कर निकालते हुए

('चेहरा फाडून काढताना'; एकूण कविता 2, पृ. 320)

मैं क्षुद्र, मैं दरिद्र, थोड़ा सा शेष हूँ मैं,
अलख :
सरपट भागते चितकबरे आईनों के सामने मेरे दहकते प्रतिबिम्ब
शान्त जगमग जलते हुए बिल्लौरी दीप
बिम्बों के देवल, उनके गहरे तल, खुले गर्भगृह
उजालों की आड़ी सुरंगें, खिलखिलाती हँसी
आँखों की बढ़ती स्मिति, फैलती नज़र,
और लाखों किरणों का बनता हुआ एक कोण
यह मेरा चेहरा–यह सामने–आईने में
यह मेरा मढ़ा हुआ बाहरी शरीर
रोशनी से अभ्यस्त...
कौन मैं, मैं, मैं। मैं कौन, कौन।
मैं कौन कौन। कौन हम, हम सभी कौन
जानता है। जानता हूँ। पहचानता हूँ। मैं यह पूरी तरह मौजूद।
आईने से समान अन्तर पर। वहाँ नहीं।
मैं मतलब यहाँ। मैं अभी मैं यह अभी–यहाँ
अन्दर और बाहर। लहर और लागोरी*
बिल्ला और बिल्लोरी। सिफर और झूमर
मैं घास फाड़ कर निकली हुई जड़ हूँ
मैं अन्धी दृष्टि का बिल, मैं पकड़ने वाली
फिसलती उँगलियाँ, मैं मकड़ी के कान,
मैं माटी की जीभ, प्रश्न सोखता शिश्न।
मैं जीवन्त मुखौटा, मैं छाल। मैं छीला हुआ,
मैं तलवा, मैं छुअन, मैं तुम, वह, वो, वे,
मैं स्त्री मैं पुरुष सब
मैंने चूर कर दिया है आईनों को। मेरा दिखना
मेरा देखना। ये दृश्य, बर्खास्त जग।
यह रंक खगोल। क्रियाशून्य और प्रचण्ड जीवन्त

---

* लागोरी : पिट्टो, पिट्टू या सतोलिया का खेल।

विराट हलचल। चीता के लपकते चकत्ते
विश्व पर लपेटा हुआ भस्म का बाघ
एक भव्य अनादि पैर की मुहर
एक कुचली हुई छाती। मैं श्वास, मैं उच्छ्वास।
कहाँ छुपाऊँ, फेफड़ों, यह खुरदुरा जग,
यह दबाया हुआ खगोल, यह शोधक जीभ
ये अश्रु, पृथ्वी जितने, अजस्र अश्रु,
रोने से भी बड़े, बड़े, गोल, गोल,
अश्रु के तरल खगोल

यह मेरा हृदय नहीं यह मेरा बूट है,
जिसे पिछले आठ वर्षों से पहन रहा हूँ मैं
भावना नहीं; आशा नहीं;
आधार नहीं; उद्देश्य नहीं;
यह मेरा आजन्म तलवा है।

एक बार आत्महत्या की कगार पर

('एकदा आत्महत्येच्या कड्यावर'; एकूण कविता 3, पृ. 683)

एक बार आत्महत्या की कगार पर
तीन महीने तक खड़ा रहा
फिर एक गहरी नींद ले कर
उठा, स्वच्छ होकर।

क्या क्या चाहिए था मुझे
वस्तुओं से, लोगों से
ख़ुद से?

सभी लोग जिस कगार पर
कभी ना कभी आ खड़े होते हैं
वह भी मेरा जन्मस्थान है।

मरना कितना आसान है!
उसका तो अनुभव भी नहीं होता।
ख़ुद भी उलझ उलझ कर
मरना कितना आसान है!

पर अब तो मैं
सुलझ कर ही ढीला हो गया हूँ।
और क्या चाहिए अभी?
पुनरावृत्ति?

कल मध्यरात्रि
जो बाघ मेरे शरीर में
प्रदक्षिणा करके गया है
वह अन्त का ही था।

निब तोड़ चुका हूँ कलम की,
मैं काग़ज़ की तरफ़ देखता हुआ
मुस्कुरा रहा हूँ।

पहले बूट निकाला

('प्रथम बूट निघाले'; एकूण कविता 1, पृ. 138)

पहले बूट निकाला। फिर ओवरकोट कुर्सी पर डाला
एक एक करके स्वेटर, टॉप, स्कर्ट, स्टॉकिंग्ज,
ब्रेसियर्स और पैंटी।
सभी विधिनिषेधों का एक ही ढेर
ऊनी, कपड़े, चमड़े, नायलॉन।

बचाखुचा मन और पूरा का पूरा शरीर
स्वाधीन कर के तुम फिर से बर्फ़ में भटकने
निकल गयी; निशानी के लिए गूढ़, गरम,
तेज़ होती साँसों को मेरे पास रख कर।

उस बर्फ़ीली दोपहर में
खिड़की के बाहर सब कुछ सफ़ेद सफ़ेद था
रास्ते लगभग बन्द हो चुके थे

मैंने हाल ही में सैंतीसवें वर्ष में
प्रवेश किया था।
तुमने सिर्फ़ आँखें बन्द रखी थीं
तुम्हारे अंग उघाड़ने के क्षण से
मेरे आर्त हो कर भीतर झरने तक।
इतना अकेला, इतना दूर, इतना उत्कट
इतना लावारिस हो गया था मैं
मुझे लगता है मेरे बाल भी पहली बार
उसी वक़्त सफ़ेद हुए थे
सर्द मौसमों की तरह एकान्त मैथुन में
ग़ायब हो कर मैं अकेला ही बाहर आया उस समय।

शान्ति के शिखर पर

('शान्ततेच्या शिखारांवर'; एकूण कविता 2, पृ. 270)

सहज हुए हाथों से
और चक्राकार उठते जा रहे एक सुर में
मुझे पूरी कर लेने दो अपनी खोज
खड़ा रहने दो मुझे अकेला और स्तम्भित
तुम्हारे प्रेम के मौन शिखर पर।
तुम्हारे अंगों के बर्फ़ीले पतन
को खुरच कर घुस पाने में असमर्थ एक आवाज़ के
ठिठुरे हुए उच्चार में
एक ही शब्द बोलने दो मुझे
पाँचों इन्द्रियों के उच्च स्वर में
एक हिमान्ध छन्द में
मुझे करने दो उत्सव
इस देह के अन्त का जहाँ मैं खड़ा हूँ
मेरी ईर्ष्या के
मटमैले पार्थिव रंगों को लाँघ कर
पसर जाने दो तुम
अपने अनारम्भ वर्ण पट को
होने दो
मेरा यह नग्न और पतला
सोलो
मेरे यशस्वी बूटों को ठिठुरा देने वाली एक ऊँचाई पर।
तुमने चुना मेरा रक्त
मर्त्य झनझनाहट का संगीत गाने को :
तुम
प्रणय
और मृत्यु
और उच्चार शक्ति
तुम
चुम्बन चुम्बन मेरे हिंस्र मुख पर
तुम

अन्तिम और सर्द मुहर
मेरे अंगों की गर्म कविता पर
तुम
पलटते बहाव की अविचल काया
मैं फिर से पिघल कर निःशब्द-तप्त हो गया हूँ
गढ़ो मेरा चेहरा
नाक नक्श
तुम्हारी सृष्टि के तेज़ाबी मौसम में
टिक पाने वाला
मुझे और भी विकराल मुँह दो
यह अखण्ड पाषाण चाहिए मुझे!
मेरे फेफड़ों में धड़धड़ा कर उतर रहे
हे आरम्भ के श्वास
हे काल के चन्द्राकार वलय
मुझे एक और अस्तित्व दो
अपने अनन्त गर्भाशय में
हे एक स्वर के
तार
हे नष्टप्राय
वॉयलिन के
छूटे निशान :
हे प्रेमवंचित नारी शरीर
हे सागवान के अक्षत कौमार्य केन्द्र
हे रात्रि के आवागमन में और जैज़ में
प्रकाश के द्राविड़ी प्राणायाम
मुझे प्रवेश दो
मेरी टटोलती भावगर्भित उँगलियों से
मेरे क्रोधस्फुट होंठों से
मेरी उदयोन्मुख नासिका से
मेरी खुली हुई आँखों से
तुम्हारे कठोर कवच में स्थित
सृष्टि के नरम गूदे में।
तुम्हारा परमोच्च शिखर है
इस शहर का पाताल
तुम्हारी स्मिति है
मेहनतकश ईमानदारों का
पसीना
तुम्हारी लहर
है नारी का जंघास्थित तापमान

तुम्हारी आवाज़
है ज्ञान के शब्दानुक्रम पर
कचकचा कर लगाया हुआ ब्रेक

तुम
केवल असत्य
मैं चढ़ कर आया
अकेला
तुम केवल बीतने वाला सत्य
तुम
मेरी साँस खींचता
चढ़ता हुआ सप्तक
मानवी भावनाओं का
फिर करो प्रज्वलित
मेरा यह
नष्ट हुआ
शरीर

मुर्दाघर के स्वप्न में ठण्डी फ़र्श पर

('प्रेतघराच्या स्वप्नांत थंडगार फर्शीवरून'; एकूण कविता 2, पृ. 292)

मुर्दाघर के स्वप्न में मैं चलता हूँ
ठण्डी फ़र्श पर चेहरे देखता हुआ सफ़ेद चादरों तले।
गन्दले अँधेरे में चलता हूँ मैं
पैरों की आवाज़ किये बिना। पथरीले चबूतरे पर मुर्दे पड़े हैं स्तब्ध।

मेरे हाथ पीछे बाँध दिये गये हैं और मैं
उच्चारों की दालान में टहलने जा रहा हूँ।
अपनी चीख़ की सुरंगों में
मैं धकेला जा रहा हूँ अन्तिम अन्तर्मुख कोठरी में।

यहाँ जितना प्रकाश है उसमें तुम्हारे रक्त की
महक आती है। तुम्हारे चेहरे पर आँखें बहुत अन्दर धँस
गयी हैं, वे चमकती हैं स्मरण के उस पार
जहाँ जन्म-जन्मान्तर से पहचाना हुआ एक प्रेत है।

स्वप्न के मुर्दाघर में मैं आइडेंटिफाय करता हूँ
अपलक स्वत्व को सफ़ेद चादरों के नीचे अँधेरे में।

विवेक मोहन राजापुरे, संजीवनी खोजे, दिलीप धोंडो कुलकर्णी...सुनते हो तुम सब?

('विवेक मोहन राजापुरे, संजीवनी खोजे, दिलीप धोंडो कुलकर्णी...ऐकताय का तुम्ही?'; एकूण कविता 2, पृ. 536)

विवेक मोहन राजापुरे,
संजीवनी खोजे,
दिलीप धोंडो कुलकर्णी...
सुनते हो तुम सब?

वर्ष उलटते हैं
तब एक तरह की आवाज़ थी
मनुष्य के मरने की
और किताब खोलने की
आवाज़ लगभग एक सी ही है
लेकिन बारीकी से सुनो तो
वह निराली कविता है

ज़मीन खोदो तो
खोपड़ी मिलेगी
पर उस खोपड़ी में जो विचार थे
वे अजनबी पेड़ों से
चमगादड़ बन कर लटकेंगे
हमारा कुछ भी सत्य नहीं है
यह जान कर तुमने आत्महत्या कर लिया
और मैं कवि का उत्तरदायित्व भोग रहा हूँ

इत्र

('अत्तर'; एकूण कविता 2, पृ. 498)

हज़ारों फूलों का अर्क लेकर बना है
यह मृत्यु का इत्र।
पर मरे हुए आदमी को
कोई भी महक नहीं आती।

रेलवे का विशालकाय इंजन :
आत्महत्या का प्रतीक
सिनेमा में और स्वप्न में
काल का इस्पाती धुआँ उगलता दैत्य
भाप के बादलों की उसाँस छोड़ता है...
और
विवेक राजापुरे की आँखों में सीधी मारी गयी
मृत्यु की हेडलाइट
गलफड़ों में मारे गये सा राजापुरे
हमेशा के लिए लुढ़क गया।
अब उसे हर रोज़ देसी दारू की ज़रूरत नहीं;
ना ही लैंगिक लाचारी का उपाय सोचने की आवश्यकता।
इस्पाती तराजू और कॉन्क्रीट की दीवारें,
एकान्त में मारे गये हज़ारों
कवियों का क़ब्रिस्तान हैं
इससे ख़ून की बास आती है।
हज़ारों आत्महत्याओं का अर्क लेकर
बना है यह मृत्यु का इत्र।
आजकल तो जीवितों को भी
कोई महक नहीं आती है।

लाओ वह चाँद

(मृत्यु शय्या पर पड़े अनिल बांदेकर के लिए दो कविता)
('आणा तो चन्द्र'; एकूण कविता 2, पृ. 380)

1.
लाओ वह चाँद मेरे माथे पर रख दो
मेरी कलाई पर बाँध दो एक काला गजरा
दुनियादारी के रिटायर हुए रंग
मेरी आँखों के अँधेरों में भर दो

यह वायर भी टूटने को है अब
इस बिजली का मालिक अब कौन?
जल्दी जलाने होंगे बल्ब सब अब
वेदना भी कब की बुझ चुकी है।

मेरे पैर उत्तर की तरफ़ थे तो सही
पर दक्षिण की तरफ़ नहीं था मेरा सर
मैं करवट बदल तो सकता हूँ लेकिन
उलट पलट गया है सारा क्षितिज ही

2.
लाओ वह चाँद मेरे माथे पर रख दो
घंटे बजाने का समय आ गया है
बजाये बिना ही थरथराती है देह की ढोल
पूजा प्रखर करने का समय आ गया है

अब मुझे कुछ भी नज़र नहीं आ रहा
क्या मैं नज़र आता हूँ किसी को?
जल्दी करो रोशनी अब शाम हो गयी है
झूमर अपने आप हिलने लगे हैं

न्यूड

('न्यूड'; एकूण कविता 2, पृ. 555)

अँधेरी आवाज़ से मैंने उससे कहा,
"यह शायद हमारी अन्तिम मुलाकात है।"
अगला एक क्षण प्रचण्ड पहाड़ था।

खिड़की के परदे भी सरके नहीं थे
शीशे के उस पार दीख रहे थे पार्क के पेड़
और आकाश में जेट विमान की लकीर।

अगला क्षण पहाड़ की तरह रुका रह गया मन में।
ज़मीन पर बिछी नीली कारपेट पर उसकी नग्न तनी हुई देह
उसी तरह बनी रही। मुझ पर गड़ी उसकी आँखें
अगले सभी वर्षों के स्वप्न में तैरती आरपार देखती रही।
मैं पास गया। उसके हाथ मेरी पीठ पर कस गये।
मैं ऊपर चढ़-चढ़ कर नीचे-नीचे गिरता गया
अगला क्षण पहाड़ सा प्रचण्ड था।
एक टेलीफ़ोन की घण्टी लगातार बजती रहती है अभी तक
जिसे सुन कर मैं नींद से झटके से उठ जाता हूँ
और रिसीवर की जगह कुछ भी नहीं है अब।

अंग

('अंग'; एकूण कविता 1, पृ. 13)

अंग पालकी में एक नग्न पर्दानशीं
झटपट पाँव चलाते हैं गूँगे सूखे कहार
समागम की जलमय लहर आन्दोलित होती है वलय-वलयों में
नववधू की गति धड़कती है अनापेक्षित मन्त्रों पर उठती...
नववधू के वध स्थान पर उड़ते हैं शुभ्र कबूतर
बिखरती हैं वेदना की बुरकियाँ निस्संग नीले आकाश में
अंग उघारता है अपना कौमार्य-कमल एक ही बार
विष्णु-नील पानी से पलकें विस्फारित कर
विदारक, अमानवीय चन्द्रोदय के नीचे।

अब तुम्हें

('आता तुला'; एकूण कविता 3, पृ. 692)

मैंने अपने दुर्धर रोगी मुख से किया तुम्हें प्यार
लगातार अपने गानों का कैंसर बने फेफड़ों से
गाया तुम्हारे स्फुरणशील नाम का ऑक्सीजन
हटाया नहीं कभी अपनी भूखी आँखों को
तुमसे, नहीं छोड़ा तुम्हें
अपने पैरों के नाश पाने पर भी
जग भर की भव्यता मेरी आँखों पर
अदृश्य होने पर भी, साल 1961 में
जब तीन मिनट को अन्धा हो गया था मैं
सभी घड़ियों के पार, प्रहरों के पार, अपरम्पार,
जब तुम करीब-करीब सम्पूर्ण मरण पा चुकी थीं
सन्तति सम्भाव्यता के अँधेरों में तब अन्धा
तीन मिनट को हुआ था, तभी सूँघ लिया था मैंने
तुम्हारे रक्तस्राव का नाशवान वैकुण्ठ
मेरे गले से उतरता मरण का कीचड़
गुठली-गुठली हो गया, एकबारगी मेरी मुट्ठी
हो गयी गाढ़ी विचारशून्य,
उस वक़्त भी मैंने तुमसे ही प्यार किया :
तुम सम्पूर्ण, तुम दूसरी, तुम बवण्डर में बसने वाली
मेरे प्राणों के क्रोध में,
और अभी मेरी नसें टूटती हुईं
खोखल में रीत जाने के लिए
और अभी मेरे प्रवाह को मोड़ते
हमारे धक्के, हमारे विद्युत कण गिरते हैं,
और अभी अपने चेहरे के मरणोन्मुख होते हुए
मैं मारता हूँ अपने पसरने वाले हाथों को हर तरफ़
तुम्हारे इर्दगिर्द।

सम्भोग के सावन स्मृतियों से फूट पड़ते हैं

('Monsoons Of Lovemaking Storm Out Of Memory'; As Is Where Is, पृ. *313)*

एक प्रेमी की ढलती उम्र में स्मृतियों से बस एक फटा हुआ पन्ना :
सम्भोग के सावन स्मृतियों से फूट पड़ते हैं
मृत्यु की गन्ध को जीवन की महक में घोलते हुए
घ्राणेन्द्रियों की पैलेट पर जिसे मैं अपने पेंट-ब्रश में उठाता हूँ

मांसपेशी, कीचड़ और कस्तूरी; गीला, अँधेरा और चूता हुआ
लहसुन साँसों में; फेरॉमोन पसीने में;
गर्मी और उमस, जघन, चिपचिपा और रसीला
एक कमरे में जो संयोग से खाली मिला

खिड़की से चित्रित रेलवे लाइन और झुग्गियाँ
लाचार लोग बारिश में मल त्यागते हुए, प्लास्टिक से देह ढँक कर
सबर्बन ट्रेनें धड़धड़ा कर निकलती हुईं, जल्द ही कान की पहुँच से बहुत दूर।

ठेलते, और धकेलते, और ठोकते दहक में
हमने किया यह हर उस जगह कोने में जो हमें मिली
एक संक्षिप्त और प्रबल सम्भोग के लिए छुप-छुप कर की गयी कामकेलियों के बाद

हम जानते थे कि हम पापी थे उनकी नज़रों में, प्रेमी नहीं,
उन लाखों बेघरों की तरह जिन्हें बम्बई ने भर लिया है
अपनी लाचार बाँहों में और जिन्हें अब माफ़ कर दिया गया है

पचास साल कितना लम्बा वक़्त है।
बम्बई बदल चुकी है और हम अब वहाँ रहते भी नहीं।
हम रह चुके हैं आशा और निराशा के दूसरे शहरों में,
इच्छा और विनाश के दूसरे देशों में,
और जीवन को खोजा है हमने चार महादेशों में।
मैं भाषा के एक घेरे से निकल कर दूसरे में जाता रहा
मातृभाषा के ध्रुव तारे के साथ :

मराठी में एक मनुष्य का अनुभव नापा जाता है
इस बात से कि उसने कितने सावन देखा है
और हर सावन मेरे चेहरे पर एक और सलवट जोड़ देता है,
एक और छल्ला मेरे जीवन के वृक्ष में,
एक और शब्द मेरी शब्दावली में,
पर कोई अनुभव नहीं जोड़ता प्रेम के बरसने का मुझ पर

त्वचा का कोई और कैन्वस नहीं जोड़ता मेरी स्मृतियों पर

उस सुन्न स्त्री के अंगों से आरपार जन्मान्ध

('त्या सुन्न स्त्रीच्या अंगामधून आरपार जन्मांध'; एकूण कविता 3, पृ. 636)

उस सुन्न स्त्री के अंगों से आरपार जन्मान्ध
मेरे सूर्यपूजक मन्त्रों का जाता है निनाद
और अश्मयुगीन अहंकारों के गगनचुम्बी अज्ञान
गिरते हैं मृतक की मृत्यु की घटिका में
शरीर और अशरीर के ध्रुवों में
हमारे प्रत्येक समागम की घूमती है आस

मेरे उठे हुए कँटीले हाथों की पहुँच में
उसमें उग आते हैं पहले से तय अपूर्व
मात्र उसमें बसे निर्विकार इन्द्रियों के अवकाश से
मेरे अर्थपूर्ण रक्त के घड़े भरे रहते हैं

थरथराती नाड़ी से झरते लय में
मेरे रुक्ष हाथ ढलकाते हैं उसकी त्वचा पर अश्रु

एक अनपेक्षित फाँस का झोंका समझ कर।

स्क्रू

('स्क्रू'; एकूण कविता 3, पृ. 667)

यह जन्म स्क्रू
मैंने धँसा दिया है
तुम्हारे अतल में
कसे तुम्हारे काठ
सुन्न अंग में, मन में
एकाग्र
पेंचदार घुमाव में एकटक
त्वचा की सतह को भेदता
और स्थिर सा
हार्ट अटैक के समय
वक्ष पर आये
हाथों की तरह अनायास
ऐ स्त्री
मैं खड़ा हूँ
निष्पर्ण, काली, टेढ़ीमेढ़ी
एक निश्चल शाखा के नीचे
जग का रूपरंग झरा फिर से
तुम्हें याद करने में भी
कष्ट होता है मुझे
याद करता हूँ
सिर्फ़ वह आवेग जन्म को कोरा कर देने वाला
और सभी इच्छा शक्तियों को चुस्त कर
बना यह स्क्रू
एकटक पेंचदार
धँसा हुआ
तुम्हारे काठ अस्तित्व में

मैं घुसता हूँ विश्व रचना के काठ में
मैं धँस कर रिस जाता हूँ
जन्नत और जहन्नुम के

टिकाऊ फ़र्नीचर में
मैं धँस कर बैठ जाता हूँ
इस निरर्थक में
गहरे और कस कर

अब यह पेंचदार स्क्रू
पाप-पुण्य की चमड़ी भेद कर
समाता है
प्रेम के संकोची अन्तरतम में
अशरीर।

पकते हुए मांस की गहरी गन्ध में

('In The Dark Smell Of Cooking Meat'; As Is Where Is, पृ. *107)*

पकते हुए मांस की गहरी गन्ध में
मैंने अन्धाधुन्ध चाटा तुम्हें
भोग की जीभ और भय की अँगुलियों से
मेरी यादों में तुम
ब्रेल में लिखी हुई किताब हो रोशनी पर
हम दोपहर के खाली पालने में डोलते रहे
झूलते रहे रात के आर-पार
'ओ मेरे अविश्वासी प्रेमी' तुमने कहा था,
'आकाश मेरे लहू में खुल चुका है
उड़ो।'

अब मैं पाता हूँ कि प्रेम ने मुझे कुछ नहीं सिखाया
मैं ख़ुद से ही मुक्त नहीं हो पाता हूँ
मेरे संवेग हिंसक पशु हैं बिना जंगल के
मेरी आत्मा एक पंछी बिना आकाश के

लाल लजाये पंख पराग

('लाल लाजरे तुरे मंजिर्‌या'; एकूण कविता 3, पृ. 583)

लाल लजाये पंख पराग
लिए अंजुली में काम का नैवेद्य
आज तुम्हारे द्वार आया हूँ
रक्त का अर्घ्य ले कर

मत देखना उस क्षण तुम
मौन के अमावस की जाली
गहरे अँधेरे में लूट लेना वह सब
जो तुम्हारा ही है सिर्फ़ तुम्हारा

चुका लेने दो मुझे हिसाब
शत जन्मों की कंगाली का
देख लेने दो मुझे अँधेरे में चाँद
सूर्य धारण कर अपने गर्भ में

लॉरा के प्रति

('लॉराला उद्देशून'; एकूण कविता 1, पृ. 130)

रेनेसाँ कालीन चित्रकार की तरह
मैं सोखता हूँ अपनी आँखों से
तुम्हारी नीली आँखें, तुम्हारे सुनहरे केश
तुम्हारा अंडाकार चेहरा, तुम्हारी रोमन नाक,
तुम्हारा तराशा मुँह, तुम्हारे धृष्ट स्तन,

ली'वाइज की जींस में तुम्हारे सघन नितम्ब
तुम्हारी बड़ी क़द काठी पर तुम्हारा कोमल चेहरा
तुम्हारी घी जैसी मुस्कान, तुम्हारा प्रेमिल हाव भाव
एक बार मुझे मेरी बेटी ही लगीं तुम, मीनू जैसी
एक बार फिर लगीं तुम पूर्ण स्त्री, परायी, चाह को भड़काती।

मेरे सामने विवस्त्र होने में तुम लजाई नहीं
तुम सिर्फ़ मेरे स्पर्श से लजाई
और वहीं, जब कोई अर्थ ना मिला, मैं ठहर गया।
उस दिन दोपहर में ही अन्धड़ उठा, बारिश हुई
जिस दिन मैंने तुम्हारी कई तस्वीरें खींचीं

लड़की, मेरी जिव्हाग्र पर अभी भी तुम आती हो—
दिक्काल का स्वरूप कभी भी नहीं बदलेगा
इसी परिचय से मैं तुम्हें याद करता हूँ।

विपरीत रति

('विपरीत रति'; एकूण कविता 1, पृ. 133)

मैं शव की तरह पड़ा हुआ हूँ
एक के बाद एक सात स्त्रियाँ
मुझ पर चढ़ीं
मुझमें सम्भोग करने लायक प्राण फूँक कर
आठवीं, जिसका रंग नहीं था
आठवीं, जो शुभ्र थी
आठवीं, जो सात सुरों में नहीं थी
आठवीं, जो बाईस श्रुतियों में एक धागे सी
सरल थी, शान्ति से स्वर्ग के उस पार तक गयी
वह मुझमें ही थी हर बार
स्त्री के भीतर पुरुष में, पुरुष के भीतर स्त्री हो कर
पर दोनों ही ओर पुरुष स्तब्ध था
जैसे मैं पड़ा हूँ शव सा
इच्छाहीन रुचिकर
जब बिम्ब प्रतिबिम्ब टकरा रहे थे
मैं बीच में सिर्फ़ आईना था
प्रत्येक स्त्री ख़ुद को चूम रही थी
ख़ुद का मर्दन, खुद का मन्थन कर रही थी
मैं सिर्फ़ आईना था अंग नहीं
जाने क्यों उन सातों स्त्रियों की योनि में
मैं फट सकने वाली झिल्ली था
मदन छत्र था, मणि पद्म था,
सात रंगों के चढ़ कर उतर चुकने के बाद निराकार कालिमा।

वे सात स्त्रियाँ

('त्या सात स्त्री'; एकूण कविता 1, पृ. 134)

वे सात स्त्रियाँ इन्द्र धनुष सी
अब मात्र शुभ्र उज्ज्वल प्रकाश हैं
या अनगिनत सूक्ष्म लहरियों का स्पन्दन
और स्तब्धता के माध्यम में सप्तक।
कदाचित वह एक ही स्त्री है।
या एक ही स्त्री में सिर्फ़ कोई पुरुष।
वे सात स्त्रियाँ, जिनके अंगों का मैंने शोध किया
जिनके मन में मैं घुमड़ा, रिक्त हो कर।

वहाँ उसके कमरे में...

('तिथें तिच्या खोलींत...'; एकूण कविता 3, पृ. 608)

वहाँ उसके कमरे में हवा के झकोरों से
संगीतमय हिलते हैं काग़ज़ के कन्दील, डूबे हुए
मृत्यु के सान्निध्य में थरथराते अँधेरों में। मैं देखता हूँ
अक्सर दीवारों पर हमारी परछाइयाँ, गुत्थमगुत्था होती हुई आपस में।

वहाँ उसके होंठों पर मुस्कुराहट का जायका उतना ही बचा है
जितने कि उसके होंठ। वहाँ उसके यौवन की
मौन स्वीकृति झरती है बक्शी हुई रोशनी के स्तम्भ सी
उसके शैयाशील अस्तित्व पर...दूर कहीं टिकी हुई

वहाँ उसके कमरे में हवा के झकोरों से हिलते
मेरे पंच प्राण करते हैं रात का बसेरा
वहाँ उसकी वेदना ने ढँक लिया है
कोमल अनुराग से...मेरी आत्म निष्ठुरता को।

नहीं चाहिए रंग

('रंग मला नकोत'; एकूण कविता 3, पृ. 609)

नहीं चाहिए रंग मुझे तुम हँसो प्रिज्म की तरह
इस निरभ्र रात में तुम्हारे अर्ध दैवी उरोज मुझे दीख रहे हैं
हर एक शब्द का वामन सा एक पाँव पड़ना बाकी है अभी,
थोड़ा-बहुत समझ कर इसे मैं भी हँस रहा हूँ।
फैले हुए विश्व के नीचे हमारे कलेजे धड़क रहे हैं
पर तब भी तुम निश्चिन्त हँसती रहो, तुम्हारी स्मिति संग
मेरा भी पहरा है शुक्र की चाँदनी सा।

कई अस्पतालों में कल्पित एक कविता

('Poem Conceived In Many Hospitals'; As Is Where Is, पृ. 136)

अन्य लोग अन्धेपन से उतना ही घबराते हैं जितना कि मैं
दुनिया का स्वाद और उसकी महक खो देने से
एक बार उस बाहरी विशाल पदार्थ से मेरा पशु-सम्पर्क
टूट जाये तो मैं एक अँधेरे क्षेत्र में सिकुड़ जाता हूँ
जहाँ मुझे अपनी देह की असहाय टिक-टिक और अपने
नमक हीन सागर के मन्द धूसर गर्जन के सिवा कुछ सुनायी नहीं पड़ता

देख और सुन पाना अन्तरिक्ष के दर्द को समझ पाना है
छू या पकड़ पाना समय की मरोड़ को महसूस करना है
सिर्फ़ चखने और सूँघने में ही कोई संसार को घोल देता है
वासना जैसी कि मेरी है, एक स्राव है
और उसका अन्दरूनी रूपक क्षुधा और पाचन का है
मेरा रक्त प्रवाह उसी व्यापक रस का बहाव है
और मेरी सहज पाशविक मौजूदगी जिसमें आकाशगंगाओं की सुगन्ध
मिल जाती है जीवन के स्वाद-सुगन्ध से

अस्पताल में मृत्यु की एंटीसेप्टिक गन्ध
और बीमारी का घिनौना स्वाद शरीर को तंग करता है
जैसे मन्दिरों की कृत्रिम पवित्रता में खलती है
ईश्वर की तीखी अनुपस्थिति
एक मरीज़ पड़ा रहता है चुप सफ़ेद दीवारों से घिरा हुआ।

दोपहर की छवियाँ

('Afternoon Images'; As Is Where Is, पृ. 187)

सारी दोपहर बड़ी बेटी
बैठी स्केच करती रही टेक्स्टाइल डिजाइन
बोरियत की तितलियाँ
उड़ती हुईं उसकी साड़ी की बॉर्डर पर

और छोटी बेटी बैठी हुई
हारमोनियम पर
रियाज करती बेकरारी के
एक उर्दू नगमे का

यह शुरुआत थी
एक और मॉनसून की
पिछले साल
अकाल पड़ा था
और परिवार में एक मौत हुई थी

मैं बैठा रहा पीता ठण्डी बियर
बीच-बीच में नजर मारता
उनकी सोती हुई माँ पर
उसका चेहरा ढँका हुआ था लाइब्रेरी से मिले
एक उगन्यास से

तुम्हें हमेशा से पसन्द थे
फ़र्नीचर और पर्दे
अलंकृत घड़ियाँ
जिनमें समय नहीं होता
और तुम्हें अपनी रसोई पसन्द थी
तुम्हारी रेसिपी और तुम्हारे बच्चे
और पसन्द था तुम्हें
जूते और कपड़े

ख़रीदना
देखने जाना हिन्दी फ़िल्में
गीतों और दृश्यों से भरी हुई
लेकिन महत्त्वहीन

मुम्बई में
ज़्यादातर औरतें
तुमसे ईर्ष्या करतीं
पर मैंने देखा है तुम्हें
खिड़की के पास खड़ी हुई
प्रेम के अनुभव सा
कुछ भयानक घटित होने के
इन्तज़ार में

नवम्बर

('November'; As Is Where Is, पृ. *267)*

नवम्बर याद करने का महीना है
सुबह की एक साँवली झील एल्प्स पर्वतों की छाया में
और उसकी मृत्यु सूर्योदय से पहले
अनन्त दूरियों पर कहीं
उसकी ख़बर आती हुई हिमलम्ब की नोंक सी सटीक

बाक़ी सब बर्फ़ था।

बमों और नीहारिकाओं के बीच उगी
आकाश में एक अप्रतिम सुबह
गीत और वीणा मुरझा गये
हमने अपनी चीज़ों को समेटा
और निकल पड़े

बाक़ी सब बर्फ़ था।

हमारा बेटा जा चुका था
जैसे अचानक वह आया था उसी तरह
जीवन के ज्वालामुखीय
विस्फोट में।

अनुपस्थिति अपने आप से

('Absence From Myself'; As Is Where Is, पृ. *284)*

मैं अपने शेल्फ और ड्रावर खाली कर रहा हूँ
उनमें रखी चीज़ों का मैं अब और सामना नहीं
कर सकता। वे एक अतीत से जुड़ते हैं
जो मुश्किल से मेरा लगता है भले ही वह पहचाना हुआ हो मेरे लिए।
शेल्फ पर किताबें हैं, होंगी ही,
और उनमें से कुछ दूर तक जाती हैं
उस स्मृति में जो पूरी तरह से मेरी नहीं है
जहाँ मेरी विश्वासघाती जड़ें हैं
मानवता के प्रिय मिथकों में

ड्रावर में काग़ज़ात हैं, नोट्स हैं,
अधूरी पाण्डुलिपि, फीकी पड़ती तस्वीरें,
पत्र, संस्मरण और मेरी वे चीज़ें हैं
जिन्हें सिर्फ़ मेरा वस्तु-राग ही कहा जा सकता है।
वैकल्पिक तौर से, उन्हें धरोहर भी कहा जा सकता है।
मेरे पिता मर चुके हैं और बहुत छोटे अन्तराल में ही
मेरा इकलौता बेटा भी मर गया
और मैं वह हूँ सैण्डविच सा दबा हुआ
उन दोनों के बीच...जीवित इतिहास का एक टुकड़ा
दो मृत छोरों के बीच।

मैं वह हूँ जिसने बर्दाश्त किया और जिया है
इतिहास के दो छोरों को और यह खालीपन
शेल्फों और ड्रावरों का बर्दाश्त किया और जिया है ज़्यादातर
अनलिखी किताबें, त्यक्त कविताएँ,
अधूरी पेंटिंग्स, रिलीज ना हो पायी फ़िल्में,
अवकाश भरे हुए से ज़्यादा ख़ाली,
भर कर फिर त्यागा हुआ।

अवकाश, अवकाश, अवकाश
समय किसी भी बारीकी को अनछुआ नहीं छोड़ता
और समय सभी बारीकियों को मिटा देता है।
मेरा पूर्वज जा चुका है और मेरा वंशज भी।
यह मेरे लिए कोई अवकाश नहीं छोड़ता लेकिन
यहाँ और अभी, वार्ता के लिए कोई जगह नहीं,
गहरे गिर जाने के लिए कोई किनारा भी नहीं
मैं पूरी तरह से हूँ अभी और यहाँ
जहाँ मैं पहले कभी नहीं था
और कभी रहूँगा भी नहीं।
और यह अन्त भी नहीं है।

खोयी हुई छवियाँ

(आशय के लिए)

('Lost Images'; As Is Where Is, पृ. 274)

मैं लौट रहा हूँ घर जहाँ तुम्हारी मृत्यु हुई थी
एक वर्ष बाद, पाने को
परिवर्तन जो मुखौटे हैं हमारे समर्पण के
जीवन की अवश्यम्भाविता के समक्ष।

मुझे याद है मेरी अम्बुलेंस की सवारी
अपने उस मित्र के साथ जिसे तुम डैडी बुलाते थे।
अपनी क्षति को समझ पाने में
मुझे एक पूरा साल लग गया।

एक जीवन काल पर्याप्त नहीं है
समझ पाने को कि इन्सान होने का अर्थ क्या है :
हम जो नहीं पा सकते उसी की चाह में
गँवा देते हैं वह सब जो हमारे पास है

मैं इतना समझ पाया हूँ अब तक
एक छविकार होने के नाते :
यह एक मिटा हुआ चेहरा है
उस आईने के सामने जो हमारा ईश्वर है

विठोबा को देखा था तुकाराम ने
प्रतिबिम्बित गहरे छोर पर
जहाँ नदी ख़ुद अपना स्रोत और वह सागर थी
जो उसकी राह तकता है।

शायद जब तुम साँस के लिए संघर्ष कर रहे थे
अन्ततः मरते हुए घुट कर,
तुमने माफ़ कर दिया होगा अपने पिता को
और उस दुनिया को जो उसने तुम्हारे साथ बनाया था।

और तब, अन्ततः, तुम बड़े हुए
अपने पिता से आगे निकल जाने के लिए...
एक प्रतिबिम्बित आकाश बनते हुए
उस पानी में जिसे हम जीवन कहते हैं।

वह पहली तस्वीर तुम्हारी जो मैंने ली थी
प्रिंसेस त्सेहाई अस्पताल में...
आदिस अबाबा, इथिओपिया
जून 1961 के अन्तिम सप्ताह में

सिस्टर ऐय्यालिज तुम्हें बाँहों में उठाये हुए थी
और उसका हाथ तुम्हारी ढँकी छाती पर था
उसकी अँगुली की अँगूठी तुम्हारी
बन्द आँखों जितनी बड़ी दीख रही थी।

साँस के लिए तुम्हारा संघर्ष
तुम्हारे जन्म लेने के पहले ही शुरू हो चुका था,
और 4 दिसम्बर, 1984 को
भोपाल में वह पूरी तरह से लौट आया।

तुम जीवन भर, जीवन की ख़ातिर लड़ते हुए,
जूझते रहे साँस के लिए
खोजते हुए उसके निशान...
सजगता का एक हस्ताक्षर,
जो आश्वासन था हर बार तुम्हारे होने का।

तुम्हें नहीं मालूम कि तुम छोड़ गये हो
छवियाँ जो कहती हैं, छवियाँ जो प्रेतों सी यहाँ-वहाँ घूमती हैं
छवियाँ जिनमें अन्य लोग पायेंगे
वह बिम्ब जो ईश्वर के आईने को भरता है

जिसमें ईश्वर ख़ुद ही मरोड़ खाता तड़पता है
उस सन्ताप में जो आनन्द का उल्टा हिस्सा है
ईश्वर का उस उल्टी दिशा में लौटना ही हम हैं, उसकी सन्तानें
एक परिवार जिसे वह पा लेना चाहता है

और, अन्त में, कोई क्षति नहीं है
लाभ भी नहीं
'क्यों' के अनन्त महाशून्य में
हम ना जीते हैं ना मरते हैं।

आशय के बनाये चित्रों को देखते हुए

('Looking At Ashay's Paintings'; As Is Where Is, पृ. *300)*

मैं जितनी भी कला दीर्घा या संग्रहालय में जा सकता था, गया
और अब तक के अपने जीवन की लम्बाई देखते हुए मुझे नहीं लगता कि अब मैं
जितना याद कर पाता हूँ उससे ज़्यादा चित्रों को अपने भीतर ग्रहण कर पाऊँगा

मैं अपने आप को एक अलग तरह की कला दीर्घा या संग्रहालय में बन्द पाता हूँ
जो भरे हुए हैं उदास करती औरतों की बारीकियों के चित्रों से जो तुमने बनाया था,
आशय उनका गमगीन माहौल मेरी नाभि पर आघात करता है

मैं जानता हूँ वह तुम ही हो, इनके पीछे, मेरे बेटे, सम्बोधित करते अपने संवेदनहीन बाप को
उत्कट भावावेग से, जिसने कभी ध्यान नहीं दिया उन तफ़सीलों पर
जिससे इन्सान बना होता है

मैं जानता हूँ वह तुम ही हो गिड़गिड़ाते हुए और यह चित्र वह नहीं हैं जो चित्र में है
जो चित्रित किया गया है वह चित्रित ही नहीं किया गया है
वह सिर्फ़ एक भूमिगत प्रवेश-द्वार है

या ऐसा ही है?
शायद तुम कुछ ज़्यादा ही ईमानदार थे
कलाकार का मुखौटा पहन सकने की तुलना में

तुम दहशत को चित्रित करना चाहते थे
और पीड़ा को
बिल्कुल वैसे ही, एकदम खुरदुरा

रचना चाहते थे उन छवियों को
जो तुम्हें आतंकित करती थीं...
मानवता का अन्त

जो होता है प्रतिबिम्बित मानव चेहरों पर
गहन पीड़ा की खिड़कियों में
निराशा के दरवाज़ों पर

एक मित्र गम्भीर रूप से बीमार है, शायद मर रहा है, बहुत दूर

('A Friend Is Critically Ill, Perhaps Dying, At A Distance'; As Is Where Is, पृ. 324)

1.

एक मित्र गम्भीर रूप से बीमार है, शायद मर रहा है, बहुत दूर
तुम ख़बर सुनते हो, हलक से उतार लेते हो, पर समझ नहीं पाते कि उसे पचाया कैसे जाये,
किस तरफ़ मुड़ा जाये, कहाँ जाया जाये, कहाँ खोजी जाये मदद,
यह सब पहले हो चुका है, और तुम जानते हो यह बार-बार होगा जब तक कि
तुम खोज नहीं लेते रास्ता इससे मुक्त होने का नहीं तो, कम से कम इससे निपटने का।
मृत्यु कोई समाचार नहीं है पर यह जीवितों के लिए एक बुरा आश्चर्य ज़रूर है।
तुमने अपना सबक बहुत धीरे-धीरे और एक मूर्ख की अनिच्छा से सीखा है।
तुम लगभग पहुँच भी चुके हो वहाँ, सूँघ चुके हो अस्पताल की भावशून्य हवा,
चित्त पड़े हुए, ढोये जाते हुए स्ट्रेचर पर, या ह्वीलचेयर पर।
तुम लेट चुके हो ऑपरेशन टेबल पर, सर्जन की आँखों में देख चुके हो,
तुम इन्द्रियों के शिथिल होने से पहले नस में धँसती सूई को महसूस कर चुके हो
तुम बोलने में असमर्थ रह चुके हो, तुम्हारा गला घुट चुका है, तुम साँस को हाँफ चुके हो, दम घुटना महसूस कर चुके हो
जीवित लोग तुम्हें देखते हुए, ऊपर से, तुम्हें घेर कर खड़े हुए
कि जैसे तुम गहरे कुएँ के तल में हो और बचने का अब कोई रास्ता नहीं है
पर इस वक़्त तो उस जगह एक दोस्त ही है तुम्हारा, तुम ख़ुद नहीं, और शायद यह राहत की बात हो
मृत्यु आस्था का मामला नहीं, मृत्यु विश्वास का मामला है।

2.

एक मित्र गम्भीर रूप से बीमार है, शायद मर रहा है, बहुत दूर समझ नहीं आता कि
कहाँ जाया जाये, किधर मुड़ा जाये
क्या मैं एक मोमबत्ती जला लूँ, उसे जलता हुआ देखूँ
क्या मैं इस शोकाकुल भावना को पदार्थ में बदल सकता हूँ
या सिर्फ़ देखता रह सकता हूँ इस लौ के खोखले मध्य को
इस सघन चुप्पी में स्वीकार लूँ अपने हिस्से का दोष
उस सबके लिए जो मृत हो रहा है जबकि किसी कारण मैं जीये जा रहा हूँ
एक ज़िम्मेदार आवाज़ से तुम लेते और देते हो
मैंने कई मौतों को देखा है अपनी मूल पीड़ा बढ़ाते हुए

प्रेम के देर से प्रकट हुए चमत्कारों से
देखा है कई दफ़न, अन्त्येष्टि की कई भट्ठियाँ
मिटाते देखा है मौत को सब कुछ सिवा मृतकों से मेरे बन्धन को
मेरी चुनी हुई दुनिया का मेरा पूरा समाज, मेरा सिर
मृत्यु के काले हाथ खुरच रहे हैं सभी इक्कों को
तो अब मैं कहाँ जाऊँगा, किस तरफ़ मुड़ूँगा
क्या मैं मोमबत्ती जलाऊँगा इस गहराते सन्नाटे में, जो एक पिघलता मिटता संगीत है
या मैं निर्बन्ध वेग से निकल पड़ने दूँगा अपनी व्यथा को क्रोध के शान्त आवेश में
जो कुछ भी बचा है मेरे लिए उसे बदलते हुए कविता के अन्तिम विस्फोट में

ई-मेल से प्राप्त कविता

07/11/2009

Dear All,

Recently, I wrote a new poem

It's a poem about the death of my close friend, and a contemporary Greek friend, Anastassios Denegris, in Athens.

The news was conveyed to me by Burt Blume, myAmerican friend settled in Tokyo now. He got it from our common friend, Thanassis Valtinos, who lives in Athens and is a fiction writer.

I am forwarding it to read and I'd appreciate your comments, if any. I'm no longer required to take treatment for my liver cancer. The growth has been arrested. Hopefully, the tumour will shrink as blood supply to it has been successfully cut off.

Best,

Dil

अनास्तासियॉस देनेग्रिस की मौत एथेन्स में हुई

('Anastassios Denegris Died in Athens'; सम्भवतः अप्रकाशित)

बर्ट ब्लूम ने टोकियो से लिखा।
उसे थॅनासिस वाल्तिनॉस ने बताया था
थॅनासिस और बर्ट ने कॅटेरीना को फ़ोन करने की कोशिश की।
और कारारीना अब एक शराबी है।
खोज वहीं ख़त्म हो गयी।

मेरी खोज ख़त्म नहीं हुई।
आयोवा सिटी में और कल्पना की यूनिवर्सिटी में
तास्सो मेरा सबसे अच्छा दोस्त था।
वहाँ का टॉप बॉस, वह नॉर्थ ड्यूबुक स्ट्रीट के बिल्कुल पास
माउण्ट पॅरॅनास्सस पर रहता था।

तास्सो से अन्तिम बार मैं मिला था दिल्ली के
विश्व कविता महोत्सव में जिसे मैंने आयोजित किया था।
उसने अपनी दस्युओं सी मूँछ मुड़वा ली थी।
हम आगरा गये और हमने ताजमहल देखा।
हम फतेहपुर सीकरी गये।

मैंने नहीं पूछा तास्सो से कि क्या वह अब भी कविता लिखता है
हमने तुर्की की हशीश नहीं पी
मैंने उसकी गर्लफ्रेंड वासिलिकी के बारे में नहीं पूछा
हम दोनों ही विचलित थे

तास्सो ने कहा हम अमेरिका गलत रास्ते से गये थे
हमें वहाँ अवैध प्रवासियों की तरह जाना चाहिए था।
हमें रेस्त्राँ में बरतन माँजना था।
अमरीकी जूतों को चमकाना था।
हमें शिकागो में वेश्याओं के साथ सोना चाहिए था।

हमें आयोवा यूनिवर्सिटी के जरिये स्टेट डिपार्टमेण्ट से
यात्रा अनुदान नहीं स्वीकरना चाहिए था।
बल्कि, हमें कॅलिफोर्निया जा कर
सोना हासिल करने की होड़ में शामिल हो जाना चाहिए था।
हमें यूँ ही टिके रहना था सॅन फ्रॉंसिसको में
या लॉस एंजेल्स में हॉलिवुड की सीमा पर।

हमने अपना मौक़ा गँवा दिया और घर चले गये
अपनी प्राचीन सभ्यताओं में।
हमें गाँजा या हशीश पीना था।
पूरा करना था कुछ गुप्त उद्देश्यों को।
मौक़ा हड़प कर हमें भी करोड़ों कमाना चाहिए था।

तास्सो अमेरिका से अभिभूत रहता था।
वह बॉनी और क्लाइड और मेयर डाले से प्रेम करता था।
वह गैंगस्टरों की पूजा करता था।
उसे बर्गर बहुत पसन्द थे।
वह अमरीकी योनियों का पीछा करता था।

अमेरिका तास्सो के लिए धर्म जैसा था।
उसे बहुत पसन्द थे वहाँ के पब और वहाँ की बीयर।
वह बेसबॉल और अमेरिकन फुटबॉल की पूजा करता था।
वह मानता था कि अमेरिका नया रोम है।
वह मर्लिन मुनरो के साथ सम्भोग करना चाहता था।

तास्सो अब जा चुका है।
दूर और कहीं भी नहीं।
उसका अता पता नहीं है मुझे
और मैं भारत में घिसट रहा हूँ
उसके करोड़ों कीड़ों में से एक की तरह।

मृत्यु से कोई फ़र्क़ नहीं पड़ता।
मैं लिवर कैंसर से ग्रस्त हूँ।
मेरा ट्यूमर शराब और ड्रग्स पर फला
तास्सो नहीं जानता मैं कहाँ हूँ।
उसे कुछ भी नहीं मालूम।

ई-मेल से इस कविता के प्राप्त होने के एक महीने बाद ही दिलीप चित्रे जी का निधन उसी लिवर कैंसर की वजह से हुआ जिससे उन्हें लगा था कि अब वे मुक्त हो जायेंगे।

पञ्चम

जड़ और शाखाएँ

('The Roots And Branches'; As Is Where Is, पृ. *104)*

मेरी ग़ायब हो चुकी आवाज़ की
जड़ और शाखाएँ
नदी की नसें हैं
प्रलय के बाद
काटी गयी नाड़ी का
रिक्त हो जाना
आत्महत्या के समुद्र में
एक सारगर्भित शान्ति में

अपने होने के लिए मैंने
बस कुछ जगह बनाई है

नॉर्थ ड्यूबुक स्ट्रीट की तरफ़ खुलती
मेरी खिड़की से यहाँ मैंने देखा
कि धरती की आँखें
सर्दियों की सफ़ेद बैंडेज पहनी हुई हैं

कहीं और, क्या भारत जल रहा था?

मुझे यहाँ आना था
ख़ुद को खोजते हुए
और बर्फ़ को सरकते हुए देखना था
भूलना सीखते हुए

क्या मैंने ख़ुद को मार दिया है
फिर से?
तो फिर मैं क्यों नहीं सुन पा रहा हूँ आवाज़ें
अपने पूर्वजों की भी?

दरवाज़े मेरे भीतर खुलते हैं

('Doors Open Innside Me'; As Is Where Is, पृ. 113)

दरवाजे मेरे भीतर खुलते हैं
सीढ़ियाँ तन जाती हैं अकॉर्डियन की तरह
छत दरक जाती है
तहखाने में धमाके से
दीवारें खुल उठती हैं
एक घर के गिरने में
दूसरा सज जाता है

मैं कौन होता हूँ
बिजली की इस कड़क को
रूप देने वाला
जमा देने वाला
इस चमक को स्थापत्य में

मैं एक मुँह में घुस गया हूँ
हर कुछ उसका लम्बा नुकीला दाँत है
अजीब ख़यालों से आक्रान्त
मैं ईश्वर के शिश्न सा कड़ा हूँ
अज्ञात की योनि में
मैं फूट पड़ता हूँ बिना स्खलन के
ठेलता और उछालता
अपने भीतर
मैं झिंझोड़ा जाता हूँ
मैं थरथराता हूँ
मैं आनन्द से रोता हूँ
ख़ुद को जानते हुए
टूट कर ढह रहे एक विश्व में
जहाँ एक दूसरा विश्व आकार ले रहा होता है

टंग्स्टन थरथराता हुआ ऊर्जा से

('Tungsten Trembling With Energy'; As Is Where Is, पृ. *114)*

तार की छोर पर
टंग्स्टन थरथराता हुआ ऊर्जा से
फिलामेंट आतंकित बदल जाने को
महीनी से छुई हुई रोशनी में
मैं फूट पड़ता हूँ अपने अनावृत बल्ब के परे
साफ़ करता हूँ दीवार
मकड़े, छिपकली, खिड़की की छड़ें
छत, फ़र्श
सारा कमरा अस्तित्व में अन्धा किया हुआ

काट दो इस अन्तहीन आपूर्ति को जिससे मैं ग्रस्त हूँ
स्विच ऑफ़ कर दो या इस तार को काट दो
रोक दो इस काली बाढ़ को मुझे दबा कर रोशनी में बदल देने से
मेरे फिलामेंट को जल कर गिर जाने दो
खो जाने दो तुम अपनी सम्पूर्णता में
ऐ जेनरेटर

मैं जो व्यक्त कर रहा हूँ वह

('मी जे व्यक्त करतोय ते'; एकूण कविता 3, पृ. 803)

मैं जो व्यक्त कर रहा हूँ प्रेम ही है वह
जिसे व्यक्त होने के अलावा कोई रास्ता भी नहीं है
फिर से कहूँ क्या फिर से, वही सूत्र
आत्मा नर्तक है
अन्तरात्मा रंगभूमि
इन्द्रियाँ प्रेक्षक
हम आँखें मिटमिटा कर बस देखते रहें
और देखते देखते
भूल जायें कि हम जो कर रहे हैं वह
वह प्यार ही है
चिदाकाश सा खोल दिया है
स्पर्श ने जिसे
सितारों को गिनता किसी मगन चाँदनी की तरह

हम नाचे नंगे

('आम्हीं नाच्लों नागडेच'; एकूण कविता 2, पृ. 293)

वेदना हुई लबालब हम तब भी ख़ुश रहे
हवा बही उल्टी हम तब भी ख़ुश रहे
खंजर धँसी पीठ में हमने वह भी सँभाल लिया
ज़हर और अमृत हमने सबका ख़याल किया

अंगों पर थूके लोग हम तब भी हँसते रहे
गुलदस्ते-हार कबूल हम नहीं रुकते रहे
मौत आयी देह पर हम सोये तब भी रहे
सूने रस्तों पर अकेले यूँ ही ख़ुश रहते रहे

विट्ठल बिना इस जगत में झांझ फिर भी हम बजाये
ना आलन्दी याद आयी, ना देखने पंढरपुर आये
मनुष्य के अविरत क्रन्दनों में छन्द भी हमने ही रखा है
घिस गये पैरों में बाँध पायल घाव की हमने ही रखा है

हम नाचे नंगे आडम्बर के इस जगत में
ख़ुश रहे महसूसते उस पार के आँगन को अपने

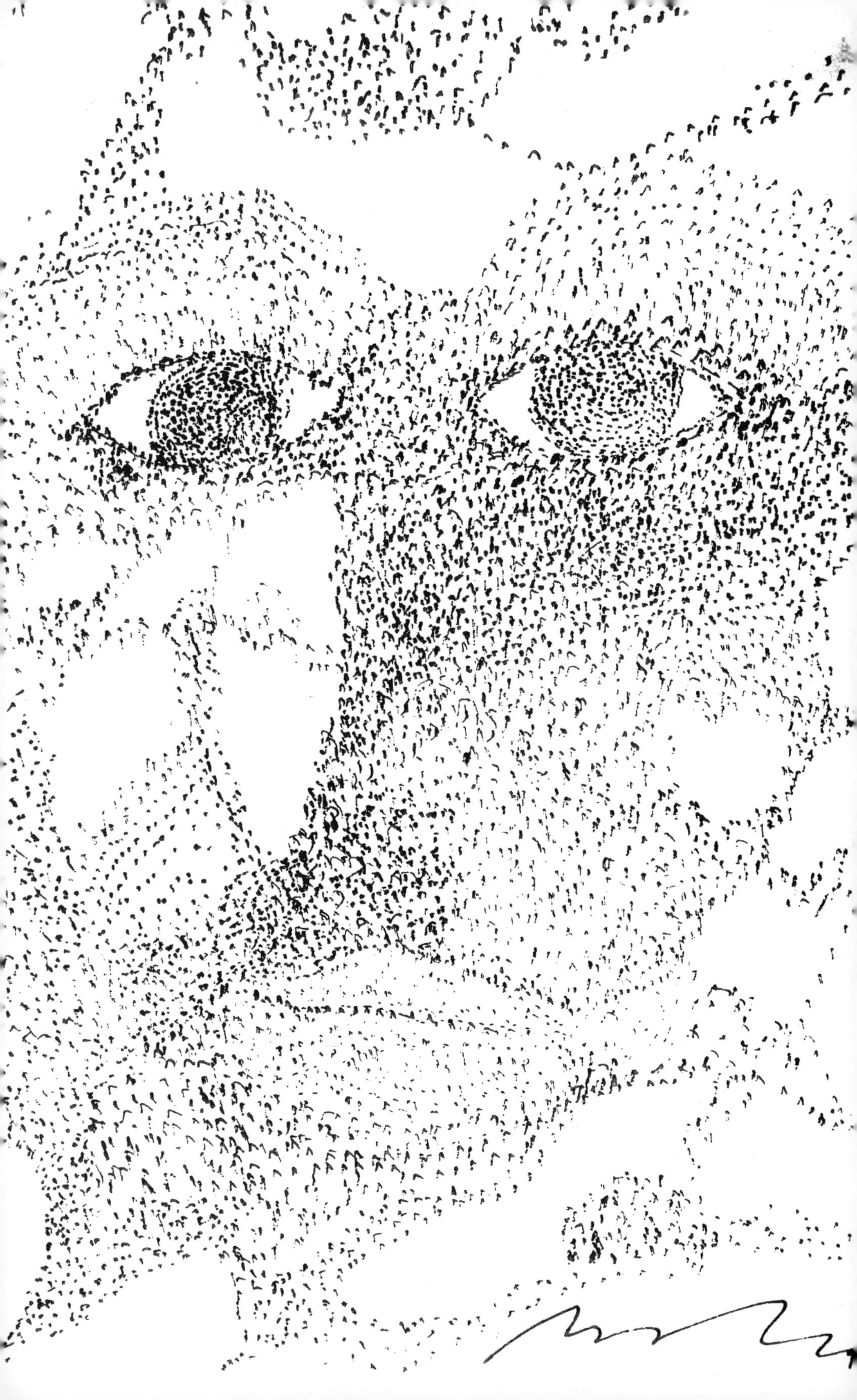

ज्ञान वृक्ष का फल

('ज्ञ्यानवृक्षाचं फळ'; एकूण कविता 2, पृ. 383)

ज्ञान वृक्ष का फल ख़ुद परमेश्वर था
उसके गूदे की चाह में था लोभ देने वाला शैतान
सर्प वही, वृक्ष वही, आदम भी वही
सिर्फ़ नयी थी ईव, सुन्दर रची हुई,
वंश का फल देने वाली, परमेश्वर की प्रेरणा।

क्या कभी मिलेगी भी मुझे

('Will I Ever Find'; As Is Where Is, पृ. *236)*

क्या कभी मिलेगी भी मुझे आत्मा में वह निष्ठुर रोशनी
स्वर्ग की?
आज की रात सितारे नहीं हैं आसमान में
सिर्फ़ चाँद है
मेरे बिस्तर में जो मुरझाता जा रहा है
पाला मार गये कपास के किसी खेत की तरह

आज की रात सितारे नहीं हैं आसमान में
सिर्फ़ चाँद है
मैं नंगा हूँ और मैंने मन भी ख़ाली कर दिया है
पाने को
और लौटाने को
वह सब जो मैंने पाया है तुमसे

क्या कभी मिलेगी भी मुझे वह निष्ठुर रोशनी स्वर्ग की?

तुम नीले हो

('तू निळा आहेस'; एकूण कविता 3, पृ. 788)

तुम नीले हो वे कहते हैं मुझसे
तुम्हारे तेजस्वी स्फुरण में मेरे प्राण चरते हैं
सकल चराचर घास हो गया है
तुम्हारे नीलेपन की महिमा में

तुम अथाह हो ऐसा कहते हैं वे जो
तुम्हारा अचूक पता जानते हैं
तुम्हारे बेपता लेकिन वैसे ही एक पते पर तुम्हें पा कर ख़ुश हूँ मैं
सीमाएँ नष्ट करने वाले तुम्हारे स्वभाव में

तुम्हारी पलकों की झपक में
सभी बोध उलट जाते हैं।
तुम्हारी कुण्डलिनी दिपदिपाती है तुममें
दिखाती तुम्हारे अंग अंग में हमारे भाग्य के हिस्से

तुम एक से दशमलव के खरबों हिस्सों तक
अनोखे घुमाव हो ख़ुद ही में मुड़ते हुए
जिसका ना कोई बाहरी अंग है ना जिसमें कोई अन्तराल।

तुकाराम बनिये का पुनरुत्थान

('तुकाराम वाण्याचें पुनरुत्थान'; एकूण कविता 2, पृ. 253)

1.

उठी हुई एक संकीर्ण लहर मस्तक पर
फूटती है, बिखरते हैं अण्डों के कवच और कॉण्डोम
सन्तों के वचन होते हैं लोकप्रिय
हम खोजते फिरते हैं प्रकाश का पर्याय
हमारे हाथों के तलवे फड़फड़ाते हैं हवा में
मरे कौवे के पंखों की तरह
शुद्धि पर आते हैं देवदूत गटर में गिरे हुए
और नये ज़ोर से झोंक देते हैं खुद को गटर में
जागता है परमेश्वर हर जेब में
नोट पर दर्ज छपाई की तरह

आती हैं शीर्षकों की लहरें उन्मेष में
ख़बरों के समुद्र पर
ढूँढ़ती हुई मेरी पीठ की पाल
ज्ञानेश्वर को पा चुकी खारी हवा
और समुद्र का वह गर्भित स्थल
जहाँ डूबा तुकाराम बनिया अपने स्वर्ण अभंगों के साथ

2.

काले अल्पविराम लहराते हैं भौगोलिक यथार्थ के उस पार
देह से ले कर सॅन फ्रांसिस्को तक,
थरथराती हैं महासागर में मिटी नाड़ियाँ
शतकों शतक के वाक्य जाते हैं उग कर क्षितिज के पार,
किरण समझ कर हम चीज़ों का अँधेरा ही चुनते हैं
चलते चले जाते हैं अंग भूल कर प्रतिमाओं की गर्जनाओं में
बुझा हुआ तुकाराम बनिया अभाव के बादलों में
और चमक में
हमारी प्रचण्ड काग़ज़ी महत्त्वाकांक्षा से अनजान है
उसके तुच्छ शरीर पर फूटी हुई है खाज

उसकी मृत्यु पर बोयी गयी है विराट छाँह।
हमारा आडम्बर हृदय में झेलती है
वैकुण्ठ के विमानों की समय सारिणी

3.

तुकाराम बनिया, चिड़चिड़ा, भ्रमिष्ट,
एक सामाजिक अपयश, एक असफल विवाह,
एक भाषा में भ्रमित विकृत मन की ऐतिहासिक वाणी,
व्यापार में ठोकर खाया हुआ, दुनियादारी में कच्चा,
तुकाराम बनिया एक विराट ढोंगी
खड़ा हमारे सामने।
और तब भी हम सब चल कर जा रहे हैं अब भी
एक रेखा पर पंढरपुर, स्थापना के लिए...
प्रत्येक नपुंसक लगायेगा सूर्य को हाथ
अपने लँगोटे पर गड़ी लोगों की नज़र
दूसरी तरफ़ मोड़ने के लिए...
...और आयेगा हर एक का विट्ठल उसके
आभास की चमक में...
गायेगी हर एक की विराट रिक्त हथेली
अपने सामर्थ्य की सामुद्रिक विवेचना
तुकाराम बनिया एक सामाजिक नपुंसक,
अनावश्यक कवि, उसके अभाव से बरसती है
मेरी बंजर ज़मीन की काली बरसात।

तुकाराम बनिये से सवाल

('तुकाराम वाण्याला सवाल'; एकूण कवीता 2, पृ. 282)

आज तक भक्ति भाव से माना। अब उतर आओ रास्ते पर। चौराहे पर मिलो। मैं थूकता हूँ सर्वस्व पर। भीड़ में उतरो। आओ एकदम सामने। उत्तर दो। सन्तों की जूठन नहीं। मूर्ख करो मुझे, बताओ मुझे अपने चावल का एकाध दाना सिझाया कैसे। मैं विट्ठल को नहीं पहचानता। मुझे एक भी आध्यात्मिक अनुभव नहीं हुआ है। मैं सिर्फ़ मुम्बई की बस्तियों में भटका हूँ। मैंने छाना है बस कुछ गलियाँ। मैंने देखा है एक देश अफ्रीका में। मैंने पढ़ा है दो-चार पोथियाँ। मैं विट्ठल को पहचानता नहीं। मुझे ब्रह्मज्ञान नहीं मिला। मुझे जीवन का अर्थ भी नहीं समझ आता। मेरा सिर्फ़ इतना कहना है कि तुम खरे हो। तो अब एकाध अभंग खरा कर दो मेरी भी जीभ पर। लात मारो खुद—नहीं तो मैं ही मारता हूँ। अब तुम्हारी एकाध पंक्ति के खम्भे पर ज़ोर से। दिखाओ असली दोफाड़ हुए खम्भे से कड़कड़ा कर बाहर आता हुआ अपने विट्ठल का नृसिंह अवतार। मेरा गला तैयार है किसी भी नाख़ून के लिए! बनिये, जितना भी तुम पहुँचे हो सिद्ध करो। मुझे तुम्हारे अलावा सब कुछ समझ आता है। मुझे समझ आती है मरुस्थल सी फैली जंगल की आग। मुझे समझ आते हैं प्रत्येक मानव के खाली तलवे। मुझे समझ आती है फटती अन्तड़ी। मुझे भोग का विपर्यय भी समझ आता है। समझ आती है विट्ठल की सम्भावना की उड़ती हल्दी की धूल। लेकिन तभी तक जब तक तुम शब्द में मराठी का प्रयोग करते हो। ये सब कहने को हैं। उपकार पूरा करने के लिए नहीं हो तुम। तुम्हारे भी हैं हज़ार सवाल। इस्तेमाल पूरा हो जाने के बाद भाषा क्या हो जायेगी। तुम्हारे पूरा हो जाने के बाद। तब भी तुम छूट नहीं सके तो दूसरे क्या छूटेंगे। और यही समझ कर मैं तुमसे कहता हूँ तुकाराम। तुम्हारा भी नाम होना चाहिए। तुम्हें अपने जीवन को अपना कहना ही चाहिए। फिर तुमने नकारा क्यों। इतना ही मुझे बता दो। विट्ठल गया भाड़ में। विट्ठल तभी विट्ठल रहेगा जब तुम तुकाराम रहोगे। देह से पंढरी* तक मुम्बई तक मुझ तक। प्रत्येक पंक्ति की प्रत्येक जीभ पर पसरता जाता है हम दोनों के संशय का धब्बा। मन में शब्द के आते ही। भाषा का। कल्पित का। एक विराट ढाँचा बिना विट्ठल का॥

---

* पंढरी यानी पंढरपुर के देव विट्ठल या विठोबा। इन्हें पंढरी नाथ भी कहते हैं।

तुकाराम का अन्त

('तुकारामाचा अन्त'; एकूण कविता 2, पृ. 336)

तुकाराम की रेखा इन्द्रायणी में पिघल गयी
या विट्ठल में समा गयी
यह आज बताता हूँ।
आज बताता हूँ, वंचना का विमान
कैसे वैकुंठ जाता है।
आज बताता हूँ किस तरह
सदेह फरार हुआ
तुकाराम बनिया।
और कैसे उसने 'विट्ठल-विट्ठल कौन' कहते हुए
संन्यास में आत्मत्याग किया।
कैसे मटका फूटा
और अंगारे राख में लौट गये।
वारकरी भक्तो,
अभंगों में रंगे थोबड़े
बन्द करो। सुनो शान्त खुला पसरा हुआ स्वर
वैकुण्ठ तक, खुरदुरा, समर्पित।
देखो एक घरघराता जाता हुआ
उसका सघन चिपचिपा रेला
और मुट्ठी-मुट्ठी अंजुली-अंजुली जन्म
वैकुण्ठ के मुँह में उलझा हुआ।
तुकाराम का गला
विट्ठल से ही नहीं बैठा था।

येलकोट-1

('येळकोट-1'; एकूण कविता 2, पृ. 429)

चटख पीली हल्दी के ढेर-सजे भंडारे से
कैसे अलग ही दीखते हो
तुम सभी उस तरफ़
इस हवा में खड़ा हूँ मैं
दूल्हे की तरह
जर्जर इन्तज़ार में
स्वप्न में से जगा हुआ
स्वप्न की ओर देखता हुआ
घण्टों के बजने में

येलकोट-2

('येळकोट-2'; एकूण कविता 2, पृ. 429)

चटख भण्डारे से पीली हुई
नाक में उतर कर आँखों में
जा चुकी तेज हवा और पत्थर से बाहर निकल कर
घोड़ी पर चढ़ने के लिए उत्सुक हुआ
सघन उर्वरता का देव
ढूँढ़ता है उर्वर स्त्री
जर्जर हो कर भेड़ों के साथ भोगता है अज्ञातवास
लेंड़ी के अक्षतों में वधुओं को वरता है
पहाड़ों में पत्थरों में
प्रिय की आराधना की हिनहिनाहट भरता घोड़ा
उड़ती हल्दी के गुबार में मिट जाता है
खंडेराव की जाँघों से लगती हैं
एक नहीं, दो नहीं, तीन नहीं
सात जमातों की औरतें
खंडेराव की जाँघों पर
पत्थर की रोमांचित देवी
बैठती है
या जाती है रूठ कर
या शाप दे कर
हर समय ही जहाँ भण्डारा उमड़ रहा है
वहाँ औरतों की क्या कमी।

तुकाराम का अज्ञातवास

('तुकारामाचा अज्ञातवास'; एकूण कविता 2, पृ. 432)

मैं जीभ पर ग़ायब हो गया, गले के नीचे छुप गया
पेट में घुस गया, नाभि के उभार की खोखल में

जा बैठा, योग की साँस की तरह
सर्कस बहादुर की तरह दो झूलों के बीचों बीच।

तुमने कहा, वह सदेह बैकुण्ठ गया,
फरार हो गया, ढल गया, भाग गया, स्मृति भ्रंश में
कहीं निकल गया, गाते गाते हवा हो गया,
तुका खो गया, तुका खो गया, तुका खो गया।
और मैं यहीं रहा, बिना विट्ठल की उस ईंट पर
आकाश से विष्णु का रंग ले कर;
मैं यहीं रहा तौलता वह सब जो तराजू के बूते में नहीं था
गाना ख़त्म होने पर भी पलड़ों के मध्य काँटे पर ही बैठा हुआ।

तुका तूका तुक गया, सचमुच? क्या तुक गया
तुका से? किस वज़न के विरुद्ध, कब पलड़ा हो कर?

बिना विट्ठल की ईंट

('विनाविट्ठलाची वीट'; एकूण कविता 2, पृ. 433)

ईंट। पुण्डलीक ने फेंका नहीं था।
विट्ठल नहीं खड़े थे उस ईंट पर
काला-सांवला वह मैं ही था जन्म से :
और नाना कहानियाँ थीं अंग अंग की।
ईंट खाली थी, आज भी है।
हृदय की ठोकों के बीच कहीं दूर है पंढरपुर।
ओ! विष्णु बगैर वैष्णवो, गाते रहो!
बस आपस में ठेलते एक-दूसरे को दूर।

भक्त वह, जो बाँट देता है अपना शरीर
भक्त वह, जिसका मन प्रसाद का कौर
भक्त तुम, जिसके बाँटे जाते हैं हिस्से
भक्त मैं, जिसकी समझ ही नहीं आती कभी पसन्द

जन्म की जीभ सदैव मुँह से बाहर निकली रही
भूख और अन्न तो बस अन्दर ही अन्दर रहे परस्पर

पहाड़ों का ईश्वर

('डोंगरांचा ईश्वर'; एकूण कविता 1, पृ. 92)

दया करो मुझे नहीं चाहिए सामने वह पहाड़
मेरे ही एकान्त के मन्दिर का कलश
स्वप्न में भी मैं तोड़ता रहता हूँ वह लंगर
जो नाभि-नाल सा जोड़ता है जन्मों का अन्तर

जो धूल सरीखा उमड़ता है चटख पीला निरन्तर
जो हवा सरीखा चाटता जाता है पत्थर पहाड़
जो दूल्हे राजा की तरह सज कर आता है
उसी की तलवार मेरी गर्दन पर

जैसे ढिबरी ज्योतित करती है अपनी ही म्यान
जैसे ज्ञान के उस पार जा बैठता है भान
वैसे ही वह बलिष्ठ वीर है
अपने ही दुर्ग पर सदा अम्लान

देव, इसी देश में बारिश दो...

('देवा, ह्याही देशात पाऊस पाड...'; एकूण कविता 1, पृ. 38)

देव, इसी देश में बारिश दो
जहाँ पानी से आती है ख़ून की वास
जहाँ हिंसा के खेतों में उगते हैं गन्ने और कपास
देव, जहाँ तुम हो उस बिन्दु तक निषिद्ध है ऊब

देव, इसी देश में बारिश दो
जहाँ मानव का खाद डाल कर समाज उगता है
जहाँ बलि होने वाला तुम पर विश्वास रखता है
जहाँ बलि लेने वाला तुम्हारा ही अवतार होता है

देव, इसी देश में बारिश दो
जहाँ अकाल भी भाग्य का फल बनता रहता है
जहाँ मानवता का यन्त्र अखण्ड चलता रहता है
जहाँ परोपकार का ओवरटाइम हरदम चलता रहता है

देव, इसी देश में बारिश दो
क्योंकि यहाँ भर पेट खाने वाले गाना गाते रहते हैं
और भूखों मरने वाले उनकी संगत करते रहते हैं
जहाँ अकाल और सुकाल इकट्ठा बसते रहते हैं

देव, इसी देश में बारिश दो

अब मुझे कोई आपत्ति नहीं होती

('Now I Object To Nothing'; As Is Where Is, पृ. *178)*

तुम पहुँच सकते हो
न तो
दुनिया के शीर्ष पर
न ही उसके तल तक
तुम हमेशा ही रहोगे उसके
एकदम भीतर बीजकोष में
कुछ भी अब दुख नहीं देता
कुछ भी अब सुख नहीं देता
यह चरागाह
भाग्य भर चरती हुई
भेड़ के मुँह से बड़ी है

प्रभु मेरा गड़रिया है
हे प्रभु...

गोविन्द,
तुम जारी रहो अपनी गौओं के साथ
अब मुझे कोई आपत्ति नहीं होती
किसी भी चीज़ से

चित्रे का ऑर्केस्ट्रा

('चित्र्यांचा वाद्यवृंद'; एकूण कविता, पृ. 822)

आत्मा कण्डक्टर
और इन्द्रिय ऑर्केस्ट्रा
अन्तरात्मा स्वतः रंगमंच है
ऐसा शिव सूत्र कहता है

अगम का रहस्य यही
हमारे भीतर का गुरु
हमारे भीतर के शिष्य से कहता है

मैं इशारा करता हूँ और
मैं बजाने लगता हूँ
मैं बजाने लगता हूँ और
मैं बजने लगता हूँ
मैं बजने लगता हूँ और
जो भी गजबज होती है
उसे कान लगा कर
सुनने लगता हूँ
और गजबज आवाज़ें हो जाता हूँ
मैं रुकने का इशारा करता हूँ
और इन्द्रियाँ चुप हो जाती हैं
कान खाली हो जाते हैं
आकाश की तरह
रंगमंच पर
शान्ति छा जाती है
और प्रेक्षक
तृप्त हो कर
पहुँचते हैं अपने घर

शिव

('Shiva'; As Is Where Is, पृ. *164)*

शिव के बारे में प्रबल होता अनुभव...
जो कुछ नहीं जानता
जो कुछ नहीं देता
जो कुछ नहीं छीनता
और शुद्धस्वभाव में रहता है

वह भय है
जिससे प्रेम फूटता है
भूखा बाघ कोमलता का
पर्वत की चोटी पर मिलता है
इन्तज़ार में

वह छोटी लड़कियों के लिए नहीं है
वह बड़ी महिलाओं के लिए नहीं है
वह पवित्र स्त्रियों के लिए नहीं है
वह मँजी हुई वेश्याओं के लिए नहीं है
वह प्रेम या बेचने के लिए नहीं है

देखो उसके शिश्न को
आदिम लिंग
और गौर करो कि कैसे
और कुछ भी नहीं है
उसकी अंग रचना में

वह किसी को गर्भिणी नहीं करेगा
ईश्वर बच्चे पैदा नहीं करता
वह सिर्फ़ गोद लेता है
अपनी ही सृष्टि को
एक उदासी से
जो तुम नहीं समझोगे

देर तक मत ठहरो
नज़दीक लिंगम के
वह स्वयं-भू है
वह अशुद्ध है
क्योंकि वह गुप्तांग है
हर उस चीज़ का जो अस्तित्व में है

भक्त

('The Bhakta'; As Is Where Is, पृ. *170)*

उसके चेहरे पर
शान्त तूफ़ान आनन्द का
अब पत्थर
चमकता है भीतर से

कितना कोमल यह पर्वत
जो पिघलता है आँखों में
और उड़ जाता है बादल सा
दिमाग़ की परतों की तरफ़

शुरुआत में सबसे पहले आग थी
फिर पिघला तरल
फिर बाहरी खोल की मज़बूत परत
और अन्ततः
हवा प्रकट हुई
पत्थर के होंठों पर
मुस्कान से फैलती हुई

मैंने रहस्य सीख लिया है
निष्ठा का
अपने एकाकी क्षण में
भक्त ही ईश्वर है।

शाम की प्रार्थना

('Evening Prayer'; As Is Where Is, पृ. *191)*

जाओ, गोविन्द, तुम अपनी गायों को जानते हो
अच्छी तरह। और शाम के इन नीले
चरागाहों को भी।
उत्तरी रोशनी मिट रही है
पीछे छोड़ती एक मिटती दहक
और एक पूर्वज्ञान
अमूर्त पीड़ा का।
जाओ, हृषिकेश, इन्द्रियों के पालक,
चले जाओ। मुझे अकेला छोड़ दो
मेरी इस अजीब चमक में
जैसी कि होती है शुरुआत में।

कृष्ण की कालिमा
मेरी दुनिया से चली जाओ।
जाओ, ज्योति सभी बोधों की
और ऐन्द्रिक दुखों की।
इन बची दृष्टियों को समेट लो,
हे नारायण, जल के पुत्र,
मुझे सुखा दो।

शिवलिंग

('Shiva's Phallus'; As Is Where Is, पृ. *310)*

वह अपनी शान्ति में धारण करता है
सृजन और ध्वंस का विप्लव
जिज्ञासा जो कल्पित और व्यक्त करती है
प्रच्छन्न नारी उसके सहज द्वन्द्व में
कामेच्छा और ध्वंसेच्छा ध्रुवीकृत नहीं, सम्मिलित
एक लिंग शून्य और योनि से निर्लिप्त
पर उत्तेजित और धड़कता हुआ फिर से ब्रह्माण्ड हो जाने को
लहराता हुआ
होने और नहीं होने
जानने और नहीं जानने के बीच
वह विषययुक्त योगी है
प्रथम पुरुष और श्रोता
अभिनेता और नाट्य
ख़ुद अपनी इच्छा का कामोत्कर्ष
उसे लिंगीय ईश्वर कहना तुम्हारा उसे अपने ही शिश्न
या एक पेंसिल जैसा समझना है अलग-अलग स्थितियों में

जब मैं बाइपोलर डिसऑर्डर से ग्रस्त था
अवसाद-उन्माद
उदासी-आनन्द के बीच अनियन्त्रित झूलता हुआ
मेरे चिकित्सक ने नहीं बताया मुझे
कि शिव ईश्वर है—डिमेंशिया का...
अपने ही उन्माद का

जब मैंने उड़ जाना चाहा पागलपन के पंखों पर
अपने घायल संसार से
तब किसी ने नहीं सोचा पूजना शिव को,
मानवीय स्थितियों के उस ईश्वर को

मैं जीवन का स्वाद खो चुका था
पर मैंने अपनी जीभ को बचाये रखा
और यह सचमुच में एक चमत्कार था।

देहू की इन्द्रायनी नदी

('The River Indrayani at Dehu'; As Is Where Is, पृ. 279)

मेरे शोक को प्रतिबिम्बित करो
क्षति और लाभ की नदी
आनन्द की जननी
पीड़ा का उद्गम

बना दो मेरे चेहरे को ऐसा कि वह
प्रतिबिम्बित करे आकाश
और गुज़रते
हर बादल को

नदी ग्रहण करो
मेरी राख
धारण करो मेरी चेतना
अपने पनैले हाथों में

जब मैंने साम्राज्य में प्रवेश किया

('When I Entered The Kingdom'; As Is Where Is, पृ. 158)

जब मैंने साम्राज्य में प्रवेश किया
उसकी उपस्थिति को महसूस किया शान्त हवा में
फिर वह हवा की तरह बढ़ने लगा
और मैं थरथराने लगा
जैसे कोई प्रेतग्रस्त उन्मत्तता में थरथराता है
नदी के पास मैं तूर्या सी मूर्च्छा में चला गया
और हवा ने मुझसे एक नयी दुल्हन ले आने को कहा
और कहा कि अपनी दोनों दुल्हनों के साथ मैं प्रभु के मन्दिर में जाऊँ
और वचन दूँ कि उन दोनों को ख़ुश रखने के लिए
मैं सारे दुःख उठाऊँगा
अगर, जो कुछ भी तुम हो, उसका बलिदान दे दो
और ईश्वर के नवजात भक्त बन जाओ
ईश्वर तुम्हें वह सब देगा जो भी तुम चाहोगे

यह पर्वत और मेरी कहानी की
शुरुआत है
उसके बाद
दो बार मैं पर्वत पर चढ़ा
तीखी वेदना में
दो बार मैंने सहा मृत्यु की टीस को
दो बार मैं लौटा लोगों के बीच काम करने को
जबकि मेरा मन पूरी तरह से उड़ चुका था

और वे मेरी बर्बादी पर हँसते थे
एक पत्नी अब पूरी तरह से टूट चुकी थी
और दूसरी विद्रोह करके परगामिनी हो गयी थी
लगता था जैसे मैंने खुद ही अपनी दोनों दुनिया
को बर्बाद कर दिया था

और तब प्रभु प्रकट हुए मुझ पर और कहा
धीरज रखो
हर कोई इसी पर्वत पर लौटता है अन्त में।

मैंने एक गोदाम बनाया

('A Built A Warehouse"; As Is Where Is, पृ. *155)*

मैंने ऐन शून्य में
एक गोदाम बनाया
और मरुस्थल को उसमें
घुस जाने दिया
और मेरे गीतों के गले में ठूँसे हुए
पत्थर, कँटीली झाड़ियों, कैक्टस को भी

उसमें दो दरवाज़े थे पर खिड़की एक भी नहीं थी
उसमें एक अटारी थी और एक सीढ़ी भी
उसमें चरमराते तख़्तों का एक पतला ढलवाँ पाट भी था
ठीक इन्सानी मन की तरह
जब हवा उसमें घुस कर उसे हिलाती थी
वह एक भुतही आवाज़ में चर्च के जर्जर वाद्य,
पाइप ऑर्गन की तरह
चिर्रर-चों करता था

एक दरवाज़ा सभ्यता के
अन्तिम चिह्न दिखाता था
तो दूसरा खुलता था
सीधा पहाड़ पर

मैंने ऐन शून्य में
एक गोदाम बनाया
कैक्टस की
टीसों की तरह।

❑❑